C'est l'agent d'Henning Mankell qui a découvert Ragnar Jónasson et vendu les droits de ses livres dans quinze pays. Né à Reykjavik, Jónasson a traduit plusieurs des romans d'Agatha Christie en islandais, avant d'écrire ses propres enquêtes. Sa famille est originaire de Siglufjördur.

DU MÊME AUTEUR

Snjór
La Martinière, 2016
et « Points Policiers », n° P4526

Mörk
La Martinière, 2017
et « Points Policiers », n° P4757

Nátt
La Martinière, 2018
et « Points Policiers », n° P4937

La Dame de Reykjavik
La Martinière, 2019

Ragnar Jónasson

SÓTT

ROMAN

Traduit de la version anglaise,
d'après l'islandais par Ombeline Marchon

Éditions de La Martinière

TEXTE INTÉGRAL

TITRE ORIGINAL
Rof
ÉDITEUR ORIGINAL
© Ragnar Jónasson, 2012
Publié avec l'aimable autorisation de la Copenhagen Literary Agency
A/S, Copenhagen

Traduction depuis l'édition anglaise, revue et corrigée par l'auteur :
© Orenda Books, 2017

L'éditeur remercie Ólafur Valsson pour son aimable autorisation
pour la reproduction des cartes de l'Islande et de la région de Siglufjördur.

ISBN 978-2-7578-7568-1
(ISBN 978-2-7324-8815-8, 1re publication)

© Éditions de La Martinière, 2018, pour l'édition en langue française
Une marque de la société EDLM

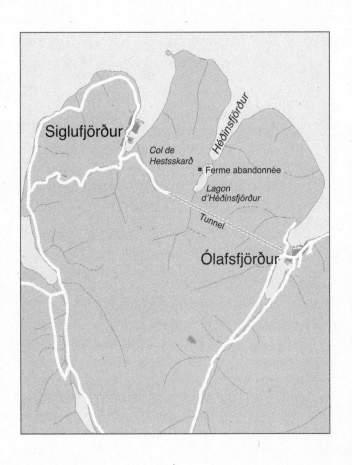

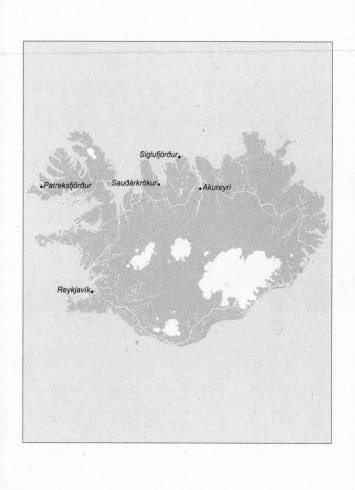

*Ce livre est dédié
à la mémoire de mes grands-parents
Ragnar Jónasson (1913-2003)
et Gudrún Reykdal (1922-2005),
nés à Siglufjördur.*

Note de l'auteur

Ce livre est un ouvrage de fiction. Aucun des personnages qu'il décrit n'existe. Hédinsfjördur ne compte plus aucun habitant depuis 1951. À ma connaissance, personne ne s'est jamais installé dans la partie occidentale de la ville – je n'ai fait qu'imaginer l'histoire d'habitants qui y auraient vécu par la suite. J'aimerais préciser que le passage du chapitre 3 ayant trait au voyage d'une femme depuis Hvannladir jusqu'à Hédinsfjördur s'inspire d'un récit de Thórhalla Hjálmarsdóttir, recueilli par mon grand-père, Th. Ragnar Jónasson, en 1986, lequel raconte le voyage entrepris par Gudrún Thórarinsdóttir en 1859. Ce récit est tiré du livre *Folk Tales from Siglufjördur*, publié aux éditions Vaka-Helgafell en 1996. La citation qui suit est extraite de son livre *Siglufjördur Stories (pages 91-92)* publié l'année d'après.

J'aimerais remercier tout particulièrement le Dr Haraldur Briem, spécialiste des maladies infectieuses à la Direction générale de la Santé en Islande, pour son aide précieuse et sa relecture attentive, l'inspecteur Eiríku Rafn Rafnsson, le procureur Hulda María Stefánsdóttir et le Dr Jón Gunnlaugur Jónasson. L'auteur sera tenu responsable de la version finale et des éventuelles erreurs qu'elle recèle.

Guide de prononciation

Siglufjördur – Sigloufieurtur

Hédinsfjördur – Hiétinsfjörtur

Ari Thór – Ari Sor

Tómas – Tómass

Ísrún – Isseroune

Kristín – Kristine

Ívar – Ivar

Sunna – Souna

Kjartan – Kiartane

Hédinn – Hiétine

Snorri – Snorri

Maríus – Mariousse

Gudfinna – Gudfinna

Gudmundur – Gudmeundeur

Jórunn – Yoroune

Marteinn – Marteytne

Eggert – Eggerte

L'islandais possède deux lettres qui n'existent dans aucun autre alphabet européen et qui ne connaissent pas de réel équivalent. Dans une traduction, on remplacera le plus souvent la lettre ð par un *d*, comme dans Gudmundur, Gudfinna, Hédinn et dans les noms d'agglomérations se terminant par – fjördur. En fait, cette lettre ressemble davantage au *th* anglais «dur», comme dans les mots «*th*us» et «ba*th*e». La lettre islandaise þ sera pour sa part retranscrite par les lettres *th*, comme dans Ari *Th*ór, et correspond au *th* anglais «doux» que l'on retrouve dans les mots «*th*ing» et «*th*ump».

La lettre *r* est généralement roulée, la langue collée au palais.

En islandais, l'accent tonique porte sur la première syllabe.

«… La vie à Hédinsfjördur n'a jamais été facile. L'accès aux communes voisines était parfois périlleux. Pendant l'hiver, la côte, dépourvue de port, devenait inaccessible par voie marine, et les montagnes enneigées s'avéraient difficiles à franchir.»

Siglufjördur Stories,
Ragnar Jónasson (1913-2003)

1

Ils avaient passé la soirée à paresser sur le canapé, comme d'habitude.

Ils vivaient dans un petit appartement au rez-de-chaussée d'une bâtisse mitoyenne à deux autres maisons vieillottes, datant des années 1930, rue Ljósvallagata, à l'extrême ouest de Reykjavík. Róbert se redressa, se frotta les yeux et contempla le petit jardin par la fenêtre. La nuit tombait. En mars, la météo n'en faisait qu'à sa tête – pour l'instant, il pleuvait. Le dessin régulier des gouttes sur la vitre avait quelque chose d'apaisant.

Les études, ça allait. Il attaquait à vingt-huit ans sa première année en école d'ingénieurs. Il avait toujours adoré les chiffres. Ses parents, tous deux comptables, habitaient Árbaer, plus près du centre-ville. Ils ne s'étaient jamais bien entendus, et il avait fini par rompre complètement toute relation avec eux : son style de vie semblait incompatible avec leur idée de la réussite. Ils avaient fait de leur mieux pour l'orienter vers la comptabilité lui aussi, mais en vain – il avait choisi une autre voie.

Il n'avait même pas jugé nécessaire d'aviser ses parents qu'il était enfin entré à l'université. Il tentait de se concentrer sur ses études, même si en ce moment ses pensées s'échappaient du côté des Westfjords[1]. Il partageait là-bas un petit bateau avec des amis et attendait les beaux jours avec impatience. Il était si facile de tout oublier en mer, les bonheurs comme les soucis. Le bercement des flots apaisait son stress et le calme parfait des eaux libérait son esprit. Dès la fin du mois, il prendrait la route vers l'ouest pour préparer le bateau. Pour ses amis, ce voyage au milieu des fjords s'apparentait à une immense beuverie. Pas pour Róbert. Voilà deux ans qu'il était sobre – il était devenu vital pour lui de mettre un terme à la période d'abus qui avait commencé ce fameux jour, il y a huit ans.

C'était une belle journée. Pas un souffle de vent par cette chaleur d'été, et le public était venu en nombre. Ils s'orientaient vers une victoire sur l'équipe adverse, moins convaincante. Róbert pourrait bientôt s'entraîner avec l'équipe nationale junior, et, pourquoi pas, intégrer à l'essai une équipe norvégienne de haut niveau quelques mois plus tard. Selon son agent, certains clubs anglais s'intéressaient de près à lui. Son père n'était pas peu fier. Malgré un niveau correct, il n'avait jamais lui-même accédé au statut de footballeur professionnel. Mais les temps avaient changé, de nouvelles chances s'ouvraient désormais.

Il ne restait plus que cinq minutes à jouer au moment où Róbert prit la passe. Il traversa la ligne de défense et arriva devant la cage. Une fois de plus, le gardien

1. Fjords de l'ouest (Toutes les notes sont de la traductrice).

de but n'en menait pas large. Ils allaient remporter le match cinq à zéro.

Le tacle le prit par surprise. Sa jambe se brisa en trois endroits. Il entendit le craquement de l'os et sentit une douleur intense l'envahir. Tétanisé, il constata qu'il avait une fracture ouverte.

Cette image restait gravée dans sa mémoire. Il avait passé quelques jours à l'hôpital dans un épais brouillard, mais se rappelait fort bien les propos du médecin lui annonçant qu'il ne pourrait probablement jamais reprendre le football à un niveau professionnel. Du coup, il abandonna le foot pour chercher le réconfort dans la bouteille. Il enchaînait verre après verre. Le plus regrettable, c'est qu'il se rétablit bien mieux que prévu – mais quand Róbert fut enfin d'aplomb, il était trop tard pour reprendre sa carrière sportive.

Il se sentait mieux aujourd'hui. Il avait Sunna, et chérissait aussi le petit Kjartan. Mais il ruminait malgré tout des pensées sombres qu'il aurait aimé garder enfouies dans sa mémoire.

Sunna revint plus tard dans la soirée. Elle tapota à la fenêtre pour lui faire comprendre qu'elle avait oublié ses clés. Vêtue d'un jean noir et d'un col roulé gris, ses longs cheveux noir corbeau encadrant un visage sculptural, elle rayonnait de beauté. Il avait d'abord été séduit par ses yeux, puis par sa silhouette magnifique. Elle était danseuse de profession, et il lui semblait parfois qu'elle se mouvait dans l'appartement comme au sein d'un ballet, imprimant à chacun de ses gestes une grâce épanouie.

Il avait conscience de sa chance. Il l'avait abordée lors de la soirée d'anniversaire d'un ami, et le courant était passé du premier coup. Voilà six mois aujourd'hui qu'ils étaient ensemble, et ils partageaient l'appartement depuis trois mois.

Plus frileuse que lui, Sunna augmenta le chauffage.

«Il fait vraiment froid», fit-elle remarquer. Un courant d'air glacial se faufilait dans la pièce par la fenêtre mal isolée. Impossible de s'y habituer...

Même si leur relation s'était stabilisée, ils ne menaient pas une existence facile. Sunna et Breki, son ex, se livraient une guerre sans merci autour de la garde du petit Kjartan. Ils s'étaient mis d'accord de manière temporaire sur une garde partagée, et Kjartan habitait en ce moment chez son père.

Mais Sunna avait engagé un avocat pour obtenir la garde complète. Elle envisageait également de reprendre ses cours de danse en Grande-Bretagne, même si Róbert et elle n'avaient pas examiné sérieusement la question. Si tel était son choix, Breki s'y opposerait très certainement, ce qui les obligerait à porter l'affaire devant le tribunal. Sunna ne doutait cependant pas qu'elle obtiendrait gain de cause et qu'au final, Kjartan reviendrait vivre avec eux à plein temps.

– Assieds-toi, chérie. J'ai fait des pâtes, dit Róbert.

– Génial, se réjouit-elle en se pelotonnant dans le canapé.

Róbert revint de la cuisine avec les assiettes, les verres et une carafe d'eau.

– J'espère que ce sera bon. Je n'en suis qu'à mes débuts.

– Ne t'en fais pas. J'ai tellement faim que je pourrais manger n'importe quoi !

Il mit une musique douce et vint s'asseoir à ses côtés.

Elle lui raconta sa journée : les répétitions, la pression qu'elle subissait. Elle visait la perfection et ne supportait pas les approximations.

Ses pâtes eurent du succès – elles n'avaient rien d'extraordinaire, mais pour un essai, c'était plutôt réussi.

Sunna se leva et lui tendit la main.

– Debout, mon amour ! C'est l'heure de danser ! dit-elle.

Il se leva, l'enlaça, et ils se balancèrent au son d'une langoureuse ballade latino. Il glissa la main sous son pull et lui caressa le dos du bout des doigts jusqu'à venir détacher son soutien-gorge. C'était sa spécialité. Elle fit mine de s'en offusquer, mais son regard brûlait.

– Dites donc, jeune homme ! Vous croyez que je vais vous laisser faire ?

– Bien sûr, puisque Kjartan est chez son père ! répondit-il.

Ils s'embrassèrent avec passion. La température montait entre les amoureux comme dans la pièce, et ils ne tardèrent pas à gagner la chambre à coucher. Par habitude, Róbert ferma la porte et tira les rideaux devant la fenêtre donnant sur le jardin, ce qui n'empêchait pas leurs gémissements de traverser la cloison.

Plus tard dans la soirée, il crut entendre à travers le vacarme de la pluie une porte claquer. Il pensa d'abord qu'il s'agissait de la porte de derrière, celle du vieux porche.

Sunna se redressa d'un coup et lui lança un regard affolé. Il tenta de dissimuler sa propre inquiétude en adoptant une attitude bravache et s'aventura, tout nu, jusqu'au salon. Il n'y avait personne.

Mais la porte de derrière était en effet ouverte et battait au gré du vent. Il jeta un coup d'œil sous le porche, histoire de se dire qu'il avait vérifié, et se hâta de la refermer. Vu l'obscurité, toute une armée d'hommes aurait pu se trouver postée là qu'il ne l'aurait même pas remarquée.

Il inspecta toutes les pièces de la maison. Son cœur battait de plus en plus fort. Aucun intrus à signaler, mais il se félicita que Kjartan soit chez son père cette nuit-là.

C'est à ce moment précis qu'il remarqua le détail qui allait le tenir éveillé toute la nuit. Il traversa le salon à toute vitesse, terrifié à l'idée qu'il était peut-être arrivé quelque chose à Sunna. Retenant son souffle, il regagna la chambre à coucher et la trouva assise au bord du lit en train d'enfiler un T-shirt. Incapable de cacher son angoisse, elle esquissa un pâle sourire.

Fausse alerte, mentit-il.

Avec un peu de chance, Sunna ne remarquerait pas sa voix tremblante.

– J'ai oublié de fermer la porte en sortant la poubelle, poursuivit-il. Ou je l'ai mal fermée. Un coup de vent s'en est chargé, comme d'habitude. Ne bouge pas, je vais t'apporter quelque chose à boire.

Il se dépêcha de sortir de la pièce pour nettoyer ce qu'il avait vu.

Il espérait prendre la bonne décision – ne pas parler à Sunna des flaques d'eau par terre, des traces de pas mouillées laissées par l'intrus. Le pire, c'est qu'elles ne s'arrêtaient pas juste derrière la porte d'entrée. Elles menaient à la chambre à coucher.

2

Ari Thór Arason, officier de police à Siglufjördur, n'arrivait pas à s'expliquer pourquoi il rouvrait un vieux dossier à la demande d'un inconnu, qui plus est au moment où la petite commune traversait une période de chaos.

Hédinn, l'homme en question, l'avait appelé juste avant Noël, alors que l'inspecteur principal était parti en vacances à Reykjavík. Il souhaitait que la police s'intéresse à nouveau à une affaire depuis long-temps classée : le meurtre d'une jeune femme. Ari Thór avait promis de s'en occuper dès que possible, mais il n'en avait pas eu le temps jusqu'à ce soir.

Ari Thór avait demandé à Hédinn de passer au poste dans la soirée. Il l'avait assuré être bien resté à domicile durant deux jours et n'être par conséquent pas contagieux. Vu les circonstances, Hédinn ne tenait apparemment pas trop à discuter de l'affaire face à face, mais il finit par s'y résoudre.

L'infection avait frappé la ville deux jours plus tôt, suite à la visite d'un riche étranger. L'aventurier fran-çais avait quitté l'Afrique pour atterrir au Groenland, d'où il avait improvisé un court voyage en Islande. Il avait obtenu la permission de faire atterrir son avion privé à Siglufjördur, où il voulait visiter le musée du Hareng. Il ne devait rester que vingt-quatre heures, mais il était tombé sérieusement malade la nuit de son arrivée.

On avait d'abord diagnostiqué une grippe sévère accompagnée de forte fièvre. Mais la santé du malade s'était rapidement détériorée et il avait succombé la nuit d'après. Selon un spécialiste des maladies infectieuses, le touriste avait contracté au cours de son voyage en Afrique une fièvre hémorragique dont les symptômes n'étaient apparus que maintenant. Cette maladie étant très contagieuse, il se pouvait que nombre de personnes aient été infectées à son contact.

Le ministère de la Santé avait été informé de la situation. Après avoir procédé à l'examen de la victime, les autorités avaient confirmé qu'il s'agissait bien de fièvre hémorragique, comme on le craignait – une maladie incurable.

Il fut donc très vite décidé de mettre la petite ville en quarantaine. On rechercha toutes les personnes susceptibles d'avoir été en contact avec le voyageur, et on décontamina systématiquement tous les endroits qu'il avait fréquentés.

La rumeur courut bientôt que l'infirmière qui l'avait soigné avait contracté la maladie à son tour. Elle fut placée en observation, et Ari Thór avait entendu dire qu'elle avait plus tard été mise en isolement suite à l'apparition chez elle de légers symptômes.

Les autorités s'efforçaient de déterminer avec qui elle avait pu être en contact, et avaient procédé à une nouvelle campagne de stérilisation de tous les lieux qu'elle avait pu traverser.

Il n'y avait cependant pas d'épidémie à déplorer pour le moment. L'infirmière restait en isolement à l'hôpital de Siglufjördur. On avait prévu son transfert en urgence aux soins intensifs de Reykjavík au cas où son état s'aggraverait. Selon les informations transmises à la police, la ville serait maintenue sous quarantaine quelques jours de plus.

La situation n'avait rien de dramatique, et pourtant la commune de Siglufjördur fut prise de panique, à plus forte raison quand les médias s'emparèrent du sujet. La terreur envahit les habitants, et pontes et politiciens se mirent d'accord pour prendre toutes les précautions nécessaires afin d'éviter une possible épidémie.

On avait déjà surnommé la fièvre hémorragique «maladie française», et la ville n'était plus que l'ombre d'elle-même. La plupart des citoyens restaient cloîtrés chez eux et ne communiquaient plus que par téléphone et courriels. Personne ne semblait pressé d'en franchir les murailles invisibles pour y pénétrer. On ferma les écoles ainsi que les entreprises.

Ari Thór était en bonne santé et échapperait probablement à l'épidémie. Il n'avait jamais approché ni l'étranger ni l'infirmière. Il en était de même pour Tómas, son supérieur hiérarchique, qui avait repris du service aux côtés d'Ari Thór après sa période de congé.

Ari Thór espérait que la visite d'Hédinn lui changerait les idées. Il ne fut pas déçu.

3

– Je suis né à Hédinsfjördur, annonça Hédinn. Vous connaissez ?

Assis face à face dans l'espace café du poste de police, ils gardaient entre eux une distance de sécurité. Ils ne s'étaient même pas serré la main pour se saluer.

– Je n'ai fait que traverser la ville après l'ouverture du tunnel, répondit Ari Thór.

Il attendait que son thé refroidisse. Hédinn avait opté pour un café.

– Classique, reprit Hédinn d'une voix grave.

De nature calme et réservée, il évitait de croiser les yeux d'Ari et gardait le regard fixé sur la table ou sur sa tasse.

– Classique, répéta-t-il. Personne ne s'y arrête vraiment. Hédinsfjördur restera à jamais un fjord inhabité, même si des files de véhicules le traversent désormais à longueur de journée. Dans le temps, on n'aurait jamais imaginé voir un jour passer là autant de gens.

Ari Thór donnait à Hédinn une soixantaine d'années et celui-ci ne tarda pas à confirmer son estimation.

– Je suis né en 1956. Mes parents s'y sont installés un an avant, alors que le fjord était déjà délaissé, pour le maintenir en activité. Ils ne sont pas venus seuls : la sœur de ma mère y a emménagé avec son mari. L'idée, c'était de développer une ferme.

Il s'interrompit pour avaler une petite gorgée de café et grignoter un bout de biscuit. Il paraissait un peu nerveux.

– Est-ce qu'ils possédaient déjà une ferme ou un terrain là-bas ? demanda Ari Thór. C'est plutôt joli, comme endroit.

– Joli ? reprit Hédinn d'une voix rêveuse, comme s'il était perdu dans ses souvenirs. Si on veut, mais ce n'est pas le mot que j'aurais choisi. La vie là-bas était très dure. Elle l'a toujours été. Il tombe beaucoup de neige, de sorte qu'en hiver le village se retrouve complètement isolé – sans compter les avalanches régulières du côté des montagnes. En saison froide, le fjord se retrouve coupé du monde, bloqué entre la côte et les hauts sommets ; en cas d'urgence, il était très difficile de rejoindre la ferme la plus proche, sans parler de la ville de l'autre côté des montagnes.

Hédinn souligna ses propos d'un hochement de tête et fronça les sourcils. Plutôt costaud, en léger surpoids, il peignait en arrière ses cheveux gras.

– Mais pour répondre à votre question – non, mes parents n'y possédaient pas de ferme. On leur a proposé d'en louer une, qui avait été abandonnée en bon état. Mon père était dur à la tâche et rêvait depuis toujours de travailler dans une ferme. La maison était largement assez grande pour accueillir mes parents, ainsi que mon oncle et ma tante. Mon père, qui connaissait à l'époque quelques soucis financiers, a sauté sur l'occasion. Il allait enfin changer de vie ! Je suis arrivé un an plus tard, donc nous nous sommes retrouvés à cinq dans la maison.

Il s'interrompit.

– Enfin, c'est ce que je croyais, mais j'y reviendrai, reprit-il.

Ari Thór ne réagit pas. Il laissa Hédinn poursuivre son récit.

– Vous n'avez fait que passer par Hédinsfjördur, n'est-ce pas ? Vous n'avez donc pas dû apercevoir grand-chose du fjord lui-même. De la nouvelle route, on ne distingue que le lagon. Une fine bande de terre sépare le lagon du fjord : c'est Víkursandur. C'est tout ce qu'on voit depuis la route, mais aucune importance. Notre ferme jouxtait le lagon ; elle est toujours debout, enfin ce qu'il en reste. Sur la rive ouest, c'est la seule maison, coincée sur cette petite langue de terre étroite au pied d'une haute montagne. C'était de la folie de s'installer là, mais mes parents voulaient tenter leur chance. Je reste persuadé que les conditions de vie là-bas – la montagne et l'isolement – ont joué un rôle dans ce qui s'est passé. On perd facilement la tête dans ce genre d'endroits, non ?

Hédinn attendait de lui une réponse, mais Ari Thór ne le comprit pas tout de suite.

– J'imagine, oui, articula-t-il enfin.

Même si Siglufjördur se trouvait beaucoup moins isolée que Hédinsfjördur, il gardait un très mauvais souvenir de son premier hiver passé là. Plongé dans une pénombre étouffante, prisonnier d'une ville coupée du reste du monde par la neige, il en avait perdu le sommeil. Il frémit à ce souvenir.

– Mais vous en savez quelque chose, reprit-il. À quoi ressemblait la vie là-bas ?

– Ma vie ? Dieu merci, je ne m'en souviens plus. Nous avons déménagé immédiatement après... les événements. Je n'avais même pas un an, et mes parents ne m'ont rien raconté de cette période, ce qui peut se comprendre. Ils ont néanmoins connu de bons moments, je crois. Selon ma mère, je suis né par une belle journée de mai. Après ma naissance, elle est descendue au lagon, parfaitement calme ce jour-là. Elle a contemplé l'horizon et décidé de me baptiser Hédinn, en hommage au Viking qui s'est installé le premier à Hédinsfjördur vers l'an 900. Ils m'ont aussi raconté de beaux souvenirs des mois d'hiver, même si mon père se plaignait parfois de l'ombre menaçante des hautes montagnes à la saison froide.

Ari Thór ressentit à nouveau un léger malaise. Il se rappelait très bien à quel point les montagnes qui encerclent Siglufjördur l'avaient marqué lors de son arrivée deux ans et demi plus tôt. Un sentiment de claustrophobie l'avait envahi pour ne pas le quitter – il faisait de son mieux pour y échapper.

– Se rendre d'Hédinsfjördur à Siglufjördur ou Ólafsfjördur n'était pas une mince affaire à l'époque, reprit-il. Le mieux était de passer par la mer, mais on pouvait également y aller à pied, par le col d'Hestsskard, en descendant vers Siglufjördur. Il existe un récit du dix-neuvième siècle qui raconte comment l'une des fermières de Hvanndalur est partie chercher du bois à pied, en empruntant un itinéraire très difficile, le long des éboulis à l'est du fjord. Elle était enceinte et portait également un jeune enfant contre son sein. À cœur vaillant, rien d'impossible. Cette histoire finit bien. Pas la mienne.

Hédinn releva la tête avec un sourire amer. Il marqua une pause avant de poursuivre.

– Notre maison se trouvait à proximité du chemin qui mène de Siglufjördur à Hédinsfjördur par le col d'Hestsskard. Aujourd'hui, c'est un sentier de randonnée qu'on emprunte par plaisir. Les temps changent, n'est-ce pas ? Et les gens aussi. Mes deux parents sont morts. D'abord ma mère, puis mon père, dit-il d'un ton lugubre avant de se taire à nouveau.

– Les autres aussi sont morts, je crois ? demanda Ari Thór, moins par curiosité que pour briser le silence. Je veux dire, votre tante et son mari.

Hédinn le regarda d'un air surpris.

– On ne vous a jamais raconté cette histoire ? finit-il par demander.

– Non, ça ne me dit rien.

– Je suis désolé. Je pensais que vous connaissiez les faits. Tout le monde en a entendu parler, à l'époque. Je suppose que les choses se tassent au bout d'un moment. On est un demi-siècle plus tard, après tout. Le temps efface jusqu'aux souvenirs les plus douloureux. Personne n'a jamais pu déterminer s'il s'agissait d'un meurtre ou d'un suicide…

– Vraiment ? Mais qui est mort ? demanda Ari Thór, piqué de curiosité.

– Ma tante. Elle a bu du poison.

– Du poison ?

Il frissonna à cette idée.

– Mélangé à son café. Le médecin a mis longtemps à venir. Peut-être qu'elle aurait pu être sauvée avec des soins plus rapides. Peut-être qu'elle s'est empoisonnée elle-même, sachant qu'il faudrait un certain temps avant que le docteur ou l'ambulance ne parviennent jusqu'à elle.

La voix d'Hédinn se fit plus grave, son rythme plus lent.

– On a conclu à un accident – elle aurait confondu le sucre avec la mort-aux-rats. Mais c'est un peu tiré par les cheveux, si vous voulez mon avis.

– Quelqu'un l'aurait tuée ? demanda Ari Thór tout de go.

Il avait depuis longtemps abandonné les précautions oratoires. Le tact n'avait jamais été sa spécialité, de toute façon.

– Ça me semble évident. Bien sûr, il n'y a que trois suspects possibles : son mari et mes parents. Depuis ce temps, le soupçon a toujours pesé sur ma famille, même si personne n'en parle ouvertement. La plupart des gens pensent qu'elle s'est suicidée. Mais c'est une vieille histoire, maintenant. Nous avons déménagé à Siglufjördur après sa mort, et son mari est retourné vivre à Reykjavík où il a fini ses jours. Mes parents n'ont jamais évoqué cette histoire devant moi et je ne leur ai pas non plus posé de questions. Personne n'a envie de penser du mal de ses parents, si ? Mais le doute ne m'a jamais quitté. Pour moi, soit elle s'est suicidée, soit son mari l'a tuée. Cela n'a rien d'extraordinaire, un mari qui tue sa femme, ou vice versa, soupira Hédinn.

– Ma prochaine question ne vous surprendra sans doute pas…, insinua lourdement Ari Thór.

– Je sais, répondit Hédinn.

Il resta silencieux un moment.

– Vous vous demandez pourquoi je viens vous en parler après toutes ces années, n'est-ce pas ?

Ari Thór acquiesça. Son thé refroidissait – il s'apprêtait à en avaler une gorgée mais se ravisa en songeant au café à la mort-aux-rats qui avait tué cette pauvre femme.

– C'est toute une histoire.

Hédinn se redressa et resta un moment pensif. Il semblait chercher ses mots.

– Tout d'abord, pour être honnête, j'ai fait exprès d'appeler juste avant Noël – je savais que vous remplaciez Tómas à ce moment-là. Il connaît trop bien la ville et ses histoires, lui. Je pensais que vous porteriez un regard neuf sur cette affaire, même si je suis surpris que vous n'en ayez jamais entendu parler. Mais il y a autre chose. J'ai un ami dans les quartiers sud, qui fait partie de l'Association de Siglufjördur, où se retrouvent régulièrement les anciens habitants de la ville. Ils ont fait une soirée photos.

Ari Thór haussa les sourcils.

– ... une soirée où ils regardent de vieilles photos de Siglufjördur. Le jeu, c'est de reconnaître les gens sur les clichés, et de noter leurs noms. Ça permet de tenir une espèce de registre des habitants de Siglufjördur à travers les âges.

– Et donc ?

– J'y arrive. Il m'a appelé, ce soir-là, pour me parler d'une photo.

La voix d'Hédinn se fit plus grave, ce qui stimula l'attention d'Ari Thór.

– C'était une photo d'Hédinsfjördur, prise devant notre porte.

D'une main tremblante, il porta la tasse à sa bouche.

– Ma tante n'était pas encore morte. C'était le cœur de l'hiver ; il faisait beau, mais il y avait beaucoup de neige.

Ari Thór fut à nouveau en proie au malaise – il décida de ne pas y céder.

– Et pourtant la photo n'a rien de lumineux. Je devais avoir quelques mois à l'époque, et on voit cinq adultes sur le cliché.

– Une photo de famille comme les autres, non ? dit Ari Thór.

– Pas tout à fait, dit Hédinn d'une voix sourde.

Il s'absorba dans la contemplation de sa tasse avant de fixer Ari Thór d'un regard noir.

– Sur la photo, on voit mon père, ma mère, moi et ma tante. J'imagine que c'est Maríus, son mari, qui a pris la photo.

– Dans ce cas, qui est la cinquième personne ? s'inquiéta Ari Thór.

Il se remémorait des histoires de fantômes qui apparaissent sur des photos – Hédinn pensait-il à cela ?

– Un jeune homme que je n'ai jamais vu, posté au centre de la photo, et qui me porte dans ses bras. Le truc, c'est que personne à cette soirée n'avait la moindre idée de son identité, soupira Hédinn. Qui est ce jeune homme ? Qu'est-il devenu ? A-t-il joué un rôle dans la mort de ma tante ?

4

Róbert n'avait pas fermé l'œil de la nuit. Épuisé, il versait du lait sur ses céréales. Assise à table en face de lui, Sunna avait l'air reposée. La radio diffusait les infos en sourdine – apparemment, rien à signaler en ce dimanche de mars, si ce n'est l'apparition d'un virus à Siglufjördur, qui avait fait un mort la nuit même. L'idée d'une maladie contagieuse inquiétait Róbert – était-il possible de la juguler ? Il espérait vivement pouvoir épargner sa famille. Mais il avait pour le moment des affaires plus urgentes à gérer qu'une lointaine épidémie.

Il avait la sensation que leur maison, pourtant propre et coquette, avait été souillée par l'intrusion nocturne de l'étranger. Qui donc était venu fureter ? Est-ce qu'il, ou elle, avait décidé de s'introduire dans la maison après les avoir vus s'étreindre par la fenêtre de la chambre à coucher ? S'agissait-il d'un voyeur ? Ou pire ? Il se rappelait parfaitement avoir fermé à clé la porte de derrière.

Sunna avait perdu ses clés. On pouvait bien sûr penser que celui qui était tombé dessus avait cherché les propriétaires et décidé de s'introduire chez eux. Ou que les clés avaient été volées, ce qui n'avait rien de rassurant. Dans tous les cas de figure, le plus urgent était de faire intervenir un professionnel pour qu'il change toutes les serrures.

Il tendit la main vers la radio et l'éteignit. La petite cuisine baigna quelques instants dans le silence, tempéré par la pluie qui battait avec acharnement contre les carreaux, comme par vengeance.

– Tu n'aurais pas retrouvé tes clés, par hasard ? demanda-t-il d'un ton faussement anodin.

– C'est bizarre, dit Sunna en levant les yeux de son journal. Je ne comprends pas où elles sont passées. Je me souviens que je les avais à la répétition hier – il me semble qu'elles étaient dans ma poche de manteau. Je l'ai accroché dans l'entrée, comme tout le monde. Il n'y a jamais eu de problème de vol jusqu'à présent. Même si n'importe qui aurait pu fouiller dans ma poche.

– N'importe qui ? demanda Róbert. Même quelqu'un de l'extérieur ?

– J'imagine, oui, dit-elle en lui lançant un regard appuyé. Pourquoi ? Il y a un problème ?

– Bien sûr que non, chérie, dit-il avec un sourire forcé. Je me demandais seulement…

Il marqua une pause.

– Je me demandais si on ne devrait pas faire changer les serrures.

– Ce n'est peut-être pas nécessaire, répondit-elle, l'air surpris. Je vais sûrement les retrouver.

– Tu me connais… je suis peut-être trop prudent. Mais il va falloir y songer de toute façon, parce que les serrures se grippent, mentit-il.

– Je n'ai pas remarqué, dit Sunna en jetant un coup d'œil à l'horloge.

Elle se leva.

– Fais comme tu veux. Il faut que j'y aille.

Elle sortit brusquement de la cuisine, se retourna dans l'entrée et lui lança :

– Tu reviens pour le déjeuner ?

Róbert devait assister à une conférence, mais il n'était pas question pour lui de quitter la maison tant que les serrures n'auraient pas été changées. Il ne mentait pas en disant à Sunna qu'il était de nature prudente.

– J'espère bien, dit-il.

– Breki va déposer Kjartan. Ça ne t'embête pas si je ne suis pas là ? demanda-t-elle, un peu gênée.

Róbert ne raffolait pas de l'ex de Sunna.

– Pas de problème, répondit-il. Juste…

Elle était sur le point de refermer la porte derrière elle.

– Il ne t'embête pas, si ?

– Breki ?

– Oui. Tu sais ce que l'avocat a dit. Tu n'es pas censée lui parler tant que ce problème de garde n'a pas été réglé. C'est aux avocats de régler ça entre eux.

– Ne t'en fais pas pour moi, je sais gérer Breki, répondit-elle avec un sourire.

5

Ísrún sentit un nœud d'angoisse s'installer au creux de son ventre alors qu'elle prenait place dans l'avion qui la ramenait des îles Féroé en Islande. Le vol aller s'était bien passé, mais elle se souviendrait toujours de l'atterrissage entre ces immenses montagnes qui lui paraissaient terriblement proches. Fermer les yeux n'avait rien arrangé – elle avait imaginé le pire au moment où l'avion, entrant dans une zone de turbulence, se préparait à un atterrissage mouvementé. Devant son air livide, un membre de l'équipage lui avait souhaité un agréable séjour au moment où elle quittait l'avion.

– Le vol s'est bien passé, mis à part l'atterrissage, balbutia Ísrún.

– L'atterrissage ? s'étonna le steward. Pourtant, les conditions étaient idéales, à part quelques petites turbulences.

Le décollage sera forcément moins pénible, se dit-elle en bouclant sa ceinture.

Ces quelques jours passés dans les îles Féroé n'avaient pas vraiment été une partie de plaisir – plutôt le contraire. Certes, elle appréciait beaucoup les gens qu'elle connaissait là-bas et leur avait rendu visite plusieurs fois en compagnie de ses parents. Mais cette fois-ci, elle était venue seule pour retrouver Anna, sa mère.

Anna était née dans les îles Féroé, au sein d'une famille de pêcheurs. Elle avait perdu ses deux parents, mais elle gardait une relation étroite avec ses deux sœurs qui vivaient là. Anna avait déménagé en Islande à l'âge de vingt ans pour suivre un homme, Orri, lequel était venu travailler un été dans les îles. Un coup de foudre, avait-elle confié à sa fille. Ils s'étaient ensuite fait construire une maison à Kópavogur, avant de s'installer finalement dans la banlieue de Grafarvogur. Anna avait suivi des études de lettres à l'Université d'Islande. Elle en était sortie diplômée, et Ísrún était née quelques années plus tard.

Orri était chauffeur de profession. Il conduisait des cars et des camions. Anna, pour sa part, avait fondé une petite maison d'édition, dans le but de faire traduire la littérature des îles Féroé en islandais. Elle publia ainsi quelques romans avant de se lancer dans la littérature jeunesse. Plus tard elle se tourna, toujours avec succès, vers les guides de voyage.

Si les revenus d'Anna assuraient au couple une solidité financière, leur mariage se révéla fragile. Orri avait décidé de s'aventurer dans le tourisme et de spéculer sur les taux de change, ce qui était d'autant plus intéressant qu'un contrôle des devises avait été instauré en Islande après le krach boursier de 2008, qui limitait l'accès aux monnaies étrangères. Il espérait aussi profiter des guides de voyage d'Anna pour faire fructifier sa propre entreprise. Il avait fait l'acquisition d'un petit car, puis d'un autre.

Ce second achat fut la goutte d'eau qui fit déborder le vase. Anna approchait de la soixantaine, elle avait réussi à vendre sa maison d'édition assez cher pour lui assurer une retraite confortable. Âgé de sept ans de plus, Orri ne paraissait pas vouloir ralentir le rythme et avait accueilli fraîchement la cession de son entreprise par Anna. Ísrún avait assisté à la dispute entre ses deux parents. Le conflit avait franchi un nouveau palier.

– J'ai acheté un deuxième car, avait marmonné son père un dimanche au dîner.

– Tu n'avais pas assez d'un ? avait demandé Ísrún innocemment.

– Si. Mais j'en ai acheté un autre, qui vient d'Allemagne.

– Un autre car ? s'était étouffée Anna, les yeux rivés sur son mari.

Elle s'efforçait de garder son calme devant sa fille.

– Je l'ai eu à bon prix, avait-il poursuivi. Cent mille kilomètres au compteur, une broutille. Et il a *l'air conditionné* ! ajouta-t-il en prononçant ces derniers mots avec un accent américain hérité de son séjour aux États-Unis dans les années quatre-vingt.

– *À bon prix*, ça veut dire ?

– Je vais très vite rentrer dans mes frais, tu verras, esquiva-t-il. J'ai fait mes comptes. La demande est tellement forte pour le Cercle d'Or[1], c'est une véritable mine d'or ! ajouta-t-il d'un ton hésitant.

– Il me semble qu'on s'était mis d'accord pour calmer le rythme, avait lancé Anna.

---

1. Circuit touristique regroupant les trois sites les plus fréquentés d'Islande.

Orri n'avait rien trouvé à répondre. Le reste du repas se déroula en silence. Mais Ísrún se doutait que la conversation allait reprendre dès qu'elle aurait quitté la table.

Deux mois plus tard, Anna était partie. Non seulement elle avait vendu sa maison d'édition, mais elle avait aussi quitté le foyer pour retourner vivre aux îles Féroé, dans la grande demeure où habitaient ses sœurs. Orri était dévasté. Il s'échinait à faire prospérer son affaire, mais Ísrún craignait pour sa santé. Depuis le départ d'Anna, comme vidé de toute énergie, il n'était que l'ombre de lui-même.

Ísrún avait décidé de profiter d'un court répit entre deux veilles pour partir aux Féroé. Elle voulait convaincre sa mère de retourner vivre avec eux. Elle avait peu de chances de réussir, mais ces jours-ci Ísrún avait tendance à prendre des décisions irréfléchies. Ça lui permettait de penser à autre chose qu'à la maladie génétique héritée de sa grand-mère qui la prédisposait à développer des tumeurs sérieuses. Voilà un an et demi qu'elle consultait pour savoir si elle avait hérité des prédispositions qui avaient jadis tué sa grand-mère, et il se trouve que c'était le cas. On lui avait confirmé le diagnostic, mais par chance la tumeur dont elle souffrait était bénigne. Tout en lui précisant que la maladie pourrait s'aggraver, le médecin lui avait conseillé de se montrer optimiste, ce qu'elle s'efforçait de rester. Elle faisait de son mieux pour vivre sa vie sans y penser, et n'avait rien dit à personne, pas même à ses parents. Elle avait vaguement envisagé d'en parler à sa mère, ne serait-ce que pour la pousser à regagner l'Islande. Mais elle se ravisa en songeant que ce serait injuste pour tout le monde. D'un autre côté, la séparation de ses parents ne faisait qu'ajouter au stress qu'elle endurait dans sa vie professionnelle. Le docteur lui avait conseillé de faire régulièrement de l'exercice, de manger sain et d'éviter les tensions. Il lui avait même recommandé d'arrêter le journalisme.

«Vous voulez ma mort ?» lui avait-elle lancé, tout en regrettant aussitôt son sarcasme.

En vérité, elle ne s'épanouissait que dans l'ébullition de la salle de rédaction. Elle travaillait pour le journal télévisé quasiment *non-stop* depuis la fin de ses études et adorait son boulot. Certains de ses collègues étaient devenus des amis, même si d'autres ne lui voulaient pas que du bien. Ívar, par exemple, ne cessait apparemment de comploter pour se débarrasser d'elle. En tant que rédacteur, il avait la plupart du temps autorité sur elle et décidait des sujets qui lui seraient confiés. Pendant longtemps, il lui avait attribué des missions sans intérêt, mais tout avait changé l'été dernier. Elle avait reçu un prix pour son reportage sur le trafic d'êtres humains en Islande et elle était devenue la favorite de María, la rédactrice en chef, ce qui lui avait donné un avantage sur Ívar. Depuis lors, il s'efforçait de traiter Ísrún avec courtoisie, surtout pour ne pas contrarier María, dont ils convoitaient tous les deux le poste. Mais il était flagrant pour tout le monde qu'Ívar ne se montrait agréable à Ísrún que par intérêt.

Le voyage aux îles Féroé n'avait rien donné de bon. Sa mère, plus têtue qu'un troupeau entier de mules – un trait de caractère dont Ísrún avait hérité – n'avait manifestement aucune envie de quitter les îles, du moins pour le moment. Ísrún regrettait un peu d'avoir dépensé tout ce temps et tout cet argent en vain, mais elle avait aussi décidé qu'elle devrait passer davantage de temps dans les îles. Elle ne connaissait presque rien à la langue et n'avait pas vraiment pris le temps de faire connaissance avec le pays et ses habitants, ni de rester en relation avec les membres de sa famille qui vivaient là-bas, ce qui lui inspirait un fort sentiment de culpabilité.

– Ton père et moi n'avons plus rien en commun, mon cœur, avait expliqué Anna. En tout cas pour le moment. Mais on ne sait jamais…

Elle posa ensuite la question qu'Ísrún attendait :

– C'est lui qui t'a envoyée ?

– Bien sûr que non. Tu ne me crois pas capable de venir ici de mon propre chef ?

– Si. Pardon, mon cœur, avait répondu Anna d'une voix douce.

– Il ne va pas fort, avait dit Ísrún.

– Je l'avais prévenu. Maintenant, à lui d'assumer. On devrait avoir les moyens de prendre notre retraite. Mais ses projets touristiques délirants nous coûtent trop cher.

– Tu mets fin à trente ans de mariage à cause de quelques clients ?

– Ce n'est pas aussi simple. Tout chez lui commençait à me taper sur les nerfs, et je suis certaine qu'il pensait la même chose de moi. Rien d'autre ne l'intéressait que son travail et ses cars à la noix. J'avais envie de profiter de la vie, de voyager, de m'occuper du jardin, d'aller voir des pièces de théâtre et des concerts. Mais ça ne l'intéressait pas. Je ne pouvais même pas lire au lit – il fallait que toutes les lumières soient éteintes quand il allait se coucher. Tu sais, Ísrún, au bout de trente ans de vie commune, on commence à fatiguer. Ce n'est pas facile. Tu t'en rendras compte un jour, avait répondu Anna en faisant discrètement allusion au fait que sa fille était toujours célibataire.

Sa mère avait raison – sa dernière relation sérieuse remontait à plusieurs années déjà. La maladie y était pour quelque chose, ainsi que le souvenir traumatisant d'une lointaine histoire. En résumé, elle n'avait ni l'envie ni l'énergie de se chercher un nouveau compagnon de vie.

Le vol retour depuis les îles Féroé se déroula sans encombre. Ísrún se rendit directement de l'aéroport au travail et arriva pile à l'heure où commençait sa permanence.

– Ísrún! cria Ívar dès qu'elle eut passé la porte.

Il avait les yeux rivés sur l'horloge.

Elle le rejoignit d'un pas qu'elle voulait ferme et décidé. Ívar n'avait gagné aucun prix; elle le savait, et lui aussi. María, la rédactrice en chef, ne l'ignorait pas non plus.

Elle le fixa sans dire un mot.

Il hésita un court moment avant de lancer :

– Tu es de veille ces prochains jours, non ?

– Exact, confirma-t-elle.

– Tu peux couvrir le virus tueur à Siglufjördur ? Tu y étais l'été dernier, non ?

– Pas de problème, répondit-elle, imperturbable.

Elle gagna son bureau, alluma son ordinateur et chercha le numéro de la police de Siglufjördur. Elle gardait des souvenirs très précis de son séjour dans la petite ville. Elle s'y était rendue à cause des terribles événements qu'elle avait vécus, mais l'endroit l'avait par ailleurs aidée à affronter l'avenir la tête haute. Les habitants de Siglufjördur devaient à leur tour faire face à de graves dangers, et elle espérait ne pas avoir à retourner sur les lieux tant que le virus sévirait.

6

Tómas arriva à sept heures du matin pour prendre la relève d'Ari Thór. On venait d'apprendre que la santé de l'infirmière s'était dégradée ; elle était morte avant d'avoir pu intégrer l'unité de soins intensifs de Reykjavík.

Peu après que Tómas eut pris son poste, il fut invité à rejoindre une téléconférence de dernière minute organisée entre les chefs de poste de l'hôpital, un spécialiste des maladies infectieuses et le ministère de la Santé. On évitait désormais les réunions *de visu*. Personne ne tenait à être contaminé.

Tómas fit de son mieux pour paraître imperturbable au bout du fil, comme s'il faisait passer son devoir avant toute considération personnelle même si cela ne reflétait pas tout à fait son état d'esprit. Il tremblait à l'idée d'être infecté à son tour et ne tenait surtout pas à se déplacer où que ce soit.

On confia à Tómas le soin de rédiger un communiqué de presse au sujet du décès de l'infirmière. Apparemment, le pays entier avait les yeux rivés sur Siglufjördur, tout en s'en tenant éloigné. Les habitants de Siglufjördur étaient considérés en quelque sorte comme des rats de laboratoire, enfermés dans une cage que personne n'avait envie d'ouvrir. Le communiqué de presse n'était qu'une formalité : l'information avait déjà largement circulé, et la radio annoncé la mort de l'infirmière avant même que Tómas ne s'attelle à rédiger son texte. Au final, on attendait surtout de lui qu'il rassure la population et convainque le reste du pays que la contamination était jugulée.

Tómas lui-même était en bonne santé. Le virus ne l'avait pas touché. Mais il se sentait fatigué. Comme il devait y avoir en permanence un officier de service, Ari Thór et lui se relayaient jour et nuit. Ils avaient lancé un appel à candidature pour le poste de troisième policier de Siglufjördur, mais vu les circonstances, le recrutement avait été repoussé. Heureusement, il y avait un vieux lit de camp qui permettait au policier de garde de se reposer.

D'un côté, Tómas aurait aimé que sa femme soit là pour lui apporter son soutien. D'un autre, il se réjouissait qu'elle étudie l'histoire de l'art à Reykjavík, où le virus ne pourrait pas l'atteindre – du moins pour le moment.

Tómas rentrait à peine à Siglufjördur après un congé sabbatique de trois mois dans la capitale. Sa femme occupait un petit appartement non loin de l'Université d'Islande et semblait s'y plaire. C'est elle qui avait proposé à Tómas de la rejoindre pour quelque temps. S'il venait à apprécier la vie à Reykjavík, ils pourraient revendre leur grande maison de Siglufjördur pour acheter un appartement en ville. Après un moment d'hésitation, il avait fini par accepter d'aller passer du temps avec elle. Sa femme lui manquait et il n'en pouvait plus des plats réchauffés au micro-ondes.

La route était longue jusqu'à Reykjavík et il arriva de nuit. Elle l'attendait, mais en bonne compagnie : des amis de la fac, dit-elle – deux hommes et une femme, tous deux bien plus jeunes que Tómas, affalés sur un canapé bleu délavé devant une table basse plutôt fatiguée. Tómas, mal à l'aise, entra dans la pièce et se présenta à eux. Il jeta un coup d'œil aux verres sur la table : ils en étaient apparemment à la deuxième bouteille de vin rouge.

– Je te sers un verre de vin ? proposa sa femme.

Il fit non de la tête.

– Le voyage m'a éreinté, j'ai besoin de dormir, dit-il.

Il s'attendait qu'elle congédie ses invités dès que possible, mais elle n'en prit pas la peine ; ils restèrent assis à discuter jusqu'à plus de deux heures du matin. Tómas, allongé dans le lit étroit de la petite chambre à coucher, attendait patiemment comme un prisonnier dans sa cellule. Le lit était à peine assez large pour une personne, et elle comptait apparemment le lui laisser pour dormir sur le canapé. S'il décidait de rester plus longtemps que les trois mois prévus, alors ils pourraient faire l'acquisition d'un lit double. En attendant, il avait proposé de prendre lui-même le sofa.

On va trouver nos marques au bout d'un moment, se dit-il. Pourtant, rien ne changea. Ses amis continuaient de débarquer à toute heure, et sa vie à elle tournait autour des examens et des cours magistraux, avec des soirées qui s'étiraient en longueur. De son côté, Tómas n'arrivait pas à s'entendre avec ses amis étudiants. Il est vrai qu'il ne faisait pas non plus beaucoup d'efforts dans ce sens. Elle passait parfois ses soirées à travailler à la bibliothèque tandis qu'il restait seul à l'appartement. Trois mois plus tard, il n'avait toujours pas réussi à s'adapter à son nouveau rythme de vie et se demandait comment sa femme, à peine plus jeune que lui, pouvait avoir un train de vie aussi anarchique.

De retour de Reykjavík, il avait au moins une certitude : elle n'entretenait pas de liaison. En revanche – et c'était encore plus inquiétant – elle était tombée amoureuse de son nouveau style de vie. En regagnant sa petite ville isolée au creux des montagnes, il dut se rendre à l'évidence : leurs amis et leurs connaissances avaient raison. Leur couple ne fonctionnait plus.

On ne pouvait imaginer pire moment pour une séparation – si tant est qu'il existe un moment adéquat pour mettre fin à un amour de jeunesse : Tómas tentait toujours de se remettre de la mort d'un collègue qui s'était suicidé l'été passé.

Pour ne rien arranger, Ari Thór avait été blessé au couteau le soir même de la mort du policier. Par chance, le couteau à viande, quoique aiguisé, n'avait pas fait trop de dégâts – il avait manqué de peu des organes vitaux. On avait mené une rapide enquête et de l'avis de tous les témoins, il s'agissait d'un accident. Sans doute, mais Tómas était pour sa part convaincu que l'homme qui avait blessé Ari Thór s'était bel et bien battu avec lui. Enfin, l'affaire était close et Tómas ne fit pas d'histoires.

De retour à Siglufjördur, Tómas s'était plongé dans le travail, ne serait-ce que pour oublier le fait que son mariage se délitait. La menace du virus achèverait de lui changer les idées.

Tómas devait s'assurer que l'approvisionnement de la ville se poursuive bien pendant la quarantaine. Il avait brillamment réussi, même s'il n'avait pas été facile de trouver des chauffeurs qui acceptent de venir ici ; la plupart d'entre eux semblaient persuadés que l'air lui-même était porteur de germes tueurs, et s'étaient contentés de déposer leur livraison à l'entrée d'un des deux tunnels qui menaient à Siglufjördur. Par ailleurs, les habitants rechignaient à quitter leurs maisons en dehors des cas d'absolue nécessité, et personne n'avait envie de tenir la caisse du Co-Op. Au final, le gérant de la grande surface avait dû se résoudre à prendre les commandes par téléphone et à assurer les livraisons à domicile.

Tómas soupira. Il n'avait pas le choix : il lui fallait mettre de côté ses soucis conjugaux et se concentrer sur la situation de crise. Maintenant qu'il avait rédigé le communiqué de presse, il lui restait à appeler le gérant du supermarché. Il s'apprêtait à décrocher le combiné quand le téléphone se mit à sonner.

C'était Ísrún, cette jeune journaliste télé avec la cicatrice sur la joue. Elle était devenue célèbre l'été passé : un homme avait été battu à mort près d'un fjord et elle était arrivée la première sur les lieux.

Elle venait s'enquérir de la situation suite à l'annonce du deuxième décès. Tómas n'avait pas vraiment le temps de répondre, mais il nota son numéro et promit de la rappeler.

Il recopia les chiffres sur un Post-it qu'il colla à l'écran d'Ari Thór. Celui-ci pourrait répondre au harcèlement des médias quand il prendrait le relais pour la nuit.

7

Assis sur le canapé, Róbert se redressa brusquement.

Quelqu'un avait-il toqué à la fenêtre ? Normalement, il n'y avait personne d'autre que lui dans l'appartement. Un courant d'air glacé se faufila dans son cou et il frissonna. Il se rendit alors compte qu'il s'était endormi devant la fenêtre ouverte.

Il jeta un coup d'œil à l'horloge : il était presque midi. Il trembla à nouveau sous l'assaut du froid, qui s'attaquait à sa gorge et à son nez – à tous les coups, il couvait un rhume.

Puis il sursauta. Ce n'était pas un rêve : on frappa à nouveau un coup sec et précis.

Il leva les yeux et fut pris de sueurs froides en voyant l'inconnu qui le fixait à travers la fenêtre. Il se figea de terreur. Il n'était pas du genre émotif, mais les événements de la nuit lui avaient mis les nerfs à vif.

Puis il se rappela qu'il attendait le serrurier et se maudit.

Il adressa à l'homme un petit signe de tête, se leva et se hâta de gagner l'entrée pour lui ouvrir. D'âge moyen, les cheveux trempés et collés à son crâne par la pluie, l'homme portait une barbe de trois jours.

– J'ai sonné à la porte, mais ça ne répondait pas, dit-il sur un ton de reproche. Donc je me suis permis de toquer à la fenêtre et de regarder s'il y avait quelqu'un. Le trajet en voiture m'a pris une demi-heure et je ne tenais pas à repartir bredouille.

– Désolé. Entrez donc. Le bruit de la sonnette est très léger, et je m'étais assoupi…

Le serrurier ne comptait apparemment pas ôter ses chaussures mais il les frotta avec soin sur le paillasson.

– Quel est le problème ? Elles se coincent ?

– Non. Mais nous avons perdu un jeu de clés, donc je voudrais vraiment que vous les changiez, sur les deux portes. Par précaution.

Le serrurier n'eut pas l'air surpris. Il hocha la tête et se mit à l'œuvre immédiatement.

Róbert se fit du café et patienta, assis à la table de la cuisine. Il espérait que la chaleur de la boisson tuerait son rhume dans l'œuf mais ne réussit qu'à se brûler la langue. Il se sentait encore fatigué. En vérité, l'intrusion de la nuit dernière n'avait rien fait pour arranger ses troubles du sommeil. Il avait plus de mal que prévu à se remettre de certains événements survenus dans sa vie.

– Souhaitez-vous que j'installe également des chaînes de sécurité ? lança le serrurier depuis l'entrée.

Il hésita un court instant avant de confirmer. Il se sentait vaguement honteux de ne pas pouvoir assurer seul la sécurité de sa famille…

Le serrurier en eut vite fini. Après son départ, Róbert décida de se reposer un moment. Il veilla cette fois à tirer les rideaux et à mettre les chaînes de sécurité sur les deux portes, même si elles ne suffiraient pas à empêcher une intrusion forcée. Róbert avait toujours cette désagréable sensation d'être observé alors qu'il s'allongeait sur le canapé. Il s'efforça de libérer son esprit de toutes les pensées qui l'obsédaient, ce qui n'était pas chose facile ces temps-ci.

Il ne dormait toujours pas quand le carillon de la sonnette retentit une demi-heure plus tard. Il l'entendit distinctement, cette fois.

Il prit son temps pour ouvrir : à tous les coups, c'était Breki, l'ex de Sunna, qui ramenait Kjartan. Róbert trouvait Breki pénible, il ne l'avait jamais aimé et ne cherchait pas à faire plus ample connaissance avec lui.

«Par certains côtés, vous vous ressemblez», avait affirmé Sunna un jour.

Il voyait très bien ce que Sunna voulait dire : ni Breki ni lui n'étaient du genre à abandonner la partie.

Il entrouvrit la porte sans ôter la chaînette, jeta un coup d'œil à son visiteur et le laissa entrer.

– Salut, lança-t-il à Breki en le fixant d'un air maussade.

Ils faisaient à peu près la même taille – 1,85 mètre. Breki avait le crâne rasé, une barbe mal entretenue et des yeux plus grands que la normale. Il adressa un signe de tête à Róbert avant de lui tendre une main trapue que Róbert ignora.

Breki tenait de l'autre main un siège auto où se tenait le petit Kjartan, bien emmitouflé à cause du froid et de la pluie. Il dormait profondément.

– Sunna est là ? demanda Breki en balayant la pièce du regard.

– Elle est à son travail.

Il s'empara du siège et le posa délicatement par terre. Breki haussa les épaules et regagna à grands pas le pick-up vert qu'il avait arrêté en plein milieu de la rue.

– Hé !, l'apostropha Róbert en reniflant. Qu'est-ce que tu fabriquais par ici la nuit dernière ?

Il guetta la réaction de Breki. Celui-ci se retourna et le fixa, les yeux écarquillés, l'air perplexe.

– Comment ça ? Je n'étais pas dans le coin !

Róbert se garda d'en rajouter pour le moment.

– Je croyais t'avoir reconnu, dit-il avant de claquer la porte.

Róbert regretta aussitôt son geste, mais le petit garçon dormait toujours. Il attendit que Breki ait démarré son tas de rouille pour détacher soigneusement l'enfant et l'installer dans la poussette qu'ils gardaient dans l'entrée. Puis il sortit sous la pluie et marcha jusqu'au coin de la rue, les clés toutes neuves dans sa poche.

Arrivé au bout, il se retourna et regarda machinalement par-dessus son épaule.

Il n'y avait personne. Mais l'intrus de la nuit dernière hantait désormais ses pensées comme un fantôme.

8

Malgré la fatigue, Ari Thór était prêt à prendre la relève. Il avait réussi à se reposer dans la journée sans pouvoir pour autant dormir.

Il n'y avait pas beaucoup de travail pour le moment. Peut-être pourrait-il rentrer chez lui voler quelques heures de sommeil s'il gardait son téléphone à côté de lui. Il fallait qu'il rappelle Ísrún, la journaliste de Reykjavík, mais elle était sans doute rentrée chez elle, donc il pourrait la joindre plus tard.

Il fallait aussi qu'il contacte ce soir même l'hôpital, et plus précisément le spécialiste des maladies infectieuses, pour faire le point sur la situation. Le décès d'une deuxième victime avait achevé de semer la panique au sein de la population. Les médias décrivaient en long et en large les symptômes observés chez l'infirmière, depuis les vomissements jusqu'à l'hémorragie interne et externe. On savait maintenant qu'il existait une réelle menace, à laquelle personne ne souhaitait être exposé. Ari Thór se rendit compte en parlant au chef de service que le personnel de l'hôpital vivait toujours dans la peur de la contagion, malgré des mesures de sécurité rigoureuses.

Selon lui, les médias n'avaient fait qu'attiser la terreur de la population à la mort de l'infirmière tandis que les autorités, de leur côté, faisaient de leur mieux pour convaincre les citoyens que la situation était sous contrôle – vu les circonstances, on pouvait en effet se féliciter que personne d'autre n'ait été infecté.

À part ça, les choses s'arrangeaient entre Ari Thór et Kristín, son ex-petite amie, et il s'en réjouissait. Ils s'étaient séparés il y a un moment déjà, mais il n'arrivait pas à l'oublier, et il avait fini par débouler sans prévenir à son domicile d'Akureyri pour la trouver en compagnie d'un autre homme. Fou de jalousie, il avait perdu son sang-froid. Une bagarre avait éclaté et il avait reçu un coup de couteau. Il en acceptait l'entière responsabilité et, curieusement, cet incident l'avait rapproché de Kristín.

En janvier pourtant, sa vie personnelle avait connu de nouvelles turbulences. Un coup de téléphone inattendu lui avait apporté de bien mauvaises nouvelles, de celles dont il n'avait surtout pas besoin pendant ces mois d'hiver sinistres à proximité du cercle polaire arctique.

– Vous êtes bien Ari Thór ? avait demandé une femme d'un ton hésitant.

– Oui, confirma-t-il.

Il ne reconnaissait pas sa voix. Il était rare de recevoir des appels nominatifs au poste de police. Il pensa qu'il devait s'agir d'une plainte – quelqu'un trouvait sans doute qu'il ne faisait pas son travail correctement. Si seulement cela avait été le cas !

– J'imagine que vous ne vous souvenez pas de moi, reprit la femme après un court instant. Nous nous sommes rencontrés à Blönduos.

Elle n'avait pas besoin d'en dire plus. Ari Thór reçut cette information comme une gifle. Il se souvenait vaguement d'elle, noyée dans la brume d'une soirée alcoolisée. C'était l'automne dernier, juste après que Kristín et lui eurent pris des chemins séparés. Il avait rencontré cette rousse dans une boîte de nuit et ils avaient passé la nuit ensemble.

– Bien sûr que je me rappelle, dit-il.

– Il faut qu'on parle.

Elle laissa planer un lourd silence avant de poursuivre.

– Quand on s'est rencontrés, j'avais un petit ami, mais on avait décidé de faire une pause… mais après… notre nuit ensemble, j'ai découvert que j'étais enceinte.

Ari Thór avait toujours redouté entendre cette phrase un jour.

– Quoi ? Et tu crois que cet enfant pourrait être de moi ?

– Je n'en suis pas sûre. Et j'ai rompu avec mon compagnon depuis. Au début, je lui ai laissé croire qu'il était le père, mais en vérité je n'en sais rien. Il faudrait que je fasse un test.

Ari Thór comprit qu'il lui fallait donner son accord pour le test, même à contrecœur. Il ne pouvait pas vraiment y échapper.

Avant de raccrocher, il demanda :

– C'est une fille ou un garçon ?

– Un garçon, répondit-elle avec fierté. Il a sept mois maintenant. Ça te dirait de le rencontrer ?

Ari Thór réfléchit quelques instants avant de répondre.

– Pas tout de suite, non. Faisons d'abord le test, d'accord ?

Il reposa le combiné et une vague de panique le submergea. Comment annoncer ça à Kristín ? À l'époque, il avait décidé de ne jamais lui parler de cette aventure d'une nuit à Blönduos. Ça ne la regardait pas, de toute façon – ils n'étaient plus ensemble quand c'est arrivé.

Il avait songé à garder pour lui l'existence de ce fils hypothétique, de ne pas en toucher mot à Kristín tandis que leur relation évoluait, de la maintenir dans l'ignorance – la solution de facilité. Mais ils se rapprochaient désormais l'un de l'autre, et l'idée qu'un mensonge puisse s'interposer entre eux et les empêcher de redevenir un vrai couple lui devenait insupportable.

Il avait donc rassemblé son courage et lui en avait parlé. Elle encaissa mieux que prévu.

– Rien ne dit que c'est toi le père.

– Mais c'est une possibilité.

– On va commencer par s'en assurer, lança-t-elle en haussant les épaules, un timide sourire aux lèvres.

Elle s'efforçait de donner le change, mais il avait bien perçu – et presque vu – dans son attitude détachée le choc provoqué par cette nouvelle. Il aurait tout le temps de se faire du souci plus tard.

Ils avaient fait une prise de sang à Ari Thór, au petit garçon et à l'ex-compagnon de sa maman. Mais Ari Thór et l'ex appartenaient au même groupe sanguin, donc il avait fallu procéder à un test d'ADN. On attendait maintenant les résultats. Depuis deux mois.

La sonnerie du téléphone arracha Ari Thór à ses pensées.

Au bout du fil, une vieille dame qui vivait toujours seule à quatre-vingts ans passés s'excusa de déranger, mais elle n'avait pas réussi à joindre le Co-Op de toute la journée et avait vraiment besoin qu'on lui livre du filet de poisson, du pain de seigle et du lait, pour elle et pour son chat. Ari Thór songea que le gérant du supermarché devait être épuisé et promit de s'en occuper.

Il prit congé de la vieille dame et se fit un pense-bête.

Il n'avait rien d'autre à faire. Mise en quarantaine, la ville resterait calme et tranquille : c'était l'occasion idéale pour se pencher à nouveau sur l'affaire Hédinsfjördur.

«Je ne vous promets rien», avait-il dit à Hédinn quand celui-ci lui avait demandé de rouvrir le dossier et, s'il le pouvait, de retrouver la trace du jeune homme sur la photo.

Ari Thór avait d'abord cherché dans les archives de la police, mais elles ne remontaient pas assez loin. Il faudrait donc s'en tenir aux documents apportés par Hédinn lui-même.

Il s'empara de la maigre pochette et regarda attentivement l'image qui figurait en première place parmi les documents. C'était une photo de groupe en noir et blanc, prise devant une longère et un peu jaunie par les ans. Quelqu'un avait écrit des noms au dos – probablement Hédinn. Il en manquait juste un, celui du jeune homme évidemment. À gauche, Jórunn, la sœur de la mère d'Hédinn, vingt-cinq ans à l'époque – celle qui était morte empoisonnée. Elle ne se doutait pas qu'il lui restait si peu de temps à vivre, se dit Ari Thór en contemplant la photo. Elle était morte en mars 1957. Il ne savait pas exactement à quelle date avait été prise la photo. Peut-être en hiver, vu qu'on voyait de la neige en arrière-plan ; mais dans les contrées du Nord il neigeait aussi au printemps et à l'automne. Le petit garçon, Hédinn, lui paraissait âgé de quelques mois. D'après sa date de naissance, on pouvait déduire que la photo datait de l'automne ou l'hiver 1957. Les cheveux bruns coupés court, Jórunn portait un pull de laine et une veste. Les yeux baissés vers le sol, elle ne regardait pas le photographe.

Le jeune inconnu se tenait à ses côtés. Il avait l'air normal, mais maintenant qu'il avait entendu l'histoire d'Hédinn, Ari Thór lui trouvait un côté menaçant. À en juger par son aspect, le jeune homme s'était trouvé au mauvais endroit, au mauvais moment ; une *persona non grata*, en quelque sorte.

Lors de la soirée photo, personne ne l'avait reconnu, ce qui signifiait qu'il n'était pas de Siglufjördur. Ari Thór lui donnait quatorze ou quinze ans. Il portait une tenue de travail. Les yeux écarquillés, il avait le nez bien dessiné, la bouche fermée et des cheveux ébouriffés. Il tenait le bébé emmitouflé dans une couverture de laine et coiffé d'un épais bonnet. Pourquoi portait-il le bébé ? Quel était son lien avec la famille ?

Les parents d'Hédinn se trouvaient à ses côtés, à droite sur la photo. Gudmundur, le père d'Hédinn, devait avoir la trentaine. De taille imposante, avec son pantalon de jardinage et sa chemise à carreaux, il n'était pas habillé pour la circonstance. Il avait le visage buriné, en lame de couteau, et les yeux cachés derrière des petites lunettes rondes. Il ne semblait pas vraiment ravi d'être pris en photo.

Gudfinna, la mère d'Hédinn, avait le même regard triste que sa sœur. Elles se ressemblaient d'ailleurs beaucoup, même si Gudfinna était plus maigre et plus âgée – la trentaine sans doute cette année-là.

Il se dégageait de tous ces gens une sorte de mélancolie – Ari Thór n'aurait su dire pourquoi. Seul l'innocent petit garçon, dans les bras du jeune homme, semblait échapper à la tristesse ambiante.

Ari Thór les observa minutieusement à nouveau : d'abord Jórunn, puis le jeune homme et le bébé, enfin le couple formé par Gudmundur et Gudfinna. Il se rendit soudain compte que personne, hormis le jeune homme, ne regardait le photographe. Les deux femmes contemplaient la neige amoncelée au pied de la maison, tandis que de curieuses lunettes dissimulaient le regard de Gudmundur. Cette photo cachait un secret, et elle le cachait bien.

Il mit de côté le cliché et feuilleta le reste des documents. Ils appartenaient au temps où la presse people et les informations en flux continu sur Internet n'existaient pas encore. Ari Thór trouva deux courts articles découpés dans un quotidien national qui reprenaient les mêmes informations. Une femme d'une vingtaine d'années était morte après ingestion de poison dans une ferme à Hédinsfjördur. L'événement, probablement relayé par la police, remontait à la semaine d'avant, et l'article affirmait de manière un peu péremptoire qu'il s'agissait d'un accident. Aucun des deux articles ne révélait le nom de la jeune femme.

Le troisième article, extrait du magazine régional de Siglufjördur, donnait un compte rendu plus exhaustif de cette mort brutale. Il précisait son nom et affichait une photo en noir et blanc d'Hédinsfjördur, mais sans plus de précisions. Le cliché, pris en hiver, montrait la ferme enserrée entre les montagnes d'un côté et le lac de l'autre. Ari Thór éprouva à nouveau cette sensation de malaise qui l'avait assailli pendant que Hédinn lui parlait. L'isolement de ce lieu plongé dans les ténèbres était quasiment palpable.

Ari Thór se demanda s'il ne devrait pas emprunter le nouveau tunnel pour aller visiter à Hédinsfjördur les ruines de la maison. Il ressentait le besoin de s'imprégner de l'atmosphère du fjord abandonné devenu à nouveau accessible grâce au tunnel qui le reliait directement par la route à Siglufjördur. Mais sa conscience le rappela à l'ordre – il n'avait pas le droit de franchir les limites de la ville pendant le service, même pour une courte visite de nuit dans un fjord inhabité.

La sonnerie du téléphone vint percer le silence.

Cette fois, c'était Tómas.

– Comment ça se passe, mon garçon ? demanda-t-il d'une voix fatiguée.

Depuis quelque temps, il appelait au milieu des permanences d'Ari Thór pour s'assurer que tout allait bien, mais Ari Thór se demandait s'il ne cherchait pas plutôt un peu de compagnie.

– Pas trop mal, répondit prudemment Ari Thór.

– N'hésite pas à m'appeler si tu as besoin.

– Bien sûr. À propos… où je peux trouver les vieux dossiers ? demanda Ari Thór.

– Quoi ? Vieux de combien ? s'enquit Tómas, l'air surpris.

– De plus de cinquante ans. De 1957, précisément.

– Pourquoi tu demandes ? s'inquiéta Tómas.

Ce serait peut-être une bonne idée de lui parler de l'affaire. Après tout, Ari Thór n'avait jamais promis de garder la chose confidentielle.

– Comme j'ai du temps, j'ai remis mon nez dans une vieille affaire.

– Ah bon ?

– Une femme morte empoisonnée, à Hédinsfjördur. Ça te rappelle quelque chose ?

– J'en ai entendu parler, bien sûr, mais j'étais tout gamin quand c'est arrivé. Hédinn et moi sommes amis de longue date. Il est né là-bas. C'est sa tante qui est morte.

– Exact. Il nous a contactés cet hiver, pendant que tu étais dans le Sud, et j'ai fini par lui parler hier. Il avait réuni des vieilles coupures de presse qui traitaient de l'affaire et m'a demandé d'y jeter un œil. J'ai promis de m'en occuper. Je t'en parlerai à l'occasion, conclut Ari Thór d'un ton résolu.

Il tenait à enquêter lui-même sur l'affaire, cette fois.

– Je ne suis pas surpris qu'Hédinn revienne sur les faits. Il est de nature curieuse ; il a longtemps été professeur. Je pourrai sans doute te retrouver les dossiers demain.

– Qui d'autre qu'Hédinn pourrait bien être au courant des faits ? demanda Ari Thór.

– Peut-être Eggert, le prêtre, dit Tómas après réflexion. Il connaît très bien l'histoire d'Hédinsfjördur. Tu devrais aller le voir. Profites-en pour avoir un petit échange théologique avec lui.

– Tu as raison.

Il était persuadé d'en avoir fini avec les plaisanteries sur son petit flirt avec la théologie. Il s'y était pris à trois fois pour trouver sa voie, à supposer qu'il l'ait trouvée : il avait d'abord essayé la philosophie, puis la théologie, avant d'abandonner les deux.

– Au fait, ajouta Tómas. Tu as bien rappelé la journaliste ? Ísrún, celle qui s'occupe des faits divers.

– Ouh là, tu as raison. J'ai oublié, répondit Ari Thór.

Il prit congé de Tómas et appela aussitôt le portable d'Ísrún. Elle décrocha à la troisième sonnerie.

– Allô ? dit-elle d'une voix volontaire.

– Ísrún ?

Il regardait rarement le journal télévisé mais il voyait de qui il s'agissait. Il avait vu à plusieurs reprises ses reportages sur des faits divers et il avait également lu une interview d'elle dans un magazine. On venait de lui décerner un prix pour son travail sur le trafic d'êtres humains à Skagafjördur – une affaire sur laquelle Ari et Tómas avaient enquêté l'an passé. Son visage était traversé par une cicatrice : bébé, elle avait reçu du café brûlant sur la joue, avait-il lu dans l'interview.

– C'est bien moi, dit-elle d'un ton méfiant. À qui ai-je l'honneur ?

– Ari Thór, de la police de Siglufjördur. On m'a demandé de vous rappeler.

– Ce que vous vous êtes empressé de faire, raillat-elle. Le virus aurait-il contaminé jusqu'aux lignes de téléphone, dans le Nord ?

– Nous faisons de notre mieux pour éviter la propagation d'un virus mortel, et la police est presque la seule à travailler en ce moment, fit remarquer Ari Thór. Mais à vous entendre, on dirait que tout le monde ne prend pas la chose aussi au sérieux que nous.

– Je vous prie de m'excuser, répondit Ísrún sans attendre. Je ne voulais pas vous offenser. Je souhaitais juste me tenir informée de la situation avant la diffusion de notre reportage au journal de 20 heures. Nous ferons également un sujet demain, donc je suis preneuse de toutes les informations que vous jugerez utile de partager.

– Il n'y a pas grand-chose à signaler, dit-il sans parvenir à cacher son irritation. Nous donnons le maximum et tenons une permanence 24 heures sur 24. Pour être honnête, chaque fois que nous partons en mission, c'est notre vie que nous mettons en danger.

Ísrún en resta interloquée.

– Je suis désolée. Je ne sais pas quoi dire, répondit-elle.

Elle prit le temps d'analyser ce qu'il venait de lui révéler, puis reprit d'un ton plus courtois.

– J'aimerais faire un deuxième sujet en fin de semaine. Pourrions-nous envisager un entretien téléphonique demain ?

– Il faut que j'en parle à mon supérieur, coupa-t-il.

Elle n'avait pas été déstabilisée par son ton rogue, ce qui lui plaisait.

– Je ne pense pas que ça posera problème.

– Parfait ! dit-elle avec entrain. Dans ce cas, à demain.

9

Snorri Ellertsson louait un appartement en rez-de-chaussée dans le quartier de Thingholt, à Reykjavík. La propriétaire, une veuve âgée de plus de quatre-vingts ans, vivait à l'étage au-dessus. Son mari, psychiatre, y recevait ses clients au milieu du vingtième siècle, et quand Snorri s'ennuyait, il s'amusait à recréer les conversations qui avaient dû s'y dérouler au fil des années – faisant appel à son imagination fertile, il tentait de ressusciter leurs âmes. Un artiste se doit d'être imaginatif, à plus forte raison un musicien. Sans imagination, pas de création.

Assis à son clavier dans la demi-pénombre, Snorri essayait de venir à bout d'une nouvelle composition. Il peinait à se concentrer, parce qu'il avait le soir même un rendez-vous prometteur avec une maison de disques. Après toutes ces années passées à batail-ler, à enchaîner les prestations minables dans des bistrots miteux, à tâcher d'être diffusé sur les ondes, un avenir s'ouvrait enfin à lui. Il était au septième ciel depuis leur appel, et le rendez-vous de ce soir consti-tuait une nouvelle étape vers la signature d'un contrat.

Il était encore jeune et ne pouvait pas se glorifier de grand-chose jusque-là, mais il crevait d'envie de partager cette bonne nouvelle avec quelqu'un. Il aurait aimé en parler à ses parents, mais ce n'était pas une bonne idée.

Son père, Ellert Snorrason, était un homme politique célèbre, désormais à la retraite après une longue carrière jalonnée de succès aussi bien au Parlement qu'au gouvernement. Ellert avait toujours été respecté au sein de son propre parti comme par l'opposition, mais il n'avait jamais réussi à atteindre son objectif principal – devenir Premier ministre. L'occasion s'était présentée deux ans auparavant, quand la crise financière avait poussé le gouvernement à rassembler tous les partis dans une coalition en vue d'une administration nationale. Ellert s'imposait alors comme le meilleur candidat au poste de Premier ministre : malgré une longue carrière, il avait toujours évité le scandale et bénéficiait d'une expérience plus riche que tout autre député. De plus, il paraissait jouir de la confiance de toute l'Assemblée.

Pendant des années, Snorri n'avait fait que décevoir ses parents en sombrant progressivement dans une addiction à l'alcool et aux drogues dures. Il finit par plonger totalement au moment où son père était à deux doigts d'accéder au poste suprême. Son père dut renoncer à son rêve et se retira de la course pour des «raisons personnelles» qui ne furent jamais rendues publiques.

Klara, sa mère, n'avait pas rempli de fonction politique officielle mais elle avait néanmoins tiré toutes les ficelles. Snorri n'avait jamais douté que le succès de son père en politique devait beaucoup à la perspicacité et à la détermination de sa mère, et le poste de Premier ministre était convoité tout autant par ses deux parents. Quand la carrière d'Ellert s'arrêta brutalement, sa mère en fut douloureusement affectée elle aussi.

Sa réaction fut violente. Elle coupa tous les ponts avec son fils. Les rares fois où il appelait, elle refusait de lui parler, et voilà deux ans qu'il n'était plus le bienvenu chez eux. Snorri pensait que ce n'était pas son père, mais bien sa mère qui lui fermait leur porte, car elle avait toujours tenu le ménage d'une main de fer.

La froideur de sa mère à son égard lui confirmait ce qu'il avait toujours pensé : le monde politique n'est pas fait pour les gentils. Voilà pourquoi l'idée de marcher sur les traces de son père n'avait jamais effleuré Snorri.

Son père avait donc raté l'opportunité d'accéder à la tête du gouvernement. Quelle importance, après tout ? Il pouvait tout de même se flatter d'avoir mené une carrière exemplaire, et le poste de Premier ministre était revenu au parti. Marteinn, son prince héritier, avait repris le flambeau. C'était un ami de la famille et un camarade de jeu de Snorri quand il était petit. Le parti, emmené par Marteinn, avait gagné haut la main les élections qui avaient suivi la coalition, et celui-ci apparaissait désormais comme le héros de la nouvelle génération, promis à une belle carrière. Aux yeux de Snorri, son père n'aurait pas l'énergie nécessaire pour se lancer dans une nouvelle campagne, d'autant qu'atteindre la cote de popularité de Marteinn semblait désormais impossible.

Il n'empêche que Snorri se sentait coupable et il avait ses raisons. Ces satanées drogues.

Peut-être pourrait-il parler à sa sœur Nanna de cette petite victoire ?

Elle était souvent débordée, mais elle trouvait le temps de lui parler à l'occasion ; elle faisait de son mieux pour maintenir leur relation, malgré les réserves de son mari. Snorri les avait croisés par hasard dans la rue un jour. Ils avaient eu une courte conversation un peu sèche, et en s'éloignant, Snorri avait entendu le mari dire à voix haute – sans doute pour qu'il entende – qu'il serait préférable de prendre ses distances avec ce drogué, *pour le bien des enfants*. Quel salaud !

Toute cette période était bien finie aujourd'hui, et la carrière de Snorri semblait sur le point de décoller.

Il ouvrit son ordinateur et rédigea un message à l'attention de sa sœur, pour lui demander de ses nouvelles et donner des siennes : il espérait signer un contrat avec une maison de disques. *Rendez-vous ce soir à Kópavogur. On verra bien*, écrivait-il en sachant que Nanna habitait une grande maison individuelle dans le secteur. *Je penserai à toi pendant l'enregistrement. J'espère que ça aboutira. Bises à toute la famille*, ajouta-t-il – il trouvait ses enfants craquants, même s'il les voyait rarement.

Il aurait bien aimé annoncer la bonne nouvelle à Marteinn, son ami d'enfance devenu Premier ministre. Ils auraient pu célébrer ensemble leur succès autour d'un café. Mais il n'était plus si facile d'entrer en contact avec lui désormais, maintenant que leurs vies avaient emprunté des chemins si différents.

Adolescents, ils avaient tous les deux un bel avenir devant eux, mais Snorri s'était égaré dans de mauvaises fréquentations. Marteinn, quant à lui, n'avait jamais perdu de vue son objectif, et l'avait poursuivi avec une opiniâtreté qui faisait défaut à Snorri. Malgré son ambition et sa détermination, Marteinn n'avait jamais laissé tomber son ami d'enfance. Il était resté en contact avec Snorri pendant ses années sombres, au plus fort de son addiction aux drogues dures. Leur amitié n'était pas vraiment secrète, mais en politicien qui se respecte, Marteinn évitait de le rencontrer dans des lieux fréquentés.

Depuis deux ans pourtant, après la débâcle de février, Marteinn se tenait à l'écart. Il ne pouvait pas lui en vouloir – un Premier ministre ne pouvait pas se permettre de l'avoir pour ami, même dans un petit pays. Peu importe si Snorri avait repris sa vie en main – avec l'aide de sa sœur, il s'était désintoxiqué pour retourner à ses premières amours, la musique.

Il était plus de 21 heures. Comme il ne possédait pas de voiture, il avait appelé un taxi pour rejoindre le studio d'enregistrement situé dans une zone industrielle de Kópavogur, à dix ou quinze minutes du centre de Reykjavík. Il avait promis de venir pour 21 h 30.

Il tremblait à l'idée d'un si long trajet. Il ne se sentait bien qu'en centre-ville et espérait qu'il trouverait facilement un taxi pour le retour.

Avant de sortir, Snorri se regarda dans le miroir – il fallait qu'il présente bien, et c'était le cas, jugeat-il en passant les doigts dans ses cheveux qu'il commençait déjà à perdre malgré son jeune âge.

Il fourra un CD dans la poche de son pardessus noir et se hâta de rejoindre son taxi. Les rues étaient désertes à cause de la pluie. Le martèlement des gouttes sur le trottoir lui rappela une superbe valse de... il ne savait plus qui. Probablement l'un des Strauss, père ou fils.

À son arrivée, le taxi roula dans la flaque qui vint l'éclabousser. Il fit un écart juste à temps pour éviter d'être trempé. C'était son jour de chance, décidément.

10

En plein cœur de la nuit, Róbert ne dormait toujours pas.

Il n'était rien arrivé d'anormal ce soir-là. Kjartan s'était assoupi tôt et Sunna n'avait pas rencontré de problème au travail. À dîner – de l'omble au goût prononcé – Róbert lui annonça qu'il avait fait changer les serrures. Elle hocha la tête et sourit.

– Tu n'as pas été trop désagréable avec Breki quand il a ramené Kjartan ? demanda-t-elle.

– Bien sûr que non, chérie, mentit-il.

Exténuée par une journée de répétition intense, elle ne tarda pas à s'endormir. Róbert, lui, n'arrivait pas à trouver le sommeil. Il y avait la visite de l'intrus, mais aussi ce cauchemar qui était revenu le hanter.

Couché, il contemplait à tour de rôle le plafond et la belle Sunna, qui dormait d'un sommeil apaisé. Kjartan reposait dans sa petite chambre au bout de l'entrée.

Róbert décida de vérifier si tout allait bien. La tranquillité de leur foyer avait été violée l'autre nuit, et il avait du mal à s'en remettre.

Il se leva tout doucement et se glissa en silence jusqu'à la chambre du petit garçon, en faisant attention de ne rien heurter dans le noir. La porte était entrouverte mais il n'arrivait pas à voir si l'enfant était ou non dans son lit. Il paniqua soudain à l'idée que le petit ait pu disparaître, et s'empressa de vérifier.

Il fut soulagé de voir Kjartan se retourner dans son sommeil. Tout allait bien.

Róbert regagna sa chambre à pas de loup. Il était sur le point de se recoucher quand il entendit un bruit troubler le silence – ça venait du dehors.

Il ne pouvait rien distinguer à cause des rideaux tirés.

Róbert dressa l'oreille. Il ne se trompait pas. Quelqu'un se tenait bien là.

Il vérifia que Sunna dormait toujours et souleva le rideau.

Il s'attendait à voir quelqu'un, mais ne put s'empêcher de sursauter.

Une silhouette noire se dressait au milieu du jardin. La tête penchée en avant, il, ou elle, portait une sorte d'imperméable avec une capuche et couvrait de ses mains son visage.

Incapable de faire un geste, Róbert se figea. Après avoir failli s'arrêter, son cœur battait désormais à tout rompre. Il était terrifié.

D'instinct, il ferma les yeux. Son imagination lui jouait certainement des tours. Mais quand il les rouvrit, la silhouette n'avait pas bougé. Róbert se sentait observé, mais peut-être n'était-ce que le fruit de son imagination ?

Au bout de quelques secondes qui lui semblèrent une éternité, il reprit ses esprits. Il mourait d'envie de briser la vitre pour se jeter sur ce salaud. Mais il ne tenait pas à réveiller Sunna et Kjartan ; il ne devait pas se laisser guider par la peur, mais adopter un comportement raisonnable et réfléchi.

La silhouette se tenait toujours là, comme figée dans la pierre.

Róbert se précipita hors de la chambre et ouvrit la porte d'entrée aussi doucement que possible, mais il mit du temps à enlever cette satanée chaîne de sécurité. Trop de temps. Et quand il sortit enfin dans le jardin, la silhouette avait disparu.

Il balaya du regard les alentours mais ne vit personne. De l'autre côté de la rue, la porte qui donnait sur le jardin de l'église et le vieux cimetière d'Hólavellir tournait lentement sur ses gonds, comme si quelqu'un venait de l'ouvrir.

Róbert songea un instant à se lancer à la poursuite de la silhouette en s'aventurant dans le cimetière, mais il se perdrait sans doute dans ce labyrinthe vaste et mal éclairé et ne tenait pas à s'éloigner de la maison.

Toujours sous le choc, il regagna sa chambre en tremblant.

11

Même si elle pouvait rendre l'âme à tout moment, la vieille guimbarde rouge d'Ísrún lui rendait encore bien service : elle l'avait emmenée au travail sans encombre en ce pluvieux matin de mars.

La météo reflétait bien son moral – depuis que la maladie s'était déclarée, Ísrún sombrait dans la léthargie. Obsédée par la peur de la contagion, elle y pensait nuit et jour : au travail, le soir, et jusqu'au moment de s'endormir, ce qui l'empêchait de trouver le sommeil.

Depuis qu'elle avait reçu son prix l'année d'avant, on lui avait confié quantité de missions intéressantes. María, la rédactrice en chef, avait pris la décision de lui laisser tout ce qui était lié aux faits divers, ce qui ne semblait pas plaire à Ívar, l'éditeur *desk*.

Être confrontée en permanence à toutes sortes d'événements sinistres n'aidait pas à lui remonter le moral. Au début de l'année, il y avait eu cette tentative de meurtre dans le Nord : un homme en état d'ivresse avait agressé une vieille connaissance pour une histoire d'héritage. Plus tard dans l'année, une fille avait été violée par un inconnu dans une boîte de nuit de Kópavogur. On n'avait jamais retrouvé le coupable. La victime n'avait pas vu son agresseur, dont le visage était à moitié dissimulé par un passe-montagne. Mais il lui avait murmuré des insultes à l'oreille au moment de la maîtriser. Ayant elle-même subi un viol quelques années auparavant, Ísrún avait eu beaucoup de mal à couvrir l'événement. Elle avait fait de son mieux pour surmonter son traumatisme, mais n'avait réussi à en parler qu'à une seule personne : une autre victime du même agresseur. Elle ne cessait de se répéter qu'elle s'en était finalement sortie, que c'était de l'histoire ancienne, mais des images lui revenaient parfois en flash-back sans crier gare.

Une semaine auparavant, une jeune femme était morte après avoir passé deux ans dans le coma suite à une agression à la batte de baseball à son domicile de Reykjavík. Son mari parti au travail, elle était seule chez elle. On n'avait à ce jour retrouvé ni l'auteur de ce crime violent ni les motifs de l'agression. Jour après jour, l'Islande devenait un pays plus dangereux.

Ísrún faisait tout son possible pour ne pas se laisser miner, mais ce n'était pas si évident. Elle s'efforçait de dormir suffisamment pour garder des forces. Mais cette semaine ne s'annonçait pas facile : elle venait de faire une veille de nuit, et enchaînait avec plusieurs journées de permanence.

Elle avait cependant une longueur d'avance, vu qu'elle avait planifié un entretien avec Ari Thór, cet officier de police de Siglufjördur. Il s'était montré curieusement affable lors de leur conversation téléphonique, et leur échange, quoique court, n'avait pas manqué d'intérêt. Par réflexe, elle avait cherché son nom sur Internet juste après avoir raccroché, ne serait-ce que pour mettre un visage sur sa voix. Mais elle n'avait rien trouvé sur lui. C'était un homme mystère.

Son père avait appelé Ísrún en fin de soirée. Il avait entendu parler de son séjour aux îles Féroé et voulait prendre des nouvelles de sa femme. Trop fier pour demander ouvertement si Anna comptait rentrer à la maison, il tourna autour du pot comme un poisson autour d'un hameçon. Ísrún eut un peu pitié de lui. Elle tenta de le réconforter en l'assurant que c'était certainement une situation temporaire, même si rien dans les faits ne le prouvait.

Plus tard dans la soirée, sa mère avait appelé depuis les îles Féroé pour savoir si son retour s'était bien passé. Il parut évident à Ísrún qu'elle venait en vérité aux nouvelles de son père, même si elle ne posa aucune question directe à son sujet. Ils se ressemblaient tellement tous les deux – ils étaient vraiment faits pour s'entendre.

À la conférence de rédaction du lundi matin, Ísrún se vit attribuer les mêmes sujets, notamment l'évolution de la situation à Siglufjördur, mais aussi un reportage sur l'agression qui avait eu lieu à Hafnarstraeti cette nuit-là – encore une histoire de flics.

La vraie actualité du jour ne s'imposa qu'une fois la conférence terminée. Ívar et María convoquèrent Ísrún.

– On a du nouveau pour toi, lança María dès qu'Ísrún eut refermé la porte derrière elle.

María allait toujours droit au but.

Le cœur battant, Ísrún s'assit et attendit la suite.

– Une affaire délicate en rapport avec Ellert Snorrason.

Ísrún visualisa tout de suite le vieil homme d'État discret et plein de dignité qu'elle avait interviewé une fois ou deux. Serait-il éclaboussé par un scandale, maintenant qu'il s'était retiré de la vie publique ?

– Son fils est impliqué dans un accident de la route avec délit de fuite. Ça c'est passé cette nuit, dit María pour préserver le suspense. À Kópavogur. Dans une rue déserte de la zone industrielle. Aucun témoin, et le chauffard a pris la fuite.

– Comment va-t-il ? Le fils ? demanda Ísrún.

– Il est mort sur-le-champ.

Tout le monde observa un silence de circonstance, par respect pour la victime.

– Je m'y mets tout de suite, reprit Ísrún.

– La police prend ça très au sérieux, dit María. Ils estiment que le choc a été très violent, alors que la rue ne permet pas aux conducteurs d'aller vite. Les conditions météo n'étaient pas très bonnes hier, avec toute cette pluie, mais la police n'exclut pas l'hypothèse de l'homicide volontaire.

– Est-ce qu'on en parle au journal de 20 heures ? demanda Ísrún.

Ívar avait gardé le silence, mais il ne put s'empêcher de réagir à cette question.

– Bien évidemment, dit-il avec dédain.

– En dévoilant son identité ?

Cette fois, Ívar hésita et jeta un coup d'œil à María.

– Pourquoi pas, dit-elle. On va voir ce que font les autres médias. Il a connu son heure de gloire à Reykjavík dans le milieu de la vie nocturne, avant de sombrer dans la drogue. Il était musicien, apparemment. Il a même donné des concerts, quoique de manière confidentielle. N'oublions pas qu'il fut aussi le meilleur ami d'enfance de notre cher Premier ministre. On tient là une histoire édifiante, presque un conte de fées : il était une fois deux amis d'enfance. L'un fait une brillante carrière, tandis que l'autre se drogue avant de se faire assassiner par une nuit d'orage.

– Est-ce que j'essaie de recueillir le témoignage de Marteinn ? Est-ce que le Premier ministre acceptera de commenter ce fait divers ? demanda Ísrún en prenant soin d'adresser sa question à María seule.

– Fais comme tu le sens, répondit Ívar. Mais faisnous du bon boulot.

Ísrún acquiesça.

– Avant que j'oublie… J'avais préparé un petit sujet sur le virus qui touche Siglufjördur pour le dossier spécial de cette semaine, ça te va ? demanda-t-elle en se tournant à nouveau vers María.

– Pas de problème, acquiesça-t-elle.

Ísrún se réjouit de l'accord de sa chef, et plus encore de l'éclair de jalousie qu'elle vit passer dans les yeux d'Ívar.

12

La nuit fut calme.

Ari Thór avait eu le temps de parcourir le dossier laissé par Hédinn, puis ses paupières s'étaient faites lourdes et il avait décidé de rentrer dormir chez lui. Il ne reprenait son service que l'après-midi.

À son arrivée au poste, Tómas l'accueillit chaleureusement.

– Heureux de te revoir parmi nous, mon garçon, dit-il avec un enthousiasme légèrement forcé. J'ai mis la main sur le dossier que tu réclamais, ajouta-t-il comme s'il avait obéi aux caprices d'un enfant.

– Le dossier ? s'étonna Ari Thór.

– Oui. Le vieux rapport sur l'accident mortel à Hédinsfjördur.

– Merci, c'est gentil.

– Je l'ai posé sur ton bureau. Et il faut que je te parle… de Sandra.

– Sandra ?

Il se demanda ce qui avait pu arriver à la vieille dame. Il l'avait rencontrée à deux reprises au cours de son enquête sur la mort d'un vieil écrivain à

Siglufjördur, deux ans auparavant. Très aimable, elle lui avait apporté une aide précieuse.

Une fois l'enquête bouclée, il avait continué à lui rendre visite à la maison de retraite, au moins une fois par mois, et ils avaient noué une solide amitié. Ari Thór n'avait aucune famille proche, et d'une certaine manière Sandra, avec sa gentillesse et son affection, lui tenait lieu de grand-mère. Leurs rendez-vous le ramenaient à une époque où la vie n'était pas aussi compliquée.

– Ils l'ont emmenée à l'hôpital, dit Tómas.

– À l'hôpital ? s'inquiéta Ari Thór. Elle a été contaminée par… ?

Il n'arriva pas à finir sa phrase. Il avait conscience que sa chère Sandra mourrait un jour, mais il n'était pas prêt à la perdre tout de suite.

– Fort peu probable, répondit Tómas. Selon eux, il s'agirait d'une simple grippe.

– J'ai appelé la journaliste hier soir, dit Ari Thór pour changer de sujet.

Il n'avait pas envie d'en entendre davantage sur Sandra : il préférait l'imaginer en bonne santé.

– Ísrún. Elle veut s'entretenir avec moi au sujet de la situation ici. Je peux lui donner mon accord ?

– Comme tu veux, mon garçon, dit Tómas.

Ari Thór en fut soufflé. D'habitude, Tómas se méfiait des médias comme de la peste et le leur faisait bien sentir.

Ari Thór s'étonnait qu'Ísrún n'ait pas rappelé. Elle avait bien dit qu'elle lui téléphonerait aujourd'hui. Est-ce qu'elle avait changé d'avis ? Ce serait dommage, il aurait bien aimé pouvoir dire à Kristín qu'il allait passer à la télé, même si on n'entendrait que sa voix.

Kristín avait appelé le matin même.

– J'ai entendu parler de cette infirmière qui est morte, avait-elle dit. C'est terrible, cette histoire, non ?

– À qui le dis-tu...

– Est-ce que... tu as peur ?

– Pas vraiment, mentit-il. Les médias exagèrent. Il suffit de prendre quelques précautions.

– Débrouille-toi quand même pour sortir le moins possible.

– Ça ne ferait pas une grande différence, répondit-il. De toute façon, on ne croise plus personne dans les rues.

Assis à son bureau, il prenait maintenant connaissance du dossier que Tómas avait retrouvé à sa demande. Mais ce compte rendu très succinct des faits ne lui apprit rien de neuf. Jórunn était morte un soir de mars 1957 après avoir absorbé de la mort-aux-rats mélangée à son café. Il faisait un temps épouvantable cette nuit-là, et quand les premiers symptômes apparurent – l'hémorragie typique de l'intoxication par mort-aux-rats – il leur fut impossible d'appeler un médecin. Les habitants de la maison confirmèrent tous la présence d'un bocal de mort-aux-rats identique au bocal de sucre dans la cuisine. Quand le médecin et la police arrivèrent le lendemain, Jórunn était morte. Elle avait dit à ses proches qu'elle avait confondu le sucre et la mort-aux-rats. Tout le monde s'accordait sur ce point.

Ari Thór envoya valser le dossier qu'il venait de lire. Il n'en croyait pas un mot. Il ne remettait pas en question le travail de la police, mais la validité des témoignages recueillis. L'affaire était compliquée, sa résolution par trop simple et opportune. Il se rendait bien compte qu'il était difficile pour la police de démêler la vérité du mensonge, quand personne n'était prêt à prendre l'affaire à bras-le-corps et que les témoignages des trois proches concordaient.

Le plus intéressant dans ce dossier, c'était toutes les informations qui manquaient. Il apparaissait clairement que le soir de la mort de Jórunn, les seuls témoins étaient Maríus, Gudmundur et Gudfinna, sans compter bien sûr leur fils Hédinn alors âgé de dix mois. Le jeune homme de la photo avait disparu. Son nom n'apparaissait nulle part.

Après une recherche rapide, Ari Thór dénicha le numéro de téléphone du président de l'Association de Siglufjördur à Reykjavík. Celui-ci lui donna les coordonnées de la personne qui avait organisé la soirée photos à l'époque. Ari Thór l'appela sans tarder. Sans préciser qu'il était de la police, il se dit intéressé par une photo en particulier. Son interlocuteur ne parut pas surpris et lui demanda des précisions.

– Une photo de groupe, prise à Hédinsfjördur, expliqua Ari Thór. Deux femmes, et un…

– Oui, oui, je m'en souviens très bien, l'interrompit le président. Il n'existe pas beaucoup de photos d'Hédinsfjördur. Il s'agit d'une photo de Gudmundur et Gudfinna, de Siglufjördur. Elles ont regagné la ville après avoir essayé de travailler à la ferme à Hédinsfjördur, juste après l'accident, si je me souviens bien, poursuivit l'homme sur un ton plus grave.

Ari Thór le laissa poursuivre.

– Vous êtes de la famille ?

– Non, mais je connais l'enfant. Je me demandais d'où sortait cette photo.

– Vous connaissez donc Hédinn ? répondit l'homme sans attendre la réponse. C'est un bon gars.

– C'étaient de braves gens, n'est-ce pas ? s'enquit Ari Thór. Gudmundur et Gudfinna, je veux dire.

– On peut dire ça. Gudmundur avait son caractère. Il valait mieux ne pas se le mettre à dos. Mais il s'est bien débrouillé. Il s'est lancé très tôt dans la pêche et il a fini par gérer sa propre société. Disons qu'il pouvait se permettre de se tromper en faisant l'acquisition de cette ferme à Hédinsfjördur. Même si cette erreur lui a coûté cher, au final. Ils ont dû être séduits par l'idée de s'isoler complètement dans ce fjord désert. Depuis leur départ, plus personne n'a jamais habité là-bas.

– Et sa femme ?

– Elle venait de Reykjavík, tout comme sa sœur – celle qui est morte. Son nom m'échappe...

– Jórunn, dit Ari Thór.

– Exact. Jórunn. Je me rappelle que le mari s'appelait Maríus. C'est lui qui a pris la photo. Dans mon souvenir, les sœurs se ressemblaient beaucoup et n'appréciaient pas trop ce fjord sombre et étroit. Ce mode de vie n'est pas fait pour tout le monde. Jórunn s'est empoisonnée.

– Vous en êtes sûr ?

– Eh bien... pour autant que je m'en souvienne – et je ne suis plus tout jeune – c'est ce qu'on a raconté à l'époque. Et ça me paraît vraisemblable. J'imagine combien les hivers devaient être durs chez eux, sans électricité. Il n'y a jamais eu ni courant ni téléphone là-bas. À Siglufjördur déjà, ça n'était pas facile ; ça fait un bon moment que je me suis installé dans le Sud, pour être plus près des miens, dit-il avec une pointe de regret dans la voix.

– Vous dites que c'est Maríus qui a pris la photo. Il est aujourd'hui décédé, n'est-ce pas ? demanda Ari Thór.

– En effet. Il est mort il y a deux ans. Son frère a mis un certain temps à mettre de l'ordre dans ses affaires. Il nous a contactés l'hiver dernier – pas lui directement, mais une infirmière de la maison de retraite où il vit. Elle nous a dit que Maríus avait laissé à son frère deux cartons entiers de vieilles photos de la ville, et que celui-ci voulait nous en faire don. Nous les avons intégrées à notre collection et en avons montré quelques-unes lors de notre récente soirée photos. Vous seriez surpris d'apprendre combien il est aisé d'identifier la plupart des gens qui figurent sur ces photos, ajouta-t-il avec enthousiasme.

– Auriez-vous le numéro de téléphone du frère de Maríus ?

– Non, désolé, mais je connais le nom de sa maison de retraite. Essayez par ce biais.

Il fit une pause, puis lui donna le nom de l'établissement.

– Je crois qu'il a quatre-vingt-dix ans passés, le bonhomme. Il s'appelle Nikulás Knutsson.

13

Le psychiatre avait fait de son mieux pour aider Emil.

– Emil. Dis-moi comment tu te sens, avait-il demandé.

Pas de réponse.

– Mets-le par écrit, si c'est plus facile pour toi, ajouta-t-il avec une douceur toute paternelle.

Toujours rien.

Emil semblait éteint. Il ne voulait pas, il ne pouvait pas parler. Pas d'elle, en tout cas.

Il avait vingt-sept ans. Né à Kópavogur, il y avait passé sa jeunesse jusqu'au jour où sa demande de logement étudiant avait été acceptée. Calé en informatique, il eut vite fait de s'orienter vers une école de commerce. Il décrocha son diplôme sans aucun mal et décida ensuite de faire une pause dans ses études : il pouvait se contenter d'un bac sciences pour le moment. Il avait accepté l'offre de l'une des banques principales et en était toujours salarié, sur le papier. Mais pour le moment, il était en congé maladie pour une durée indéterminée.

Certains de ses collègues s'étaient mis à leur compte, lançant grâce aux compétences acquises leurs propres sociétés, mais Emil n'avait jamais été tenté de faire de même. Il n'avait ni l'énergie ni l'esprit de conquête que supposait une telle aventure.

Une fois ses études achevées, il s'était acheté un petit appartement à Reykjavík ; ses parents avaient fourni une partie de l'apport et il avait contracté un crédit pour le solde. Un an plus tard, il rencontrait Bylgja.

Elle travaillait à la même banque que lui, et elle avait fréquenté la même université, un niveau en dessous. Il l'avait remarquée, mais leurs chemins ne s'étaient jamais croisés. Lorsqu'ils firent enfin connaissance lors d'un pot organisé par la banque, ils s'entendirent à merveille. Peu de temps après, elle emménageait chez lui. Ils étaient plus qu'un couple : ils étaient une entité, ne se quittaient pas d'une semelle et projetaient de passer leur vie ensemble.

Puis elle disparut, comme happée par l'obscurité.

L'événement survint entre le dîner et la nuit qu'il passa sans dormir ; entre le vieux canapé Ikea fatigué et le nouveau modèle qu'ils avaient prévu d'acheter ; entre sa demande en mariage, un genou à terre, et la cérémonie qui n'aurait jamais lieu.

Ce jour-là, ils avaient fait des heures supplémentaires à la banque. Avec le recul – et il ne cessait d'en prendre, à ruminer les mêmes pensées sans relâche – le travail aurait pu attendre. Mais en jeune homme ambitieux, il pensait que ça valait le coup d'être le dernier à quitter son poste. Bylgja partageait cette opinion, mais ce soir-là elle était rentrée à la maison. Elle songeait à reprendre ses études à l'université plus tard dans l'année, et elle s'était replongée dans la liste des ouvrages à lire, quelques mois en amont. C'est ce qui l'avait tuée.

Il était retourné vivre chez ses parents. Il ne voyait pas l'intérêt de continuer à rembourser le crédit, même si ses parents l'y aideraient sans doute. Ils le remettraient d'aplomb. Ils ne s'attendaient pas qu'il retourne chez lui, mais au moins la vente de cet appartement lui éviterait de se retrouver à sec financièrement, en plus de tout le reste.

Il arrêta les séances chez le psy. Elles ne lui apportaient aucun réconfort. Emil prétexta qu'il n'avait plus besoin d'aide, ce qui n'était pas tout à fait vrai.

Il ne parlait plus à grand monde, même pas à ses parents. Il était plus expansif avant.

Mais la situation avait changé du tout au tout et il n'avait plus qu'une idée en tête : se venger.

14

Exténuée, Ísrún regardait le journal télévisé du soir sur le grand écran installé dans la salle de rédaction, en compagnie de ses collègues.

C'était leur habitude : regarder les infos ensemble et répondre aux appels des quelques téléspectateurs mécontents – il y en avait une poignée chaque soir – puis faire le point sur les événements du jour.

Le journal s'ouvrait sur son reportage. La police n'excluait pas que Snorri Ellertson ait été tué volontairement.

Il s'était révélé impossible de garder secret le nom de Snorri ; selon María, l'identité de la victime constituait une information en soi vu que l'on soupçonnait maintenant un homicide volontaire dont la cible était à la fois le fils d'un homme politique respecté et l'ami d'enfance du Premier ministre. Si María avait décidé de révéler le nom de la victime, c'est que l'assassinat pouvait avoir été planifié par un membre de l'opposition afin de nuire au gouvernement ou à Ellert lui-même. Ísrún n'avait pas été jusqu'à soulever cette hypothèse dans son reportage. D'un autre côté, sa source au sein de la police ne lui avait fourni aucune autre explication pour justifier le fait qu'ils envisageaient la piste criminelle.

Ísrún avait pris soin de contacter la police et de se rendre sur les lieux de l'accident avec un caméraman. Il n'y avait pas grand-chose à montrer, mais il leur fallait des images à diffuser. Par respect pour la famille, elle avait choisi de ne chercher à joindre ni les parents ni la sœur de Snorri. Elle préférait également laisser le Premier ministre tranquille, au moins pour le moment. Comme la plupart des journalistes, elle connaissait Marteinn de vue, et elle comptait demander un entretien avec lui le lendemain, avant ou après le Conseil des ministres.

Elle se rendit soudain compte qu'avec cette activité frénétique, elle avait complètement oublié de rappeler l'officier de police du Nord pour se renseigner sur la progression du virus. Sans doute n'y avait-il pas grand-chose de neuf – le dossier serait bientôt clos. Mais ce genre d'information dramatique trouvait toujours son public, et il appartenait au journaliste de dénicher chaque jour un nouvel angle pour traiter d'un sujet. Elle s'en voulait terriblement pour cette omission.

Elle s'isola dans une salle de réunion et appela le poste de police de Siglufjördur depuis son vieux portable. La chaîne n'avait pas les moyens d'offrir à ses journalistes des téléphones plus récents.

– Ici la police, répondit-on après quelques sonneries.

Ísrún reconnut aussitôt la voix.

– Bonjour, Ari Thór, c'est Ísrún. Du journal télévisé, précisa-t-elle après un court silence embarrassé.

– Je sais, maugréa-t-il. Et cette interview, alors ? J'ai obtenu l'accord de ma hiérarchie.

– C'est formidable, merci. En fait...

Elle se demandait comment poursuivre.

– Je n'ai pas pu vous rappeler aujourd'hui.

C'était un pieux mensonge, mais elle considérait qu'il est parfois préférable de ne pas dire la vérité, à savoir qu'elle l'avait oublié.

– Donc c'est annulé ?

– Bien sûr que non. Je vous appellerai demain, si ça vous convient ? Je ne vais pas tarder à quitter le bureau, et il me faut préparer un peu notre entretien.

– Pas de problème, confirma Ari Thór sur un ton plus aimable.

– Pendant que je vous tiens, où en est-on avec le virus ? Vous n'avez pas été contaminé ? demanda-t-elle en sortant un stylo de sa poche.

Elle attrapa une feuille de papier sur la table. S'il y avait du nouveau, elle pourrait toujours en informer l'équipe de nuit.

– Non, tout va bien. Je prends mes précautions, répondit-il. Je ne vois personne d'autre que mon supérieur, en ce moment.

– Tant mieux. À demain matin, donc ?

– J'y compte bien.

Ísrún espérait que ses réponses seraient moins laconiques lors de leur futur entretien. Elle décida de faire durer la conversation pour noter les points sur lesquels rebondir le lendemain. Mais c'était un exercice délicat. Il lui était souvent arrivé d'échanger des propos intéressants avant d'enregistrer, pour ensuite se retrouver avec un interlocuteur timide et hésitant à l'écran. Il lui suffisait pourtant de répéter les propos qu'il avait tenus juste avant l'enregistrement...

– Dites-moi, de quoi s'occupe la police dans une si petite commune ?

– De pas grand-chose.

– Sur quoi travaillez-vous en ce moment ?

Il réfléchit.

– En ce moment... je tue le temps en ressortant des vieux dossiers.

– Vraiment ? se désola-t-elle. Et ça vaut le coup ?

– Je cherche à résoudre une affaire qui s'est passée il y a plus de cinquante ans : la mort d'une jeune femme à Hédinsfjördur, dit-il sur un ton plus grave. Ça reste entre nous, n'est-ce pas ? C'est une vieille histoire, qui n'a pas sa place aux infos.

– Sauf si vous en venez à bout, dit Ísrún, finalement piquée de curiosité. Pensez à m'appeler, moi, si c'est le cas, d'accord ?

– Entendu, mais ça ne risque pas. Je doute d'arriver à démêler ce qui s'est passé, et même si c'était le cas, je ne suis pas sûr que ça passionne les foules.

– Les gens adorent voir résolues de vieilles affaires, s'insurgea-t-elle. Ils sont toujours heureux que justice soit faite, vous voyez ?

– Je comprends, marmonna-t-il.

– Nous pourrions faire un reportage si vous parvenez à résoudre l'affaire, dit-elle en espérant flatter son ego, même si elle n'était pas sûre de pouvoir tenir sa promesse par la suite.

– Pourquoi pas ?

Il avait mordu à l'hameçon. Il ne lui restait plus qu'à ferrer le poisson.

– De quoi s'agit-il ? demanda-t-elle d'un ton faussement dégagé. En deux mots, parce que notre réunion de bouclage va bientôt commencer.

Elle espérait ainsi lui faire dire l'essentiel.

– Ça s'est passé près d'ici. Une jeune femme est morte empoisonnée en 1957, à Hédinsfjördur. Soit par erreur, soit par quelqu'un.

– Hédinsfjördur ? Plus personne ne vit là-bas aujourd'hui, je crois.

– Non, mais il y a eu quelques habitants dans le temps, dont cette femme. Ils étaient cinq à vivre là-bas. Deux couples et un enfant né à Hédinsfjördur. Tout le monde est décédé depuis, sauf lui.

– Qu'est-ce qui vous a poussé à rouvrir le dossier ?

– Il y a quelques jours, je suis tombé sur une photo prise l'hiver qui a précédé sa mort, probablement. On y voit un jeune homme que personne n'est en mesure d'identifier. Je me demande s'il n'a pas joué un rôle dans cette histoire.

– Intéressant, reconnut Ísrún. Et vous croyez pouvoir rouvrir l'enquête aujourd'hui ? Il reste des témoins à entendre, cinquante ans après les faits ?

– Je verrai bien. J'aimerais parler au frère de l'un des habitants, un vieillard qui vit à Reykjavík. Son frère lui a légué cette fameuse photo, ainsi qu'un paquet d'autres. Mais ça va devoir attendre.

En regardant par la baie vitrée, Ísrún se rendit compte que la réunion de bouclage allait commencer pour de bon. Cette réunion informelle ne durait pas bien longtemps – quelques minutes de retard et on ratait le coche.

– Pourquoi ça ? ne put-elle s'empêcher de demander.

– Le bonhomme a plus de quatre-vingt-dix ans et il est dur d'oreille. Mais il a encore l'esprit vif, m'a-t-on dit. Je ne peux pas lui parler par téléphone, mais je profiterai de mon prochain déplacement dans le Sud pour aller le voir. Si j'arrive à échapper à la quarantaine !

Il cachait sous un ton léger une détermination certaine.

Ísrún s'apprêtait à mettre fin à leur entretien quand Ari Thór lui fit une proposition.

– Dites, vous n'auriez pas le temps d'aller discuter avec lui, par hasard ? Cela ne vous prendrait que quelques minutes. Il vit dans une maison de retraite, dans le Sud. Vu les circonstances, il m'est difficile de faire le voyage moi-même.

– C'est-à-dire que…, commença Ísrún avant de se raviser. Ce ne serait pas une mauvaise idée qu'un officier de police lui doive une faveur… Je vais tenter de me débrouiller pour y aller demain, si j'ai le temps.

Elle nota le nom et l'adresse du vieillard ainsi que le numéro de portable d'Ari Thór pour être sûre de le joindre le lendemain, puis elle mit fin à leur conversation.

La réunion était terminée. Elle attrapa son manteau et sortit dans les ténèbres glacées sans adresser la parole à quiconque.

15

Après tous ces jours de pluie, la lumière du matin faisait un bien fou. Ísrún se mit en route de bon matin pour rejoindre le secteur de Breidholt, dans la partie ouest de la ville. Il n'y avait aucun embouteillage dans ce sens-là.

Après leur conversation de la veille au soir, Ari Thór lui avait envoyé un mail illustré de la fameuse photo pour lui donner de plus amples informations sur l'affaire Hédinsfjördur. Il lui faisait également part de ses impressions et suggérait des questions à poser au vieux Nikulás.

Avant son départ, Ísrún avait appelé le directeur de la maison de retraite. Il lui confirma que, malgré ses quatre-vingt-treize ans, Nikulás était vif d'esprit quoique dur d'oreille. Celui-ci avait accepté de recevoir Ísrún à l'heure qui l'arrangeait.

Il lui fut moins aisé que prévu de trouver la maison de retraite, mais elle avait quand même le temps de s'entretenir avec lui avant la conférence de rédaction du matin.

Le bâtiment, immense et dépourvu de charme, datait des années quatre-vingt. Les pelouses qui l'entouraient étaient bien entretenues, mais les arbres avaient encore l'air misérable à cette période de l'année. L'été, le jardin devait avoir fière allure.

Nikulás l'attendait dans le hall. Une tasse de café à la main, il regardait au-dehors. Massif et complètement chauve, le visage taillé à la serpe, il portait un complet gris anthracite très élégant, une chemise blanche et une cravate à rayures.

Ísrún lui précisa les raisons de sa venue, en prenant le soin de parler à haute et intelligible voix. Elle s'abstint de lui dire qu'Ari Thór était de la police, mais s'en tint par ailleurs à la stricte vérité : elle lui expliqua qu'ils rouvraient le dossier parce que cette mystérieuse photo avait refait surface. Il se contenta d'acquiescer, et Ísrún lui demanda la permission d'enregistrer leur entretien, ce qui ne le dérangeait pas.

– Je voudrais vous poser des questions au sujet de cette photo, et de votre frère, commença Ísrún en lui tendant l'image en question. Savez-vous qui est ce jeune homme ? demanda-t-elle en indiquant l'homme qui portait le bébé dans ses bras.

– Non, je ne l'ai jamais vu. J'imagine que mon frère est l'auteur de cette photo, dit-il d'une voix claire avant de se mettre à tousser.

– Cette photo se trouvait-elle dans le carton, au milieu de toutes les autres ?

– En effet. Jórunn et lui ont vécu à Siglufjördur pendant environ un an. Sa sœur aînée avait épousé un gars de la ville, comme vous devez le savoir.

Il soupira.

– Maríus s'est alors découvert une passion pour la photo, vers 1954, je dirais. Hormis celle-ci, prise à Hédinsfjördur, et deux ou trois paysages, toutes les photos ont été prises à Siglufjördur. Je me suis demandé quoi en faire, parce que je n'ai pas beaucoup de place ici. Un vieil ami qui vit dans le Nord m'a conseillé d'en faire don à l'Association de Siglufjördur, qui se montre toujours très friande de ce type de documents. Vous savez tout.

Il avala une gorgée de café et se pencha vers Ísrún.

– Je vous ai vue à la télé. Vous faites du bon boulot.

– Merci, dit-elle simplement.

Elle se gardait de laisser les compliments comme les critiques troubler son jugement.

– Vous tenez donc tout ça de votre frère ?

– Exact. Il n'y avait personne d'autre, si vous voyez ce que je veux dire.

– Il était riche ?

– Pas vraiment. Il avait fini de payer son appartement, ce qui n'arrive plus guère de nos jours. Il possédait quelques vieux meubles, des livres – mais le brave homme n'était pas un grand lecteur. C'était un homme simple. Il gardait un peu d'épargne sur un livret auquel il n'avait pas touché depuis des années, mais l'inflation l'a réduit comme peau de chagrin, conclut-il dans un sourire.

– Vous lui rendiez visite à Hédinsfjördur ?

– Mon Dieu, non. Je n'y suis jamais allé. Je n'en avais aucune envie, et je n'avais pas le temps de toute façon. Qu'aurais-je été faire dans un endroit si éloigné de tout ? S'installer là-bas, c'est ce qui a détruit mon frère. Il n'a plus jamais été le même après le suicide de Jórunn. Ce n'est pas sain, un isolement pareil, dit-il en fronçant les sourcils.

– Vous ne croyez pas à l'accident ?

– Elle s'est suicidée, tout le monde le sait, affirmat-il avec force.

– Vous en êtes sûr ?

– Sûr et certain. Maríus y faisait souvent allusion. Il disait que l'obscurité avait fait beaucoup de mal à certaines personnes.

Les propos de Nikulás surprirent Ísrún. Et s'il s'agissait bien d'un suicide, après tout ? Elle résolut cependant de lui poser les questions prévues.

– Comment cela ?

– Il ne le précisait pas, il n'aimait pas trop parler de cette période. Mais ça ressortait à l'occasion, sans crier gare. Il disait que Jórunn avait fait les mauvais choix. Ils s'étaient installés à Siglufjördur à cause de sa sœur Gudfinna. Maríus n'a jamais su quoi faire de sa vie. Comme je vous l'ai dit, c'était un homme simple, ni indépendant ni fort de caractère, et qui se laissait facilement influencer. Il n'était pas non plus très costaud et supportait mal le travail physique. Gudmundur, le mari de Gudfinna, lui avait promis un emploi à Siglufjördur. Il a donc travaillé un moment dans le hareng, ce qui était le cas quand je suis allé leur rendre visite l'été suivant. Il n'était pas heureux, et le travail était trop dur pour lui, même s'ils lui ont confié une tâche moins ardue par la suite. C'est Gudmundur qui faisait vivre le foyer, à mon avis. Il s'était bien débrouillé – il avait fait fortune dans la pêche. Il veillait sur mon frère et l'a aidé à trouver un logement dans le Sud à la mort de sa femme. Le pauvre homme n'a pas eu une vie facile. Il a enfin trouvé le repos...

– Vous êtes nés tous les deux à Reykjavík ?

– Oui, tous les deux. Il n'aurait jamais dû s'installer dans le Nord. Pour ma part, je n'ai jamais été tenté de quitter la région.

Il se redressa.

– Voudriez-vous rendre service à un vieil homme paresseux et m'apporter un autre café ?

– Avec plaisir.

Elle se leva et le resservit à la Thermos. Nikulás prit une gorgée de café et poursuivit son récit.

– Il avait toujours du mal avec le travail. J'ai commencé jeune, dans le charbon, et je lui ai trouvé une place. Il était censé m'aider, mais ce n'était pas vraiment le cas. J'ai réussi à le maintenir en poste un moment malgré son manque d'efficacité, mais ça a fini par se savoir et ils l'ont licencié. Il l'a très mal pris. Puis j'ai travaillé dans la vente au détail, plus précisément la confection pour homme à Laugavegur, pendant des années. Vous êtes probablement trop jeune pour avoir connu ça. J'ai pris ma retraite dans les années quatre-vingt et ils ont fermé peu après. Je n'ai jamais été très riche, je gagnais juste assez pour faire vivre ma famille. Donc Maríus a dû se débrouiller tout seul.

– C'est pour ça qu'il a déménagé à Siglufjördur ? demanda Ísrún.

– Sans doute. Ils ne s'en sortaient pas, à Reykjavík. Alors ils ont abandonné leur...

Le vieil homme s'interrompit et balaya la pièce du regard, comme s'il cherchait l'issue de secours.

Emportée par son esprit d'investigation, Ísrún comptait bien savoir le fin mot de l'histoire.

– Abandonné leur… ? reprit-elle avant de tenter sa chance. Leur enfant ?

Elle se remémora le jeune homme sur la photo. Nikulás resta un moment silencieux avant de poursuivre à voix basse, le regard fuyant :

– C'est une vieille histoire maintenant, j'imagine que je peux vous en parler. Peut-être que ce garçon est toujours en vie…

Il retomba dans le silence. Ísrún préférait ne pas le brusquer.

– Ça n'a rien à voir avec la mort de Jórunn.

– Ils avaient un enfant ? se risqua-t-elle.

– Oui. Jórunn avait tout juste vingt ans et Maríus, à peine plus. Comme ils n'avaient pas les moyens de l'élever, ils ont tout de suite décidé de le confier aux services sociaux. Je les y ai encouragés. Je connaissais Maríus mieux que personne, et j'ai pensé qu'il n'avait pas les épaules, en tout cas à l'époque. Il n'avait pas d'emploi stable et manquait encore de maturité.

Nikulás soupira et se frotta les yeux. La fatigue ou l'émotion ? Ísrún ne comptait pas s'attarder – le temps était compté –, mais elle voulait aller jusqu'au bout.

– Ça a été très difficile pour Jórunn de prendre cette décision, mais elle s'y est tenue, poursuivit-il. Elle disait que c'était préférable pour l'enfant.

Nikulás marqua une pause.

– Qu'est-il devenu ? demanda Ísrún.

– Il a été adopté. Aucune idée par qui, ils préféraient ne pas le savoir. Jórunn tenait absolument à ce qu'il soit adopté par des inconnus. Apparemment, il est allé vivre chez des gens bien, à la campagne. Elle n'avait pas envie de le croiser un jour dans une rue de Reykjavík, vous comprenez, dit-il avant de s'interrompre à nouveau.

Il semblait batailler avec ses propres souvenirs.

– Elle était sûre de le reconnaître au premier coup d'œil si elle tombait sur lui un jour.

– Mais ils ne l'ont jamais revu ?

– Non, pas à ma connaissance. Il a été adopté de manière officielle et définitive.

Sa voix n'était plus qu'un murmure.

Ísrún jeta un coup d'œil à sa montre.

– Je vous apporte une dernière tasse de café avant de filer ? Il faut vraiment que j'y aille, je vais être en retard à ma réunion.

– Ça ira, je vous remercie, dit Nikulás.

– Je reviendrai vers vous s'il me manque des éléments, ajouta Ísrún.

– Pas de problème. Mais il faudra vous déplacer. Au téléphone, je n'entends plus rien, précisa-t-il en souriant de nouveau. Il y en a ici de plus vieux que moi qui utilisent Internet ! Ils envoient des e-mails depuis leur chambre. Vous vous rendez compte ? La technologie, ce n'est pas mon truc. Les seuls messages que je lis sont ceux qui arrivent sous mon paillasson.

Au moment de partir, Ísrún le remercia chaleureusement.

Elle ne pensait plus qu'à une chose : ce jeune homme sur la photo, avec le bébé dans les bras.

Selon le vieil homme, Jórunn avait vingt ans à la naissance de l'enfant et, à en croire Ari Thór, elle approchait les vingt-cinq ans quand la photo a été prise. Il ne pouvait donc pas s'agir du fils abandonné. Qui était ce jeune homme ?

Ísrún fit démarrer sa voiture et se rendit à son travail, tournant et retournant la question dans sa tête. De qui s'agissait-il ? Et qu'était devenu le fils de Jórunn et Maríus ?

16

La réunion avait déjà commencé. Ísrún tenta de se glisser discrètement au fond de la salle, mais elle réussit à renverser sur son passage la tasse de café d'un collègue, ce qui attira l'attention de tout le monde sur son retard. Il y avait du café partout sur la table : les dossiers et les blocs-notes furent retirés mais personne ne crut bon d'éponger. Ísrún s'excusa, partit chercher un rouleau d'essuie-tout et répara les dégâts au milieu d'un silence gêné.

– Merci de nous avoir rejoints, Ísrún, fit Ívar qui présidait la réunion ce jour-là.

– Désolée pour mon retard, dit-elle en s'asseyant. J'étais sur un scoop concernant l'accident de Snorri.

Elle mentait sans aucun scrupule – Ívar le méritait, après tout.

– Quel genre de scoop ? demanda-t-il d'un ton agressif.

Il lui lança un regard mauvais. Elle botta en touche.

– J'ai promis de ne rien révéler pour le moment. Mais j'aurai bientôt du lourd pour María… et toi. Je compte aussi traquer le Conseil des ministres et essayer d'obtenir une déclaration de Marteinn au sujet de son ami d'enfance.

Ívar s'apprêtait à formuler une objection, mais elle prit les devants.

– Je surveille aussi la situation à Siglufjördur. Je devrais pouvoir faire un sujet là-dessus.

Ívar se renfrogna et marmonna quelque chose entre ses dents. Ísrún s'en était bien sortie.

Il se vengea en lui confiant un micro-trottoir : elle devait se rendre à Laugavegur pour recueillir les commentaires de la population sur la hausse du prix de l'essence. Ils savaient tous deux à quel point il était long et fastidieux d'essayer de convaincre les passants de se laisser filmer. Mais elle se contenta de sourire. Elle savait que ses petits coups bas ne portaient pas à conséquence. Elle était déjà plus connue qu'Ívar dans le monde de l'info télévisée, et ne tarderait pas à obtenir une promotion, voire un poste plus intéressant dans une chaîne concurrente.

Elle pensa à ses soucis de santé. Dans l'urgence du quotidien, elle réussissait à oublier sa maladie, mais celle-ci se rappelait parfois à sa mémoire sans crier gare et son ambition, son travail acharné s'écroulaient alors comme un château de cartes : peut-être ne vivrait-elle pas assez longtemps pour profiter de cette fameuse promotion, ou accepter cette offre en or.

Elle s'efforça de repousser ces pensées sombres et de rassembler toute son énergie pour répondre aux exigences de son travail, dans une démarche constructive.

Elle commença par appeler son contact au sein de la police pour voir s'il avait du nouveau. Après plusieurs appels infructueux, elle finit par l'avoir en ligne et ne fut pas déçue du résultat.

– Snorri a envoyé un e-mail à sa sœur le jour de l'accident. Creuse cette piste, dit-il sans lui donner davantage de détails.

Il aimait apparemment rester évasif. Il avait à cœur de l'aider, mais sans en dire trop, afin sans doute de ne pas trahir à ses propres yeux son obligation de confidentialité. Elle ne pouvait pas s'en plaindre – c'était mieux que rien.

Ísrún n'avait pas envie de déranger tout de suite la sœur de Snorri : elle jugeait préférable d'attendre au moins vingt-quatre heures de plus, elle aviserait ensuite. Elle était de veille tous les jours cette semaine, il lui faudrait donc fournir de l'info, pourquoi pas une interview – en espérant qu'un autre journaliste ne grillerait pas son scoop.

Sa mission à Laugavegur – le micro-trottoir sur le prix de l'essence – s'avéra aussi pénible que prévu, voire pire. À 10 h 30, alors qu'elle s'apprêtait à commencer, la pluie se mit à tomber. Les rues étaient quasiment désertes, et la plupart des passants qu'elle apostrophait étaient des touristes résolus à profiter au maximum de leur séjour malgré le temps. Il était absurde de les interroger sur la hausse du prix de l'essence en Islande, même s'ils devaient sans doute y être confrontés aussi dans leur pays d'origine. Les seuls quidams qu'elle réussit à arrêter, en leur bloquant quasiment le passage, n'avaient pas le temps de répondre aux questions de la télé, surtout sous la pluie. Maudissant Ívar, Ísrún finit par capituler après avoir réussi à prendre dans ses filets deux innocentes victimes, l'une à la librairie, l'autre à la Poste. Ils lui tinrent les mêmes propos – personne n'accueillait avec plaisir une hausse du prix de l'essence. Elle s'efforça de leur en soutirer davantage en multipliant les questions : Est-ce que vous utilisez moins votre voiture ? Quelle solution allez-vous trouver à ce problème ? Mais elle ne se leurrait pas : cela ne rendrait pas son sujet plus intéressant.

Quand elle eut fini, il était trop tard pour retourner au bureau. Le Premier ministre n'allait pas tarder à réunir son Conseil. Ísrún et son cameraman décidèrent de patienter dans la voiture, à l'abri du vent et de la pluie, devant le bâtiment, à côté d'une série de véhicules officiels plus rutilants les uns que les autres.

Elle en profita pour passer un appel. On la fit patienter, puis elle fut mise en relation avec un jeune homme courtois, spécialiste de l'adoption au sein d'une agence nationale.

– Bonjour, dit-elle sans se présenter. Je cherche des informations sur une procédure d'adoption plutôt ancienne.

– Je vous écoute, répondit-il d'un ton légèrement méfiant. Cela vous concerne-t-il personnellement ?

– Pas tout à fait. L'affaire remonte aux environs de 1950. Un couple de ma connaissance a fait adopter son enfant. Ils sont morts depuis. Ils n'ont jamais revu le garçon par la suite, et j'aimerais savoir ce qu'il est devenu. Vous pourriez m'aider ?

– À votre avis ? ricana son interlocuteur.

Elle ne s'attendait pas qu'on lui réponde par un sarcasme. Vexée, elle se présenta en quelques mots et précisa qu'elle préparait un reportage sur l'adoption, avant de se rendre compte que cet aveu allait probablement lui compliquer la tâche.

Mais la conversation passa bientôt au second plan – Rúrik, son cameraman, lui avait donné un coup de coude en montrant du doigt le groupe de ministres qui quittaient le bureau du Conseil. Elle prêta à peine attention aux propos outrés de son interlocuteur, qui lui conseillait de faire une demande officielle d'accès aux dossiers tout en lui prédisant qu'elle risquait fort de se heurter à un refus.

Elle se hâta de raccrocher et bondit hors de la voiture, accompagnée de Rúrik. Il travaillait pour la chaîne depuis des années, n'avait jamais failli à sa mission et portait peu d'estime aux journalistes survoltés qui vivaient chaque jour comme si c'était leur dernier. Il s'entendait bien avec Ísrún, qui, de son côté, savait qu'il était inutile de le houspiller – il travaillait à son rythme, se trouvait toujours au bon endroit au bon moment, et fournissait des images d'une qualité irréprochable. Il enregistrait toujours quelques plans de coupe dont Ísrún n'aurait jamais eu l'idée, et qui se montraient bien utiles pour le montage final des deux minutes de reportage.

L'actualité politique étant plutôt calme ces temps-ci, ils étaient peu de journalistes à se presser pour accueillir les hommes d'État. Sur le perron, le Premier ministre répondait aux questions d'une jeune femme pour le compte d'un quotidien. Ísrún resta en retrait et patienta. Elle attendait, pour approcher Marteinn, que les autres médias aient déguerpi.

Comme tout homme politique qui se respecte, Marteinn rayonnait de confiance en soi. À la quarantaine passée, ses cheveux grisonnaient déjà, mais c'était un bel homme qui soignait son apparence. Même si elle savait que les images de la télévision sont parfois trompeuses, Ísrún avait été surprise par sa petite taille la première fois qu'elle l'avait rencontré.

Politique jusqu'au bout des ongles, il lui adressa un signe de tête et s'approcha, le sourire aux lèvres.

– Auriez-vous un moment à m'accorder ? demanda-t-elle en lui rendant son sourire.

– Avec plaisir, Ísrún.

Elle avait remarqué qu'il l'appelait systématiquement par son prénom à chacune de leurs entrevues. Il s'agissait bien sûr d'une stratégie de communication, mais cela produisait quand même son petit effet. Il était difficile de résister à son charme et Ísrún ne s'étonnait pas qu'il ait raflé pour son parti les votes d'une majorité de l'opinion.

D'un regard, elle fit signe à Rúrik de commencer à filmer, mais il tournait déjà. Elle commença l'interview.

– Je souhaitais recueillir votre réaction suite à la mort de Snorri Ellertson.

Marteinn se raidit. Il ne s'attendait apparemment pas à cette question. Il répondait souvent de manière rapide et précise à toutes les questions, même les plus saugrenues. Il fit de son mieux pour garder son flegme face à la caméra, mais cette fois elle perçut comme une hésitation.

– Ce sont des moments difficiles pour la famille de Snorri. J'ai bien sûr adressé mes condoléances à Ellert et Klara, à titre personnel.

Le visage grave, il observa un moment de silence, et Ísrún comprit qu'il ne souhaitait pas en dire plus devant la caméra. Mais elle ne s'avoua pas vaincue et tenta un autre angle d'attaque.

– D'après la police, il pourrait s'agir d'un assassinat. Si ce meurtre s'avère lié à des considérations politiques, envisagez-vous d'adopter de nouvelles mesures de sécurité ?

– Je n'ai rien à vous dire, répondit Marteinn avant de se rendre compte, comme Ísrún, qu'il venait de marquer un mauvais point.

– Merci, dit-elle. Ça suffit pour le moment, indiqua-t-elle à Rúrik avant de se tourner à nouveau vers le Premier ministre. Je n'avais nullement l'intention de vous piéger, mentit-elle d'un ton dégagé.

– Je ne vous en veux pas, lui répondit-il avec le même sourire hypocrite.

– Est-ce que vous étiez proches ? demanda-t-elle.

Marteinn restait sur ses gardes. La caméra avait cessé de tourner, mais il s'adressait toujours à une journaliste.

– Nous l'avons été dans le temps, avant de prendre des chemins séparés. Ces dernières années, je ne le fréquentais plus, ce qui n'atténue en rien mon chagrin.

Ísrún jugea qu'il n'avait pourtant pas été long à prendre ses distances avec son ami d'enfance.

Marteinn jeta un coup d'œil à sa montre.

– Je dois y aller. Ravi de vous avoir revue, Ísrún.

Il lui adressa un dernier sourire avant de rejoindre son véhicule sans se retourner.

17

– Bonjour, Ari Thór.

Il reconnut la voix à l'autre bout du fil.

– Bonjour. Alors, ce test de paternité ? demanda-t-il sans détours.

– Je n'ai pas encore le résultat.

Il n'en fut pas surpris : le test ADN était réalisé à l'étranger et ne bénéficierait bien évidemment pas de traitement prioritaire. Pourquoi diable appelait-elle donc si elle n'avait rien à lui dire ? Il patienta en silence.

– En fait… je voulais juste prendre de tes nouvelles. M'assurer que tu n'aies pas été contaminé. Ils n'en parlent plus, aux infos.

– C'est vrai. Dès que le drame est écarté, les médias se désintéressent du sujet, convint-il.

Elle n'osait semble-t-il pas lui avouer la vraie raison de son appel.

– Mais ne t'en fais pas, je prends mes précautions. Il n'y a eu aucun cas de nouvelle infection et la ville devrait sortir de quarantaine d'ici à la fin de la semaine.

Il s'efforçait de cacher derrière des propos rassurants la peur qui le tenaillait toujours.

– Une infirmière est morte, pourtant...

– En effet. Mais on surveille de près tous ceux qui ont été en contact avec elle pour éviter la contamination.

Il se rendit compte que ses propos manquaient d'humanité et s'empressa d'ajouter :

– Pauvre femme, quelle mort épouvantable...

– Tu travailles, là ?

– Oui, je suis de garde cette nuit. Mon supérieur et moi, on se partage les permanences.

– Peut-être qu'on pourrait se revoir quand tout ça sera fini, hasarda-t-elle. Ce serait sympa que tu rencontres mon fils.

Ari Thór ne sut pas quoi répondre. Il lui avait pourtant bien fait comprendre qu'il n'était pas question pour lui de rencontrer l'enfant tant qu'il n'était pas sûr d'en être le père.

– On verra, eut-il la courtoisie de répondre.

Il ne voulait pas se la mettre à dos, même si ses appels lui portaient sur les nerfs. Et si l'enfant était en effet de lui ? Il en avait des sueurs froides. Il refusait de penser que vivait à Blönduos un fils qu'il n'avait jamais rencontré.

– Ce n'est pas facile pour moi, murmura-t-elle. De vivre toute seule.

– J'ai quelqu'un dans ma vie, répondit Ari Thór. Si l'enfant est de moi, je ferai ce qu'il faut. Mais pas question...

Il cherchait les mots les mieux adaptés.

– Pas question pour moi de m'engager dans quoi que ce soit avant d'avoir le résultat du test, tu comprends ? On était d'accord : je ne veux pas faire sa connaissance avant d'avoir eu la preuve qu'il est mon fils.

– D'accord, d'accord. Bien sûr que je comprends, dit-elle.

Ari Thór perçut à ce moment précis le cri d'un nourrisson. Il en eut l'estomac retourné. Et si c'était son fils ?

– Il est réveillé, il faut que je raccroche. Au revoir.

Cloué à sa chaise, Ari Thór pensait à ce petit garçon qu'il n'avait jamais vu.

Ísrún avait appelé plus tôt dans la journée pour lui résumer en quelques phrases son entretien avec Nikulás, puis elle lui avait envoyé par e-mail un extrait de l'enregistrement. Ari Thór fut stupéfait d'entendre parler de cette adoption. Hédinn avait quelque part sur cette Terre un cousin dont il ignorait jusqu'à l'existence, à supposer qu'il fût encore en vie. Il décida de lui en toucher un mot dès que possible. Il demanda à Ísrún s'il pouvait s'agir du jeune homme de la photo, avant de déduire que c'était impossible.

– J'y ai pensé moi aussi, dit Ísrún. Mais l'âge ne concorde pas.

Puis elle avait émis une hypothèse intéressante.

– Et si le bébé sur la photo n'était pas Hédinn ?

– Comment ça ? demanda Ari Thór.

– Nous sommes partis du principe que le bébé était Hédinn, ce qui paraît plausible. Mais il pourrait s'agir de quelqu'un d'autre, si la photo a été prise avant sa naissance.

– Pourtant la photo a été prise à Hédinsfjördur, il n'y a aucun doute là-dessus, fit remarquer Ari Thór.

– Peut-être qu'elle date d'un ou deux ans avant leur déménagement ?

– Ce qui voudrait dire que...

– Exactement, l'interrompit-elle. Le bébé serait celui de Maríus et Jórunn, le garçon qu'ils ont fait adopter. Il est né vers 1950. Ça pourrait correspondre. À cette date, la maison d'Hédinsfjördur existait déjà, non ?

– Absolument, reconnut Ari Thór. Mais crois-tu vraiment qu'ils auraient fait le voyage jusqu'à Siglufjördur, puis Hédinsfjördur, avec un nouveau-né ? Bien sûr, ça expliquerait pourquoi le jeune homme ne vivait plus avec eux à la mort de Jórunn. Peut-être même qu'il n'a jamais vécu à Hédinsfjördur et qu'il n'a jamais connu Hédinn.

Ari Thór n'était toujours pas convaincu, mais il était ravi d'avoir de nouvelles pistes à explorer.

Ísrún changea de sujet et lui annonça qu'elle avait un autre reportage en cours : elle enquêtait sur un meurtre qui pouvait avoir d'importantes répercussions politiques, y compris sur le gouvernement en place. Du coup, elle se voyait obligée de décaler à nouveau leur entretien.

– Garde ça pour toi, s'amusa-t-elle. Ça reste entre nous, mais n'oublie pas de regarder les infos ce soir.

Ari Thór se remettait à peine de sa conversation avec la jeune femme rousse quand il s'avisa que le journal télévisé allait justement commencer. Il alluma le vieux poste délabré juste à temps pour voir le Premier ministre donner une réponse embarrassée à la journaliste qui l'interviewait. Même s'il ne s'intéressait guère à la politique, il avait eu plusieurs fois l'occasion de voir Marteinn Helgason à la télévision. Véritable bête politique, plein de charme et d'assurance, celui-ci trouvait toujours des réponses rapides et pertinentes aux questions qu'on lui posait. Cette fois pourtant, il semblait renâcler à commenter la mort de

Snorri Ellerson, même si tout le monde savait qu'ils avaient été amis.

Une fois le journal terminé, Ari Thór appela le révérend Eggert. Ils se connaissaient vaguement – la police et le curé d'une même ville avaient toujours des choses à se dire. Avant de le rencontrer, Eggert avait entendu dire qu'Ari Thór avait abandonné ses études de théologie et qu'on le surnommait Révérend Ari Thór. Il le voyait donc comme un homme pieux, investi dans sa paroisse. Rien n'était moins vrai. Ari Thór n'avait pas la foi, et nourrissait au contraire une colère sourde envers l'Être Suprême – s'il existait – pour lui avoir volé ses parents si jeune.

Ari Thór n'avait pas jugé utile de corriger le malentendu, et le révérend Eggert s'étonnait fréquemment de ne pas voir Ari Thór à la messe. Mais celui-ci n'avait de toute sa vie assisté qu'à un seul office à Siglufjördur : l'enterrement de la personnalité la plus célèbre de la ville, Hrólfur Kristjánsson. Hrólfur avait trouvé la mort après une chute dans l'escalier du théâtre peu après qu'Ari Thór eut pris son poste à Siglufjördur. Ari Thór avait refusé de croire à l'accident et avait mené à cette occasion sa première grande enquête.

Le révérend Eggert parut ravi d'avoir des nouvelles d'Ari Thór et se montra fort intéressé par ses questions. Il était toujours prêt à parler d'Hédinsfjördur, précisa-t-il.

– Pourquoi ne pas venir me voir ? proposa-t-il.

Ari Thór réfléchit quelques instants.

– Bonne idée. Dites-moi, vous êtes en bonne santé ?

Le prêtre rit.

– Je vais très bien. Vous croyez qu'un virus s'attaquerait à un homme de Dieu ?

Ari Thór décida d'accepter l'invitation et prit la route à pied. C'était une belle soirée pour se promener : malgré le petit vent glacé, le ciel était pour une fois dégagé. À cette époque de l'année, il se révélait impossible de prédire la météo : soleil, pluie et neige alternaient parfois au cours d'une même journée.

Siglufjördur n'avait jamais été une ville trépidante, mais elle était aujourd'hui morte. Il n'y avait pas un chat dans les rues. Ari Thór se sentit comme le dernier habitant d'une ville fantôme. Personne n'osait plus sortir, il n'y avait plus aucun signe de vie nulle part, partout régnait un silence assourdissant. Ari Thór longeait la mer – c'était son trajet préféré, qui offrait des vues magnifiques sur le fjord calme et majestueux. Il passait devant des maisons aux tons vifs, tantôt anciennes, tantôt repeintes de frais. Il se réjouissait de voir que la ville reprenait des couleurs.

Le révérend habitait sur une colline non loin de l'hôpital municipal, à deux pas du commissariat. La maison était entourée d'arbres mais Ari Thór perçut à travers la masse sombre des branches une lumière. Il ne s'était jamais marié et vivait tout seul à Siglufjördur, où il officiait depuis trente-cinq ans. Il y était né il y a plus de soixante ans et n'avait jamais quitté la ville.

Ari Thór frappa à la porte et patienta en contemplant l'étendue du fjord, la petite ville et son imposante église qui se détachaient des ténèbres alentour. Une nuée d'oiseaux surgie de nulle part brisa tout à coup le silence – probablement des bruants des neiges. Ils passèrent en trombe pour s'évanouir tout aussi vite dans la nuit.

La porte s'ouvrit sur la silhouette du prêtre.

– Entrez, jeune homme.

Le révérend Eggert avait bien vieilli. Grand, élancé, le visage racé sous d'épais cheveux gris, il portait un pantalon de flanelle et une chemise à carreaux dont le premier bouton était défait. Une paire de lunettes démodée pendait à son cou au bout d'une chaînette.

Il conduisit Ari Thór à son étude, s'assit à son bureau et lui indiqua une vieille chaise.

– Alors, ça tourne en ce moment ? demanda-t-il gaiement.

– Comme vous dites, confirma Ari Thór en s'asseyant.

– Mais on en voit le bout, non ? Ça me fait plaisir. Pauvre Rosa, quelle triste fin pour elle. Vous la connaissiez ?

– Pas personnellement. Mais elle travaillait ici depuis des années en tant qu'infirmière, je crois.

– En effet. Vous connaissez Sandra, en revanche, n'est-ce pas ?

Ari Thór opina. Dans une si petite ville, tout se savait.

– Je lui rends parfois visite.

– Je suis passé la voir aujourd'hui. Ce n'est qu'une grippe, mais plutôt sévère elle aussi.

Ari Thór fut rassuré d'apprendre que Sandra n'était pas contaminée par le virus mortel.

– Apparemment, personne ne connaît mieux que vous Hédinsfjördur, dit Ari Thór pour changer de sujet.

– C'est exact. Que voulez-vous savoir ?

– Entre deux enquêtes, je m'intéresse à une affaire ancienne, se hasarda-t-il.

– Le décès ? Jórunn ? enchaîna le prêtre sans laisser à Ari Thór le temps d'acquiescer.

– Exact, dit-il.

Le révérend Eggert n'avait pas besoin de se faire prier.

– J'en ai entendu parler, bien sûr. Gudmundur et Gudfinna ont été les derniers à habiter Hédinsfjördur. Ils venaient de Siglufjördur et ils y sont retournés après ce terrible événement. Ils partageaient leur maison avec Jórunn et...

Il réfléchit.

– Oui, Jórunn et Maríus, si ma mémoire est bonne.

– Gudfinna et Jórunn étaient sœurs, glissa Ari Thór.

– Je le sais bien, reprit Eggert d'un ton cassant, avant de retrouver le sourire. C'est l'avantage de s'intéresser à un endroit comme Hédinsfjördur, où ont vécu si peu de gens au fil des années – on en sait très vite long sur l'histoire du bourg et de ses habitants.

– Y avez-vous habité vous-même ?

– Mon Dieu, non. C'est bien trop isolé. Siglufjördur l'est déjà assez comme ça ! s'amusa-t-il. Là-bas, je serais mort de tristesse et de solitude, comme cette pauvre Jórunn.

Ari Thór faillit demander au prêtre s'il était sûr de ce qu'il avançait, mais il s'abstint et le laissa poursuivre.

– Je me suis rendu deux ou trois fois à Hédinsfjördur avant la construction du tunnel. Le plus souvent à pied. Ça fait une sacrée randonnée. Une autre fois, j'y suis allé par la mer. C'était il y a des années, quand il avait été décidé d'y célébrer une messe. La chose m'incombait, en tant que prêtre. Ce fut un moment particulier, parce que le fjord était devenu inhabité, mais nous voulions rendre hommage à ceux

128

qui avaient vécu là par le passé et aux prêtres qui y avaient officié au cours des siècles. Les gens de Siglufjördur sont venus en nombre par bateau.

Il marqua une pause pour reprendre son souffle.

Le plafonnier était éteint, mais la lampe de bureau inondait la pièce d'une lumière chaleureuse d'autant plus accueillante au cœur de la nuit. Des piles de livres s'accumulaient sur le bureau. Ari Thór jeta un coup d'œil aux titres, et constata que la plupart d'entre eux ne relevaient pas de la théologie. Les étagères ployaient également sous les ouvrages – de belles reliures essentiellement. Il se demanda ce que deviendrait cette collection quand le Créateur rappellerait à lui le révérend. Célibataire, le vieil homme n'avait pas eu de descendance – sans doute un choix de sa part. L'image de ce petit garçon de Blönduos dont le père vivait, ou non, déraciné à Siglufjördur, revint à Ari Thór et son cœur s'emballa.

Le révérend Eggert se leva brusquement de son siège, ce qui, à en juger par l'expression sur son visage, ne lui réussit pas, même s'il était en bonne santé. Ari Thór sursauta.

– Jeune homme, lança-t-il. Il est absurde de parler d'Hédinsfjördur dans cette pièce lumineuse et confortable. Il faut en faire l'expérience ! déclara-t-il comme s'il parlait à une assemblée.

Eggert attrapa un pardessus accroché au mur et ouvrit la porte sur les ténèbres.

– Suivez-moi. On va prendre la jeep, dit-il.

Il s'arrêta et étudia la tenue d'Ari Thór.

– Vous êtes suffisamment vêtu, il ne fait pas si froid cette nuit.

La jeep du prêtre était relativement récente. À la faible lumière de la maison, Ari Thór constata qu'elle était rouge vif. Le cadran affichait une température juste au-dessus de zéro, mais on peinait à le croire. Ari Thór aurait tout donné pour rejoindre son lit – il s'imaginait blotti sous le gros édredon pour s'empêcher de grelotter. Est-ce qu'il était plus frileux parce qu'il venait du Sud ?

Le ciel était parsemé d'étoiles que les lumières de la ville estompaient. Ari Thór regarda par la fenêtre vers les montagnes, mais on ne distinguait rien d'autre que la nuit et l'immensité. C'est à mi-distance du tunnel qui menait à Hédinsfjördur qu'Ari Thór se rappela soudain…

– On ne peut pas aller à Hédinsfjördur. Il est interdit de sortir de la ville.

Le révérend Eggert émit un rire sonore.

– Je représente l'autorité divine et vous, l'autorité civile. Qui donc pourrait nous arrêter ?

Ari Thór ne trouva rien à répondre. Eggert en profita pour appuyer sur l'accélérateur et ils pulvérisèrent la limite de vitesse autorisée. Ari Thór décida de ne pas contredire le révérend, qui avait probablement raison.

Ils restèrent sans rien dire pendant un long moment. Ils étaient dans le tunnel quand Ari Thór reprit la parole.

– Il fait nuit noire là-bas, non ? Vous avez emporté une lampe torche ?

– Ne vous en faites pas, les phares de la voiture suffiront, s'amusa le prêtre.

Ari Thór avait raison. La seule lumière à Hédinsfjördur venait des huit cents habitants. À la sortie du tunnel, Eggert arrêta la voiture sur le bas-côté. La route privée qui menait jusqu'au lagon était désormais fermée. Le révérend sortit du véhicule en laissant les feux allumés.

Ari Thór descendit de la jeep.

– Venez. On va passer par-là, dit Eggert, plus habitué que son passager à descendre de la voiture à haut châssis.

Il indiqua à Ari Thór les marches en bois qui permettaient de franchir la barrière et se retrouva de l'autre côté en un clin d'œil. Ari Thór suivait.

Les phares de la jeep éclairaient une bonne partie du chemin, mais pas jusqu'au lagon, et encore moins jusqu'aux ruines de la ferme qu'ils distinguaient au loin vers l'ouest. Ari Thór n'avait jamais marché jusque-là, mais il les avait souvent vues en passant par Hédinsfjördur. La construction des tunnels était relativement récente ; elle rendait plus facile pour les habitants de Siglufjördur l'accès à Akureyri, la plus grande ville du nord de l'Islande – et bien entendu, augmentait aussi le nombre de touristes à Siglufjördur.

Ils avançaient côte à côte dans la lueur des phares, précédés par leurs ombres hautes et menaçantes. Ari Thór l'écoutait parler.

– Vous imaginez ? Même sans fermer les yeux, on n'y voit rien du tout. Aujourd'hui, on a les tunnels, mais ces pauvres gens – Jórunn et Maríus, Gudfinna et Gudmundur – devaient franchir les montagnes à pied.

Il leva le bras vers la chaîne de montagnes à l'ouest du fjord.

– Ça, c'est le col de Hestsskard. C'est le passage le plus facile pour sortir d'ici, mais même par une douce nuit d'hiver comme celle-ci, on y réfléchit à deux fois avant de s'y aventurer.

Ari Thór regarda dans la direction indiquée par le prêtre. Il n'aperçut d'abord que de vagues formes, lesquelles ressemblaient moins à des flans de montagnes qu'à des silhouettes inquiétantes. Il comprenait maintenant pourquoi les légendes populaires restaient à ce point ancrées dans l'âme islandaise à travers les âges. Il avait beau se tenir dans la lueur des phares en compagnie d'un homme d'Église et bénéficier d'un accès facile à Siglufjördur ou Ólafsfjördur, il ressentait en ce moment une réelle angoisse. Écrasé par le poids de la solitude, il tremblait d'affronter les ténèbres et aurait préféré fermer les yeux que de scruter l'obscurité. Ses paupières closes lui offraient un noir plus familier que les mystères de cette nuit profonde.

Eggert s'arrêta à la limite du terrain éclairé par les feux. Abordant un tournant, le sentier devant eux plongeait dans l'ombre. Ari Thór savait qu'en le poursuivant, ils arriveraient au lagon et trouveraient à leur droite l'océan.

Le révérend Eggert poursuivit.

– Ces deux malheureux couples travaillaient ici à la ferme. Personne ne pensait qu'ils y arriveraient. Il y en a qui sont faits pour ça, d'autres non. En s'installant sur la rive, ils obtenaient le droit de pêcher dans le lagon. C'est devenu un sport aujourd'hui, bien sûr. Ils possédaient un petit bateau qui leur permettait de se rendre par voie maritime à Siglufjördur en cas de besoin, si le temps était clément.

– J'imagine qu'ils n'avaient pas l'électricité, dit Ari Thór histoire de participer à la conversation – il connaissait déjà la réponse.

– Pensez-vous ! Ni électricité ni téléphone. Il paraît qu'ils avaient une CB[1] dans la maison. Quelque chose de rudimentaire, même si c'était il n'y a pas si longtemps. Ils souhaitaient sans doute se lancer dans une véritable aventure. C'est comme ça que je le vois, en tout cas. Gudmundur pouvait se le permettre – il en avait les moyens financiers.

Les yeux d'Ari Thór commençaient à se faire à l'obscurité. Il distinguait maintenant les montagnes aux sommets enneigés. En levant la tête, il se perdait dans le ciel étoilé et pouvait suivre des yeux la Voie lactée, chose plutôt extraordinaire pour un citadin confirmé.

La lumière des étoiles avait parcouru une distance inimaginable pour parvenir jusqu'à lui, perdu dans ce fjord abandonné du nord de l'Islande.

– Tout à l'heure, vous avez dit que Jórunn était morte de tristesse et d'isolement, dit-il en se tournant vers le prêtre. Qu'entendiez-vous par là ?

– De l'avis de tout le monde, elle s'est suicidée, confia Eggert à voix basse.

Il se tenait immobile à quelques pas du terrain éclairé par les phares, son ombre perdue dans la nuit.

Ari Thór se remémora les termes du rapport de police : la mort de Jórunn était accidentelle – une conclusion qui arrangeait tout le monde. À en croire les ragots, il s'agissait plutôt d'un suicide. C'était plus troublant, mais plus plausible aussi. La troisième possibilité – le meurtre – s'avérait plus embarrassante encore, mais Ari Thór ne pouvait se permettre de l'écarter. Il n'avait pas oublié les mots d'Hédinn :

1. Bande de fréquences radio mise à la disposition du public pour communiquer.

rien ne permettait de décider s'il s'agissait d'un suicide ou d'un meurtre.

– Dieu m'en est témoin, continua le prêtre. Je ne pourrai jamais défendre le suicide. La vie est sacrée, quelle qu'elle soit. Mais peut-être...

Il fit une pause et sembla chercher ses mots.

– Peut-être que je comprends ce qu'elle ressentait. Voilà pourquoi je vous ai conduit jusqu'ici, pour que vous saisissiez à votre tour. Comme elle, vous êtes un enfant de la ville. Vous ne vous sentez pas mal à l'aise ici ?

Ari Thór s'abstint de répondre. Il était loin de se sentir à l'aise, mais ne voulait pas l'admettre. Il tremblait de froid ; la nuit épaisse rendait l'air encore plus glacial et semblait comprimer sa poitrine au point de le faire suffoquer.

Même dans un coin aussi reculé que Hédinsfjördur, le silence n'était pas parfait : on entendait distinctement le ressac au loin. Ari Thór avait l'impression que le déferlement des vagues l'appelait. Il avait envie d'avancer plus loin dans les ténèbres pour voir jusqu'où il pouvait s'aventurer.

Il se mit en route sans même s'en rendre compte, le révérend à sa suite.

– Soyez prudent. On n'y voit rien – il ne s'agirait pas de tomber et de vous blesser.

Eggert parlait si bas que le bruit des vagues absorbait presque ses paroles.

– Et si je vous disais qu'il y avait quelqu'un avec eux ? dit Ari Thór.

– Comment ça ? demanda Eggert d'une voix tremblante. Gudfinna avait un fils, bien sûr.

– Je ne parle pas d'Hédinn.

– De qui, alors ? Ce n'est ni le moment ni l'endroit pour raconter des histoires de fantômes.

– Rien à voir avec les fantômes, répondit gravement Ari Thór. Même si c'est tout aussi mystérieux. Est-ce que les fantômes impriment la pellicule ?

Ils approchaient de la rive du lagon. La voiture, loin derrière eux, n'éclairait plus le sentier, et Ari Thór avançait avec prudence, conscient que la route qu'ils empruntaient pouvait être bordée d'escarpements plutôt raides.

– Ne soyez pas ridicule, répondit Eggert avec dédain.

Ari Thór décida de s'en tenir aux faits.

– On a retrouvé une photo des deux couples avec le petit Hédinn dans les bras d'un jeune homme, un adolescent plutôt.

– Un visiteur, peut-être ? suggéra le révérend.

– Je doute fort qu'il soit passé beaucoup de gens par ici, répondit froidement Ari Thór. Et on ne laisse pas un inconnu...

Le prêtre l'interrompit.

– C'est juste, dit-il, ils recevaient très peu de visites. Mais je me rappelle que Delía est venue, à l'époque.

Ils firent halte. Ari Thór commençait vraiment à souffrir du froid. Il rêvait de retourner à la jeep. Mais il patienta pour laisser le prêtre finir son histoire.

– Qui est Delía ? demanda-t-il poliment.

– Elle a quelques années de plus que moi. Son père était photographe, il a aussi fait quelques films avec sa caméra. Elle n'a jamais suivi d'études supérieures. Sa seule passion, c'était les images. Elle est restée à Siglufjördur, où elle passait son temps à filmer et photographier. Elle a repris le commerce de son père, mais elle a dû fermer boutique parce que les gens quittaient la ville. Elle est partie vivre dans le Sud, mais elle est revenue ici pour ses vieux jours.

– Et elle s'est rendue à Hédinsfjördur ?

– Elle m'a raconté, je m'en souviens, être allée là-bas pour profiter des paysages enneigés. Ça me revient maintenant. Elle a rencontré Jórunn. Peut-être a-t-elle encore les images, qui sait ? Vous devriez passer la voir demain. Et si on faisait demi-tour ?

Ari Thór hocha la tête, avant de se rendre compte que le révérend ne le voyait sans doute pas.

– Allons-y, dit-il.

Eggert regagna la jeep à grands pas.

Avant de le suivre, Ari Thór prit le temps de contempler une dernière fois, fasciné, l'étendue du fjord sous le ciel étoilé. Quelques mois auparavant, au creux de l'hiver, il s'était rendu tout spécialement à Hédins-fjördur dans l'espoir de voir une aurore boréale. Il avait eu la chance d'assister à ce merveilleux spectacle offert par la nature, et avait passé quelques minutes à observer, éberlué, leurs splendeurs évanescentes. Il pouvait presque les visualiser maintenant.

Lorsqu'il se retourna, le prêtre avait disparu.

Eggert le précédait sans doute de peu, mais Ari Thór ne put s'empêcher d'être pris de panique. Il n'osait pas crier de l'attendre. En tant qu'officier de police, il ne pouvait pas se permettre de montrer qu'il avait peur du noir.

Il avança prudemment et sortit son téléphone de sa poche pour éclairer le chemin, mais le rayonnement léger de l'appareil ne faisait que rendre la nuit plus épaisse.

Le pire, c'était les phares de la jeep. Ils avaient été d'une aide précieuse à l'aller, mais maintenant ils l'aveuglaient et l'empêchaient de suivre le tracé de la route.

Le temps de s'apercevoir qu'il était sorti du sentier, il était trop tard. Son pied glissa dans le vide et il tomba du remblai sur le sol glacé. Il avait fermé les yeux par réflexe lors de sa chute, et quand il les rouvrit, il faisait face à un canal souterrain qui passait sous la route. Étourdi et endolori, il se remit d'aplomb tant bien que mal. Son genou l'élançait. Il grimpa jusqu'au chemin et tituba jusqu'à la voiture sans s'égarer, cette fois.

Eggert était assis au volant.

– Je me demandais ce que vous fabriquiez, dit-il avant d'apercevoir la main d'Ari Thór. Qu'est-ce qui vous est arrivé ?

Ari Thór n'avait pas remarqué qu'il saignait. Il s'était écorché sur les rochers.

– J'ai trébuché et je suis tombé, résuma-t-il.

Le révérend ne parut pas surpris. Il se contenta de hocher la tête. Sur le trajet du retour, nul ne dit mot.

18

L'appel émanait de la sœur de Sunna.

Heida, âgée de dix ans de plus que Sunna, vivait célibataire et sans enfants au Danemark. Les sœurs avaient toutes deux grandi à Reykjavík. Sunna parlait rarement de sa sœur, mais pour ce qu'en devinait Róbert, Heida semblait ne pas savoir trop quoi faire de sa vie. Elle s'était essayée à différents métiers, mais cela faisait un moment qu'elle était au chômage désormais.

Róbert l'avait rencontrée à deux reprises et, à chaque fois, avait eu du mal à établir une relation avec elle – il avait l'impression qu'elle ne l'aimait pas. Sans doute pensait-elle que Sunna aurait pu trouver un bien meilleur partenaire.

Heida était rentrée en Islande depuis deux semaines. À tous les coups, elle n'avait plus d'argent et vivait aux crochets de ses parents, qui venaient de partir en voyage à l'étranger. Elle n'avait pas encore eu le temps de rendre visite à Sunna, à Róbert et au petit Kjartan, mais les sœurs avaient prévu de se retrouver dans un café en ville ce matin-là avec Kjartan. Róbert le garderait ensuite à la maison, pendant que Sunna se rendrait à une répétition.

Ils n'avaient encore trouvé personne pour s'occuper de Kjartan pendant la journée. Rien ne pressait : Sunna bénéficiait d'horaires de travail flexibles et Róbert pouvait jongler avec ses heures de cours, voire en manquer s'il le fallait. Le garçon passait également du temps avec Breki, donc tout allait bien pour le moment.

Róbert n'avait pas eu le courage de se lever pour aller en cours : son rhume avait empiré. Son instinct le poussait par ailleurs à ne pas quitter le domicile pour éviter les intrusions malveillantes qu'il craignait désormais.

Mais l'appel d'Heida lui prouva qu'il avait fait une grave erreur.

Il s'était laissé berner.

C'est sa famille qu'il fallait protéger, pas sa maison.

– Qu'est-ce que tu racontes ? hurla-t-il à Heida, qu'il connaissait à peine, quand elle lui raconta ce qui venait d'arriver.

– Kjartan a disparu, dit-elle d'une voix blanche. Quelqu'un l'a détaché de la poussette.

– Disparu ? Où est Sunna ?

Il se leva d'un bond, enfila un jean et une chemise tout en gardant le combiné dans la main.

– Elle est avec moi, en pleurs, on attend la police. Elle n'est pas en état de te parler.

19

À mesure que les jours passaient, Ísrún sentait son énergie décliner. Elle aurait aimé pouvoir se reposer entre deux permanences. La pression de l'actualité, avec ses longues périodes de veille et la constante vigilance qu'elle imposait, épuisait jusqu'aux constitutions les plus robustes.

Elle se força à se lever pour assurer une journée de plus. Même si elle y avait droit, elle ne céderait pas à la tentation de poser un jour de congé maladie – elle ne pouvait se résoudre à laisser quiconque reprendre l'affaire Snorri Ellertson. Son interview du Premier ministre n'était pas passée inaperçue : il avait affolé les blogueurs, les réseaux sociaux et jusqu'à l'assistante du Premier ministre, une jeune femme talentueuse, très liée au parti, qui cherchait à la joindre. Ísrún savait qui l'appelait et laissa sonner le téléphone, histoire de la faire mariner un peu.

Sa maladie l'obsédait, comme la plupart du temps. Il arrivait parfois qu'elle l'oublie, quand elle était débordée de travail, cette saloperie de syndrome, comme disait le docteur. Celui-ci lui avait précisé qu'il s'agissait d'une maladie rare – comme si ça pouvait la consoler… On croyait que sa grand-mère était morte d'un cancer du poumon dû à la cigarette, mais le médecin avait consulté son dossier et conclu que le syndrome qui atteignait aujourd'hui Ísrún en était la cause réelle. Il s'agissait donc d'une maladie génétique, et Ísrún bénéficia d'un suivi médical. Elle apprit au cours de l'entretien qu'elle était susceptible de transmettre la maladie à ses enfants, si elle en avait.

Bénigne, la tumeur d'Ísrún fut enlevée par opération chirurgicale. Jusqu'à présent, elle avait réussi à en cacher l'existence à sa famille et à ses amis. Mais elle n'avait aucun moyen de savoir comment la maladie allait évoluer, si d'autres tumeurs allaient apparaître et quels seraient les effets secondaires.

Certains jours, elle n'arrivait plus à faire face.

Ísrún était arrivée tôt pour la conférence de rédaction mais elle écoutait les échanges d'une oreille distraite – elle pensait à ses propres dossiers. Sous l'aile protectrice de María, elle se sentait soulagée, libre de choisir ses sujets sans avoir à obéir aux caprices d'Ívar.

Au sortir de la réunion, elle décida de suivre les recommandations de son contact dans la police et de tenter un entretien avec Nanna, la sœur de Snorri. Elle voulait en apprendre davantage sur l'e-mail envoyé par ce dernier le jour de sa mort. Mais Nanna avait, semble-t-il, éteint son portable, et elle ne trouva aucun numéro de fixe à son nom. Il ne lui restait qu'une solution : sonner à sa porte. C'était sans doute un peu osé, mais elle avait déjà fait pire.

Elle demanda à Rúrik de l'accompagner. Il patienta dans la voiture pendant qu'elle gagnait à pied le petit immeuble à Kópávogur et sonnait à la porte de Nanna. Elle prit soin de se détourner du visiophone pour ne pas être reconnue. Comme elle n'obtenait aucune réponse, elle sonna à nouveau et patienta. Sans résultat.

– Ça ne t'embêterait pas d'attendre un peu ? demanda-t-elle en retrouvant Rúrik à la voiture.

– Je n'ai pas le temps, répondit-il. Tu n'es pas la seule à préparer un reportage pour le 20 heures.

Rúrik regagnerait donc le bureau en taxi, tandis qu'Ísrún resterait à faire le guet dans la voiture. Il faisait un froid mordant ce jour-là, et le chauffage du véhicule ne suffisait pas à la préserver du frimas. On pouvait certains jours trouver des vertus revigorantes à l'air glacial, mais d'autres fois, même avec la meilleure volonté du monde, il ne vous apportait rien d'autre que des frissons.

Par souci de discrétion, elle déplaça la voiture marquée du logo de la chaîne un peu plus loin.

Elle avait trouvé des photos de Nanna sur Internet et surveillait l'entrée de l'immeuble dans l'espoir de tomber sur elle. Pendant une heure, il n'y eut aucun mouvement. Dans l'intervalle, Ívar tenta de la joindre, mais elle estimait qu'elle avait mieux à faire que de lui répondre.

Finalement, une vieille Mercedes noire s'arrêta au pied de l'immeuble. Ísrún reconnut immédiatement le conducteur et se redressa. Elle espérait que ni lui ni aucun passager n'avait aperçu le véhicule de la télé.

Ellert sortit de la Mercedes et Ísrún put voir son visage plus nettement. Il avait pris un sacré coup de vieux – le chagrin avait transformé le fringant homme d'État en vieillard. Elle mit un nom sur la femme qui marchait à sa suite : c'était sa fille Nanna, les yeux rougis par les larmes. Il passa le bras autour de ses épaules au moment d'entrer dans l'immeuble. Klara, l'air sonné elle aussi, sortit la dernière de la voiture et se hâta de les rejoindre. L'épouse d'Ellert avait marqué l'actualité à plusieurs reprises, du temps où son mari faisait de la politique.

Ísrún décida de battre le fer tant qu'il était chaud. Elle sortit du véhicule et se hâta de les rejoindre. Elle arriva dans le hall au moment où Nanna mettait la clé dans la porte qui menait à l'escalier.

Ils échangèrent des regards. Klara fut la première à reconnaître la journaliste. Elle fronça les sourcils.

– Nous refusons de parler aux médias, dit-elle d'un ton cassant.

– Ce n'est pas avec vous que je souhaite m'entretenir, mais avec Nanna, rétorqua Ísrún.

Nanna la dévisagea sans dire un mot.

– Il n'y a que moi, et je ne filme pas, annonça-t-elle sans préciser qu'elle enregistrait la conversation.

– Nous vous demandons de faire preuve de respect, dit Ellert d'un ton aimable, presque paternel. J'espère que vous comprenez.

Il avait beau parler à voix basse, ses paroles résonnaient dans le hall. Un silence s'installa. Pas étonnant que cet homme ait fait carrière dans la politique : il parlait avec une autorité naturelle.

Mais Ísrún n'était pas prête à abandonner la partie.

– J'espérais pouvoir vous aider. Votre fils a été écrasé par une voiture, dit-elle. Puis, se tournant vers Nanna : votre frère. L'enquête avance souvent plus vite quand les médias s'en mêlent. Snorri vous a envoyé un e-mail peu avant sa mort. La police suit cette piste.

Les yeux perdus dans le vague, Nanna hocha la tête.

– Il se rendait à Kópavogur, marmonna-t-elle. Dans un studio. Il était persuadé qu'il allait signer avec une maison de disques.

– Ça ne la regarde pas, interrompit Klara en se tournant vers sa fille.

Mais Nanna ne releva pas et poursuivit.

– La police n'a trouvé aucun studio dans la rue où le taxi l'a déposé. C'était un piège. Ils l'ont tué.

Klara se mit en colère.

– Pourquoi toujours considérer Snorri comme une victime ? Il s'est suicidé le jour où il a décidé de faire passer la drogue avant sa famille.

Malgré elle, Ísrún esquissa un sourire en sortant affronter le vent glacial. Elle tenait son scoop pour les infos du soir.

Róbert avait l'impression que le sol se dérobait lit-téralement sous ses pieds.

Il raccrocha à la seconde où elle lui dit dans quel café les retrouver et se rua dehors sans même prendre le temps d'attraper une veste. Il était tellement sonné qu'il ne sentait pas la morsure du vent sur ses bras nus. Il se rendit compte qu'il avait oublié de prendre ses clés de voiture. Tant pis. Il pouvait bien marcher jusqu'au café de Laugavegur. Ce café où le petit Kjar-tan avait été enlevé…

Il considérait presque Kjartan comme son fils, et l'idée qu'il ait pu être kidnappé le rendait malade. Il descendit au pas de course et face au vent la rue qui longeait le vieux cimetière jusqu'à Sudurgata.

Breki.

Il ne voyait pas d'autre explication. C'était forcé-ment lui. Le salaud.

Róbert ressentit tout à coup la piqûre du froid. Sortir par ce temps-là n'allait pas aider, mais il s'en fichait, il lui fallait rejoindre Sunna le plus vite pos-sible et retrouver Kjartan. Il dépassa l'hôtel de ville et faillit se faire renverser par un bus sur Vonarstraeti.

En fait, il espérait que Breki ait fait le coup. Parce que Breki ne ferait jamais de mal au petit.

Róbert n'aurait jamais cru que le conflit irait si loin. Père et mère se livraient une bataille sans merci pour la garde de l'enfant, mais Breki n'avait encore jamais enfreint la loi. Ils avaient décidé de respecter la décision du tribunal. Sans doute Breki craignait-il aujourd'hui que la justice n'aille pas dans son sens, ce qu'il ne supporterait pas.

Mais Róbert commençait à y voir plus clair. L'adrénaline, le froid et le choc le poussaient à envisager une autre hypothèse, bien pire celle-là.

21

Ísrún avait décidé sous quel angle traiter la mort de Snorri. Elle prouverait qu'il avait été pris au piège, ce qui était déjà un scoop en soi. Le seul problème, c'est qu'elle manquait d'images – il n'y avait pas d'interview à disposition. Il lui faudrait utiliser celles de la veille. Elle tenait un bon sujet, mais plus adapté à la presse écrite qu'à la télévision.

Elle décida d'appeler son contact dans la police. Sans doute ne souhaiterait-il pas lui en dire plus, mais il pourrait au moins lui indiquer si elle faisait fausse route.

Il décrocha à la première sonnerie.

– J'ai parlé à la sœur de Snorri, dit-elle sans même se présenter.

Elle lui résuma sa conversation avec Nanna.

– Mon reportage fait l'ouverture du 20 heures ce soir, ajouta-t-elle avec fierté.

– Ça m'étonnerait, répondit-il.

Sa réaction la prit au dépourvu. Nanna lui aurait-elle menti ? *Bon sang*, songea-t-elle, *heureusement que je n'en ai pas parlé à Ívar.*

– Il y a quelque chose qui m'a échappé ? demanda-t-elle.

– Du tout, reprit-il. Ce n'est pas ton reportage qui m'inquiète.

Ísrún poussa un soupir de soulagement. Elle faisait confiance à son contact. S'il confirmait, même de manière indirecte, c'est qu'elle était sur la bonne voie.

– Un petit garçon a été enlevé à Laugavegur ce matin, poursuivit-il. On ne sait pas encore exactement ce qui est arrivé, mais je pense que Snorri Ellertsson va passer au second plan.

– Un petit garçon ? s'étonna Ísrún. Tu veux dire, un bébé ?

– Oui.

– C'est pas vrai ! Je ne peux pas le croire. Depuis quand on kidnappe les bébés en Islande ? Tu peux m'en dire plus ?

– Pas pour le moment, d'autant que je ne m'occupe pas de cette affaire. Mais on va bientôt faire un communiqué.

– Je vais suivre ça de près. J'espère qu'on va retrouver l'enfant. Pauvres parents… Et pour Snorri ? Du nouveau ?

– Non, malheureusement. Le chauffeur de taxi ne se souvient pas d'avoir croisé qui que ce soit. On a visionné les bandes des caméras de sécurité, mais ça n'a rien donné jusqu'à présent.

Ísrún raccrocha et s'empressa d'informer Ívar de l'enlèvement du garçon et de l'avancement de l'enquête liée à Snorri Ellertson.

Il avait en effet entendu parler d'un enlèvement. Elle lui précisa qu'elle suivait les deux affaires, ce qui l'empêcherait de confier ce dossier brûlant à autrui.

Elle n'allait pas manquer de travail, d'autant qu'il lui restait aussi à interviewer Ari Thór. Elle soupira et réserva une session au studio d'enregistrement pour le soir même.

Il fallait encore qu'elle réponde aux e-mails de ses parents qu'elle avait si longtemps ignorés. Chacun de son côté, ils essayaient de se servir d'elle pour sauver leur mariage. Elle ne demandait pas mieux que de les y aider, mais elle manquait de temps et de patience, et se serait volontiers contentée de transférer les messages de l'un à l'autre en leur demandant de se débrouiller entre eux.

Enfin, Ísrún avait rendez-vous avec le médecin ce jour-là. Elle s'efforçait de ne pas y penser, et s'imaginait même qu'elle allait zapper. Comme si c'était possible.

Elle chercha à se renseigner sur l'enlèvement, mais fit chou blanc.

Ísrún entra d'un pas réticent dans le cabinet de consultation.

– Asseyez-vous, Ísrún, dit le médecin.

On l'avait fait patienter un quart d'heure et elle mourait d'envie de sortir de là.

– Comment vous sentez-vous ?

– Pas trop mal, répondit-elle comme à son habitude.

Il faisait anormalement froid dans la pièce et elle se demanda si elle avait vraiment envie d'être suivie par un médecin qui ne savait pas même régler le chauffage. Ou alors c'était l'atmosphère glaciale de la salle qui lui donnait cette sensation de froid – le film plastique qui recouvrait les fenêtres par souci de discrétion, le bureau gris argent, les étagères bien ordonnées, le fauteuil à structure métallique et ce vieux banc écru ?

Le docteur l'avait envoyée passer une IRM pour déceler l'éventuelle apparition de nouvelles tumeurs. Elle attendait patiemment de savoir si sa santé s'améliorait ou se détériorait.

Mais les résultats n'étaient pas encore prêts, et il se contentait de lui poser les questions habituelles : avait-elle remarqué de récents symptômes correspondant à sa pathologie ? Imperturbable, elle répondait méthodiquement.

– Vous en avez parlé à vos parents ? finit-il par demander, comme à chaque consultation.

Elle savait où il voulait en venir.

– Non. J'attends le bon moment pour leur dire.

– Je vous le répète, j'aimerais voir votre père. J'ai besoin de savoir s'il est affecté lui aussi.

Elle marmonna une réponse inaudible. Le médecin attendit.

– J'essaierai d'y penser, concéda-t-elle enfin. Mais il se fait vieux, vous savez, et je n'ai pas envie qu'il s'inquiète pour moi. S'il est… affecté lui aussi, ça ne lui a pas fait de mal jusqu'à présent.

Le médecin se redressa et, dans un geste paternel, posa une main sur l'épaule d'Ísrún.

– Réfléchissez-y, dit-il. Passez à la réception prendre un nouveau rendez-vous dans un mois. Nous verrons si la situation a évolué d'ici là. Je vous appelle dès que je reçois les résultats, promit-il. Je suis optimiste, vous savez, dit-il avant de la saluer.

Il finissait toujours sur cette phrase, et elle se demanda s'il en faisait de même avec chaque patient.

Le médecin lui conseillait toujours de se reposer aussi – un conseil qu'elle se gardait bien de suivre. Elle se hâta de regagner sa voiture et fila vers le studio d'enregistrement.

L'enlèvement du bébé faisait partout la une des médias. La police n'avait pas encore organisé de conférence de presse, mais elle avait rédigé un communiqué : une jeune femme, attablée au café avec sa sœur, avait laissé son enfant de dix-huit mois dormir dans sa poussette à l'extérieur. L'enfant avait été emmené entre 10 heures et 10 h 15. On demandait aux éventuels témoins de se manifester et, à en croire la police, l'enquête progressait grâce aux caméras de surveillance installées dans le secteur. Mais on n'avait pas encore localisé l'enfant.

Ísrún rédigea son reportage en frissonnant. L'Islande n'était-elle plus ce pays bienveillant et sûr qu'elle avait toujours été ? Cette vieille coutume islandaise qui permettait de laisser les enfants dormir dehors dans leur landau allait-elle s'éteindre ?

La nouvelle avait choqué même ses collègues les plus endurcis.

Elle tentait régulièrement de joindre son contact dans la police, mais ça ne répondait pas. Il finit cependant par rappeler, à sept heures du soir.

– Il va falloir que tu m'oublies pendant un petit moment, dit-il. Je suis débordé et je ne peux rien te dire.

– Vous avez retrouvé l'enfant ?

– Non.

– Qui sont les parents ? Vous avez des pistes ?

– Désolé. Je ne peux pas t'en parler. C'est une affaire très délicate, Ísrún. On n'a pas le droit de prendre des risques. On ne doit laisser filtrer aucune information. Notre priorité absolue, c'est de retrouver le petit garçon.

Sur ces mots, il raccrocha. Il se montrait plus courtois que ça, d'habitude. Décidément, tout le monde était sur les dents.

Il faudrait diffuser le sujet tel quel, en se contentant de reprendre les informations données par la police. Ísrún n'aimait pas trop ça, mais son contact avait raison. La sécurité du petit comptait plus que n'importe quel scoop.

22

Tómas avait pris la permanence de nuit. Ari Thór avait enfin pu dormir, et c'est bien reposé qu'il reprit son poste. Çà et là dans la ville, les gens recommençaient à sortir. Les plus courageux – ou les plus imprudents – avaient choisi d'ignorer le risque de contamination. Ils sortaient se promener dans l'air froid et vif de l'hiver. Mais ils ne s'attardaient pas pour autant à discuter sur le trottoir, et les magasins n'avaient pas rouvert. Les gens continuaient à éviter de se croiser.

Ari Thór et Kristín s'étaient parlé le matin même.

– Tout va bien, Ari ? s'inquiéta-t-elle.

– Ne t'en fais pas ! Et toi ? Ils te laissent un peu souffler ?

– On a un travail de dingues. En plus, comme tu n'es pas là, je prends un maximum de permanences. Je m'ennuie, quand je reste chez moi à attendre qu'ils lèvent la quarantaine à Siglufjördur.

– Ça ne devrait pas tarder. Il y a de plus en plus de gens dans les rues, la situation est en train de revenir à la normale.

– Fais attention à toi, d'accord ?

– Bien sûr.

– Et ne joue pas au héros, tu m'entends, Ari ?

– Je te le promets.

Il y avait peu de chances qu'il trahisse sa promesse. Il avait bien assez mis à l'épreuve son instinct de survie et il était désormais résolu à en faire le moins possible. Il se sentait très bien chez lui. Quand il était de service, il se plongeait dans le dossier Hédinsfjördur pour oublier le reste. Mais il n'avait guère avancé dans son enquête liée à la mort de Jórunn.

Les faits étaient les suivants : Gudfinna et Gudmundur, couple aisé vivant à Siglufjördur, décident en 1955 de déménager à Hédinsfjördur pour redonner vie à ce fjord isolé. Jórunn et Maríus, qui habitent Siglufjördur depuis un an et n'ont pas le même niveau de vie, viennent s'installer avec eux. Fin 1956 ou début 1957, Maríus prend une photo de groupe où l'on voit un jeune homme non identifié tenir dans ses bras un bébé – probablement Hédinn, à en juger par la date du cliché. Le fjord est à nouveau abandonné au printemps 1957.

Avant de s'installer dans le nord de l'Islande, Jórunn et Maríus donnent naissance à un fils aux alentours de 1950. Comme ils n'ont pas assez d'argent pour l'élever, ils choisissent de le faire adopter. Ari Thór en conclut qu'à aucun moment Gudfinna et Gudmundur n'ont proposé de les aider, alors qu'ils en avaient les moyens.

On ne savait pas ce qu'était devenu cet enfant après son adoption, mais il devait être âgé de six ou sept ans l'année où la photo a été prise, ce qui excluait qu'il fût le jeune homme en question.

Élevée à Reykjavík, Jórunn n'arrive pas à se faire au climat du Nord. À en croire les rapports de police, elle a du mal à s'accommoder de la neige et de l'isolement.

Par une nuit de mars 1957, en pleine tempête de neige, elle absorbe du poison et en meurt. Elle dit à son entourage qu'elle a versé par erreur le poison dans sa tasse de café. Mais tout le monde s'accorde à dire que cette version des faits n'est pas très crédible, et qu'elle a voulu se suicider.

Cette affaire ne serait sans doute jamais résolue. Il se pouvait même que les conclusions de l'enquête menée à l'époque soient justes, et que Jórunn ait en effet bu le poison par accident, même si cela ne semblait pas très plausible.

Ari Thór décida de suivre le conseil du révérend et d'aller voir Delía, la photographe. Si elle s'était rendue à Hédinsfjördur pour prendre des photos de paysages hivernaux et qu'elle avait en effet rencontré Jórunn à cette occasion, alors elle pourrait peut-être lui apporter des éléments nouveaux. Eggert avait à nouveau mentionné son nom après leur virée nocturne à Hédinsfjördur. Il lui avait communiqué son adresse. Valait-il mieux attendre que la quarantaine soit levée pour lui rendre visite ?

– Ne vous en faites pas pour ça, avait répondu le prêtre en riant. Delía est morte de peur, voilà des jours qu'elle n'est pas sortie de chez elle. Elle vit toute seule – vous ne courez vraiment aucun risque avec elle.

Ari Thór avait donc décidé de rendre visite à Delía au lieu d'effectuer sa patrouille habituelle – d'autant que les patrouilles n'avaient plus de raison d'être. Il trouva facilement la petite maison en tôle ondulée, coincée entre de hauts immeubles comme une fleur délicate entourée d'arbustes.

Ari Thór gara la voiture de police devant la maison. Les rideaux étaient tirés et elle semblait inhabitée. Il jeta un coup d'œil alentour et nota qu'il n'y avait plus grand signe de vie dans la ville, mis à part une silhouette à la fenêtre de l'une des grandes maisons du coin qui disparut dès qu'Ari Thór posa les yeux sur elle. Rien de tel qu'une descente de police – ou l'arrivée d'une ambulance – pour alimenter les commérages.

Il sonna à la porte et patienta. Personne ne vint, alors il se mit à tambouriner. La maison était si petite que l'occupant l'entendrait forcément. Il attendit un peu plus longtemps cette fois, et s'apprêtait à quitter les lieux quand il perçut un bruit derrière la cloison.

– Il y a quelqu'un ? demanda une femme de l'autre côté de la porte.

Il se rendit compte que la voix lui parvenait à travers la fente de la boîte aux lettres.

– Qui êtes-vous ? Je n'ouvre pas aux inconnus, poursuivit-elle.

– Je m'appelle Ari Thór, répondit-il. Je suis de la police.

– Allez-vous-en, jeune homme, maugréa-t-elle. Je ne tiens pas à être contaminée !

La boîte aux lettres se referma.

Ari Thór ne s'avoua pas vaincu. Il frappa à nouveau, plus doucement cette fois.

La boîte aux lettres s'ouvrit.

– Que voulez-vous ? demanda Delía sur un ton moins hostile.

– Je viens de la part du révérend Eggert, prononça Ari Thór à voix haute.

Il n'avait pas envie de se plier en deux pour parler à travers la fente prévue pour le courrier, d'autant que les voisins avaient sûrement remarqué son manège.

– Eggert ?

Sa curiosité avait été piquée.

– Lui-même. Il m'a dit que vous vous étiez rendue à Hédinsfjördur pour prendre des photos, à l'époque où le fjord n'était pas encore habité.

Il y eut un silence.

– Eggert est trop bavard, asséna-t-elle.

– Est-ce exact ? insista Ari Thór.

– Tout à fait, jeune homme. Et vous souhaitez voir les images, n'est-ce pas ?

– Ce serait formidable.

Elle se laissa le temps de réfléchir.

– Ça ne pourrait pas attendre ? Je ne voudrais pas être infectée.

– Je suis en parfaite santé, et je n'ai approché aucune des victimes du virus, précisa Ari Thór. Personne ne prend autant de précautions que moi. Hormis vous, peut-être. Tómas est la seule personne avec qui j'ai été en contact ces derniers temps, et nous allons tous deux très bien.

– Et Eggert ? Vous m'avez dit venir de sa part, donc vous l'avez rencontré ? demanda-t-elle, soupçonneuse.

Ari Thór se lassait de ce petit jeu. Il n'avait pas l'intention de poireauter à sa porte toute la journée, surtout par un froid pareil.

– Vous avez raison. Je l'ai rencontré hier. Mais il était ravi de me voir, lui.

Delía renifla.

– Eggert est fort comme un bœuf. On dirait qu'il est sous la protection d'une puissance supérieure qui le rend invincible. C'est ahurissant ! Il ne fait pas attention à sa santé, il rend visite à tous les malades et n'attrape jamais rien, pas même un rhume, dit-elle.

À en juger par son ton, elle se comporterait bien autrement.

– Comme vous me dites n'avoir pas vu grand monde, je vais vous ouvrir. Mais ne vous approchez pas trop de moi quand même.

La boîte aux lettres se referma et la porte s'ouvrit.

De petite taille, les cheveux gris bouclés, Delía était habillée avec soin, comme prête à sortir. Rien ne laissait penser qu'elle se terrait chez elle depuis plusieurs jours.

– Je m'appelle Delía, dit-elle en invitant Ari Thór à la suivre dans un salon aussi étroit que la maison elle-même.

Il eut l'impression de se retrouver chez un antiquaire. De somptueux meubles anciens envahissaient l'espace, les murs étaient recouverts de papier peint à fleurs, et les étagères ployaient sous les belles reliures et les albums de photos. Sur tous les murs étaient accrochés d'antiques tirages monochromes, sans doute pris par Delía ou son père.

– Ça fait longtemps que la maison est dans la famille ? demanda Ari Thór en s'asseyant.

– Vous voulez bien vous éloigner un peu ? le pria Delía en lui désignant un tabouret dans un coin. Je préfère prendre un maximum de précautions, avec ce terrible virus qui dévaste la ville.

Ari Thór s'abstint de lui faire remarquer que l'infection ne «dévastait» absolument pas la ville et répéta sa question.

– La maison ? Oui, très longtemps, répondit-elle.

Delía était un peu plus âgée qu'Eggert, se souvint Ari Thór. Elle devait donc avoir soixante-dix ans passés. Mais elle avait belle allure et paraissait en bonne santé pour son âge.

– C'est vous qu'on surnomme le Révérend ? demanda Delía une fois qu'il se fut installé à bonne distance.

Il prit une profonde inspiration et hocha la tête. Quand donc cesserait-on de lui rabâcher cette histoire ? Mais il s'efforça de cacher son irritation – Delía pouvait l'aider.

– Vous êtes diplômé en théologie ? s'enquit-elle.

– Non, dit-il avec un sourire forcé. Mais peut-être qu'un jour je reprendrai les études pour passer l'examen.

– Je n'ai rien à vous offrir. Je n'ai pas fait de courses ces derniers temps, ajouta-t-elle sans pour autant s'excuser.

Elle se contentait de l'en informer avant d'entrer dans le vif du sujet.

– Vous voulez que je vous montre mes vieilles images d'Hédinsfjördur, c'est ça ?

Ari Thór acquiesça de nouveau.

– Puis-je vous demander pourquoi ? Cela m'étonnerait fort que la police ait eu à intervenir là-bas…

– Je m'intéresse à une vieille affaire. Pour raisons personnelles. Et aussi pour passer le temps, vu la situation.

– Une vieille affaire liée à Hédinsfjördur ? s'étonna Delía. Je ne me souviens pas qu'aucun meurtre y ait été commis.

– Vous vous rappelez Jórunn ? Elle habitait là-bas lors de votre visite.

– Oui, je me souviens qu'elle s'est suicidée. Je ne vois pas en quoi ça peut vous concerner.

– En êtes-vous sûre ? Ce n'est pas ce qui est marqué dans le rapport de police.

– Bien évidemment. Tout le monde le sait. Je ne sais plus quelle raison ont donnée les journaux, c'était il y a si longtemps… J'avais dans les vingt ans, à l'époque. Une vraie gamine, dit-elle dans un sourire.

– Auriez-vous gardé…, commença Ari Thór, mais Delía l'interrompit.

– Vous savez quoi, jeune homme, lui confia-t-elle. Je ne crois pas aux fantômes, mais je suis persuadée que Jórunn est morte de peur.

Elle se pencha pour donner du poids à ses paroles, et laissa le silence s'installer. Ari Thór n'entendait plus que le tic-tac de l'horloge du salon et le sifflement du vent au-dehors.

– Pas directement, bien sûr. Mais elle a abandonné la partie. Elle s'est empoisonnée pour ne plus avoir à vivre au milieu des fantômes.

Ari Thór réprima un frisson.

– Qu'est-ce qui vous fait croire que la maison était hantée ?

– Eh bien, il me l'a fait comprendre lui-même quand j'étais sur place.

– Qui ça ? Gudmundur, ou Maríus ?

– Non, pas eux. Le jeune homme.

23

– Le jeune homme ? balbutia Ari Thór.

Il sentit son cœur s'accélérer et plongea la main dans sa poche de veste pour en sortir la photo, mais il s'aperçut qu'il l'avait oubliée. La conversation prenait un tour inespéré.

– Oui, le jeune homme de la ferme, confirma tranquillement Delía sans paraître remarquer l'expression stupéfaite de son invité.

– Comment s'appelait-il ?

– Je ne me souviens pas. Nous n'avons pas pu échanger longtemps. Je n'ai pas reçu là-bas un accueil très chaleureux, pour être honnête.

– Comment ça ?

– Je ne les avais pas prévenus de mon arrivée. Je pensais qu'ils seraient contents d'avoir de la visite. Mon père connaissait bien Gudmundur – lui et Gudfinna avaient vécu à Siglufjördur avant de tenter leur chance à Hédinsfjördur.

Ari Thór hocha la tête.

– C'était une belle journée d'hiver, calme et ensoleillée. Voilà pourquoi j'ai décidé de franchir le col de Hestsskard. Mon père n'approuvait pas, mais j'y tenais. En descendant la montagne, j'ai vu la maison, ainsi qu'une jeune femme dehors. Je suis allée lui parler – c'était Jórunn. Elle s'est montrée très aimable et s'apprêtait à m'inviter chez elle. Mais Gudmundur a déboulé, l'air furieux et surpris de recevoir de la visite. Ils ne voyaient pas grand monde, à mon avis, encore moins l'hiver.

Elle marqua une pause.

– Avez-vous rencontré d'autres gens là-bas ? demanda Ari Thór, impatient d'en savoir davantage sur l'adolescent.

Cette photo le hantait. Il pensait jour et nuit à ce jeune homme au regard innocent, devenu une énigme.

– Non. On ne m'a pas invitée à entrer, et je n'ai pas voulu m'imposer. Ils avaient un petit enfant, à l'époque. Hédinn venait de naître, je crois ?

– Vous vous rappelez la date exacte ?

– C'était peu avant Noël…

Delía ferma les yeux pour se concentrer.

– 1957… non. 1956. C'est ça. 1956.

– Hédinn est né au printemps de cette année-là.

– Vous le connaissez ? Je croyais que vous n'étiez pas d'ici ?

– Je travaille ici depuis trois ans.

– Donc vous n'êtes pas d'ici, répéta-t-elle.

– En fait, c'est Hédinn qui m'a demandé de me pencher sur cette affaire. Il est tombé sur une vieille photo de l'époque, dont il a hérité à la mort du mari de Jórunn. Sur cette photo de groupe, on voit un jeune homme qui porte Hédinn dans ses bras. Mais Hédinn n'a jamais entendu dire qu'il y avait là-bas d'autre habitant que lui et les deux couples – à savoir ses parents, Maríus et Jórunn.

– Je n'y avais jamais réfléchi. J'étais jeune et naïve, à l'époque, et je ne me suis même pas demandé ce que ce jeune homme faisait là. Je pensais qu'il faisait partie de la famille. Et puis Jórunn est morte, et tout le monde a parlé de suicide. Vous dites que le jeune homme n'habitait plus là quand c'est arrivé ? dit-elle en fronçant les sourcils.

– En effet. J'ai lu et relu tous les témoignages. Son nom n'apparaît nulle part.

– Curieux.

Ari Thór prit une grande inspiration et posa enfin la question qui pouvait tout faire basculer.

– Vous pensiez qu'il faisait partie de la famille. À quel titre, selon vous ? demanda-t-il, plein d'espoir.

– Désolée, dit-elle sincèrement, je n'ai pas pensé à leur demander. Il est sorti et m'a posé des questions sur mon appareil. Nous avons discuté un peu, puis quelqu'un l'a appelé – Gudmundur, sans doute – et il est parti.

– De quoi avez-vous parlé ?

– Nous y voici, répondit-elle, songeuse. Vous allez comprendre pourquoi je me sentais mal à l'aise là-bas. Depuis cette fameuse journée, je n'ai cessé de penser que la maison était hantée.

D'habitude, Ari Thór ne prêtait pas attention aux histoires de fantômes, mais cette fois c'était différent.

– Je m'en souviens très bien, poursuivit-elle, le regard dans le vague. Il est des faits ou des conversations qui vous marquent pendant des années. Je lui ai demandé comment il trouvait la vie là-bas, parce que j'avais du mal à comprendre qu'on puisse s'y plaire. Il ne s'attendait pas à ma question et a marmonné que tout se passait bien, point final. Puis nous avons parlé d'autre chose, je ne me rappelle pas quoi, mais il a fini par admettre que ce n'était pas si facile.

L'horloge se mit à carillonner et Ari Thór sursauta.

Delía n'y prêta pas attention et poursuivit son récit.

– Il m'a dit qu'il avait vu quelque chose d'anormal. C'est le mot qu'il a utilisé : anormal. Ça m'a étonnée.

– À quoi pensait-il, selon vous ? demanda Ari Thór à voix basse, comme si le jeune homme se trouvait avec eux dans la pièce.

– Il n'a pas précisé. Puis il s'est esquivé. À mon avis, il regrettait de m'avoir parlé, dit-elle d'un ton rêveur. Comme vous l'imaginez, sur le chemin du retour, je ne me sentais pas aussi à l'aise qu'à l'aller. Du reste, je n'ai plus jamais mis les pieds là-bas – jusqu'à l'ouverture du tunnel, en tout cas.

– Vous avez gardé les images ?

– Bien sûr. Je ne jette jamais rien.

– Elles sont ici ? demanda Ari Thór en montrant du doigt les albums sur l'étagère.

– Elles sont dans le grenier, mais on peut très bien aller les chercher.

– Est-ce qu'elles sont abîmées ? s'inquiéta Ari Thór.

Il avait hâte de regarder ces vieilles photos. Avec un peu de chance, Delía en avait pris une du jeune homme.

– Du tout. Mais il faut que je sorte le projecteur.

– Le projecteur ?

– Oui, confirma-t-elle, avant de comprendre le malentendu. Oh, vous pensiez qu'il s'agissait de photos ?

– Vous voulez dire que vous avez *filmé* Hédins-fjördur à l'époque ? s'étonna Ari Thór. Filmé le garçon ? Et Jórunn ?

– Peut-être bien, dit-elle. Mais je ne m'en souviens pas. Ça fait des années que je n'ai pas regardé ces images. Ma visite n'a pas été une réussite ; j'aurais bien aimé filmer le travail des gens de la ferme dans ces paysages fabuleux. Mais ils ne se sont pas montrés coopératifs. J'étais obsédée par les images, en ce temps-là. Mon père avait acheté une caméra 8 millimètres et un projecteur, mais il s'en est vite désintéressé parce qu'il préférait prendre des photos. J'adorais filmer l'activité de la ville. Mes parents me consacraient un sacré budget développement ! lui confia-t-elle dans un rire.

Ari Thór se garda bien de l'interrompre, même s'il lui tardait de voir les images.

– J'ai des montagnes de films du temps où le commerce du hareng florissait. J'en ai donné une partie au musée du Hareng, mais tout le reste est chez moi. Malheureusement, tout est en vrac, dit-elle avec regret. J'adorais filmer, mais l'organisation n'a jamais été mon fort. Vous devriez quand même trouver votre bonheur là-dedans.

– Dans le grenier ? demanda poliment Ari Thór.

– Oui, dans des cartons. Je n'y monte plus jamais. À plus de soixante-dix ans, on évite de grimper aux échelles, et en plus j'ai peur des araignées, reconnut-elle.

Ari Thór comprit où elle voulait en venir.

– Voulez-vous que j'aille chercher les cartons ? proposa-t-il, dégoûté à l'idée de devoir affronter les araignées, même si elles n'étaient pas aussi dangereuses que le monde extérieur.

– Faites comme chez vous, répondit Delía. Vous trouverez le projecteur dans la pièce d'à côté.

Delía expliqua à Ari Thór où trouver les cartons et lui donna une lampe torche puissante malgré son âge. Ari Thór grimpa les marches qui montaient de l'entrée jusqu'au grenier. La maison étant petite, il pouvait à peine tenir debout sous le toit. Il trouva vite ce qu'il cherchait, regagna le salon et déposa les cartons poussiéreux sur la table.

– Voyons voir…, murmura Delía en examinant minutieusement le contenu des cartons. Le voilà ! s'exclama-t-elle en brandissant peu après une boîte de métal. J'espère que la pellicule est en bon état.

Ari Thór sortit le projecteur du placard à balais de la cuisine. C'était une solide machine verte qui paraissait avoir bien résisté aux années.

– Posez-le sur la table, ordonna Delía. Tournez-le vers ce mur-là, c'est l'un des rares murs blancs chez moi.

Avec rapidité et précision, elle introduisit la bobine dans l'appareil.

– Le projecteur marche bien, je m'en sers encore de temps en temps, dit-elle en éteignant la lumière après avoir tiré les rideaux.

L'appareil se mit à ronronner. Ari Thór avait l'impression d'assister à sa première séance de cinéma. Le passé ressuscitait dans toute sa gloire, Hédins-fjördur prenait vie sous ses yeux tel qu'il était il y a soixante ans. La lumière projetée sur le mur en faisait apparaître tous les défauts et les fissures, mais cela ne gâchait en rien le film.

Le cliquetis régulier du projecteur envahissait la pièce et Delía gloussa.

– Il n'y a pas de son. Il m'arrivait parfois de l'enregistrer à part – si je filmais un concert, par exemple. Dans ce cas, je lançais en même temps le son et l'image. Mais je n'ai rien enregistré à Hédinsfjördur.

Un peu déçu, Ari Thór hocha la tête.

Le paysage de ce fjord isolé, recouvert d'un épais manteau blanc scintillant, était d'une beauté saisissante, presque féerique. Il s'en dégageait une impression de calme parfait. Delía avait filmé les premières images depuis le col de Hestsskard. On n'y voyait ni tunnel ni routes, juste une étendue blanche au milieu des flancs de montagne enneigés, puis une maison et une femme debout devant le fjord.

– C'est Jórunn ? demanda Ari Thór.

– Oui. Regardez comme elle a l'air serein, perdue dans ses pensées. J'ai laissé la caméra tourner un bon moment. Elle n'a pas remarqué ma présence tout de suite.

Ari Thór se retint de hurler la question qui le taraudait : «À quoi penses-tu, Jórunn ?»

Elle se retourna enfin et fixa l'objectif, comme si elle avait entendu ses pensées. Depuis la tombe, par-delà les années, elle planta ses yeux dans les siens.

Il reconnut immédiatement la femme sur la photo, avec ses cheveux bruns coupés court ; elle portait le même genre d'habits : un épais pull de laine et un manteau. La seule différence, c'est qu'ici elle souriait, alors que sur la photo elle semblait ailleurs.

Elle me sourit, pensa Ari Thór. Il avait l'impression qu'elle voulait lui transmettre un message, ou une mission – elle le suppliait de lever enfin le mystère sur sa mort.

– C'était une belle ferme à l'époque, remarqua Ari Thór à voix haute histoire de se changer les idées.

C'était une imposante bâtisse de béton, de taille moyenne, comme il en existait un peu partout dans le pays. Malgré l'image en noir et blanc, Ari Thór devina – ou espéra peut-être – qu'ils l'avaient peinte en rouge.

– Elle a été détruite par une avalanche, dit Delía. Bien après que le fjord a été abandonné à nouveau. Quelle drôle d'idée de construire une ferme à cet endroit. C'est beaucoup trop près de la montagne, beaucoup trop dangereux. Ça ne viendrait à l'idée de personne, aujourd'hui.

Les images qui défilaient à présent sur le mur offraient un nouveau point de vue : le superbe lagon et la mer à l'horizon. Sur la paroi, à perte de vue, l'un se fondait dans l'autre. La magie de ce moment capté cinquante-cinq ans auparavant leur parvenait aujourd'hui pour retourner bien vite dans le passé tandis que la caméra l'abandonnait.

Une Delía plus jeune d'un demi-siècle faisait lentement tourner l'objectif depuis les montagnes de l'Est jusqu'à la vallée couverte de neige et les hautes cimes qui l'abritaient. Puis un visage apparut dans le champ.

Ari Thór sursauta en le reconnaissant.

C'était le garçon.

Le mystérieux inconnu se tenait maintenant, plus grand que nature, contre le mur d'une vieille maison de Siglufjördur. Il portait un chapeau, une écharpe et une sorte de pardessus. Il avait toujours ce regard innocent qu'on lui voyait sur la photo.

Ari Thór fut soudain parcouru de frissons. Le garçon s'évanouit aussitôt, laissant place à une vue de la maison où avait vécu la famille d'Hédinn, à l'ouest du lagon, non loin de l'endroit où s'était postée Delía pour filmer.

Il y avait du mouvement à la ferme ; un homme sortit sur le perron et la caméra s'attarda sur lui. L'homme fit un signe de la main en direction du garçon et de Delía. Puis l'objectif tourna vers le lagon à nouveau.

– C'était Gudmundur, précisa Delía.

Ari Thór rassembla ses esprits et quitta le fjord glacé pour regagner la chaleur de la cuisine.

– Il faisait signe au garçon de rentrer. Comme vous le voyez, j'ai continué de filmer, mais pas longtemps. Ce n'était pas facile avec la neige, j'avais dû m'équiper de raquettes pour pouvoir avancer, poursuivit-elle.

Elle laissa le silence s'installer.

– Il n'avait pas le caractère facile, reprit-elle au bout d'un moment.

– Qui ça ? Gudmundur ?

– Oui. Je me souviens très bien de lui. C'était un homme maladroit et arrogant, qui n'en faisait qu'à sa tête.

– Un homme dangereux ? suggéra Ari Thór.

– Dangereux ?

Delía prit le temps de réfléchir.

– Je n'irais pas jusque-là. Je crois qu'il n'a jamais fait de mal à personne… En tout cas ce n'était pas un homme violent. Mais je n'aurais pas aimé me le mettre à dos.

Le 4x4 de la police quitta la ville par le tunnel d'Hédinsfjördur. Ari Thór était au volant. Il s'était rallié à l'avis du prêtre : il n'y avait aucun danger à sortir de la ville si c'était pour gagner un fjord inhabité.

Il leva les yeux vers le pic d'Hólshyrnan qui surplombait la ville. Rien à faire, il trouvait toujours oppressantes les montagnes qui encerclent Siglufjördur. Elles n'étaient pas si hautes, mais comparées aux petites maisons éparpillées sur cette langue de terre, elles paraissaient gigantesques. Blottie au creux des montagnes, l'église était la seule construction à s'élever à l'horizon. Les habitations aux toits multicolores apportaient la touche finale à ce paysage somptueux.

Chassant le souvenir de sa visite nocturne en compagnie du prêtre, Hédinsfjördur l'accueillit sous un soleil resplendissant. Mais les histoires de fantômes rapportées par Delía ne cessaient de le hanter. Le garçon disait avoir vu quelque chose d'anormal. Qu'était-ce donc ?

Ari Thór gara le 4x4 sur le bas-côté et marcha jusqu'au lagon. Il suivit le sentier jusqu'au rivage. Comme tous les jours depuis qu'il avait déménagé dans le Nord, il se sentait revigoré par l'air vif de la mer.

À sa gauche, les ruines d'un bâtiment surplombaient l'océan. Ari Thór estimait se tenir à peu près à l'endroit d'où filmait Delía quelques décennies auparavant, quand les deux familles vivaient en harmonie et que Jórunn avait encore sa vie devant elle. À moins que des tensions sous-jacentes n'aient mené au décès inexpliqué de Jórunn, en ce jour de mars 1957 ?

En l'absence de chemin, il eut du mal à rejoindre les ruines. Il circulait avec difficulté entre les touffes d'herbe et les trous creusés dans le sol.

Il n'y avait plus grand-chose à voir. Les années et les forces de la nature avaient eu raison du bâtiment. Le fracas des vagues qui se brisaient au loin se mêlait au murmure des ruisseaux qui dévalaient la montagne. Il laissa son regard survoler l'eau si calme à présent. Il était difficile d'imaginer que cet endroit pût être autre chose qu'un paysage idéal, dépourvu de toute forme de brutalité.

Mais l'avait-il toujours été ?

Il repensa à Jórunn et se demanda si elle avait été malheureuse au point de vouloir se suicider. Les yeux fermés, il sentait presque sa présence à ses côtés. Puis il se reprit – il ne fallait surtout pas qu'il se laisse emporter par son imagination.

De manière presque imperceptible, comme un fantôme se profile dans la lumière du jour, une idée lui apparut qu'il avait longtemps refoulée. Jórunn avait-elle été la seule à trouver la mort dans ce fjord isolé et abandonné ? Ou le jeune inconnu avait-il connu la même destinée ?

Son regard se perdit au loin.

24

Le concerto pour piano numéro 2 de Rachmaninov avait commencé depuis une minute quand le téléphone se mit à sonner. Allongé sur le canapé dans son appartement rue Eyrargata, Ari Thór profitait d'un moment de repos avant de s'atteler à la préparation du dîner. Son réfrigérateur était presque vide ; il aurait volontiers commandé une pizza, mais c'était hors de question. Le virus planait comme une malédiction sur la ville.

Siglufjördur restait sous quarantaine. Les gens commençaient à penser qu'on pouvait désormais lever les restrictions sans danger : voilà plusieurs jours qu'aucune nouvelle infection n'était à signaler, et on surveillait de près quiconque était entré en contact avec les victimes. Malgré cela, il avait été jugé préférable de rester en état de vigilance. Ari Thór savait que Tómas avait donné son accord là-dessus.

– Mieux vaut prolonger un peu la quarantaine que de risquer de nouvelles infections, se justifia-t-il.

Garder une petite ville dans l'isolement ne représentait apparemment pas un grand sacrifice à ses yeux.

Ari Thór se redressa vivement dès qu'il entendit la sonnerie. Il détestait être interrompu au beau milieu d'un concerto pour piano, que ce soit sur CD ou en concert. Il n'avait jamais entendu jouer ce morceau en salle, même s'il avait souvent assisté aux concerts de l'orchestre symphonique au temps où sa mère en faisait partie. Il trouvait à présent douloureux d'aller à des concerts : ça lui rappelait trop de souvenirs.

Il consulta l'écran de son téléphone et vit s'afficher le nom de la journaliste. Il baissa le volume de la musique pour prendre l'appel : après tout, même s'il désespérait qu'elle l'interviewe un jour, elle lui avait donné un sérieux coup de main.

– Bonjour ! dit-elle d'un ton enjoué. C'est bientôt fini, d'après ce que j'ai compris.

– Il n'y a plus aucun cas de maladie grave, répondit Ari Thór.

Sandra lui revint en mémoire et il la chassa immédiatement de son esprit.

– J'en suis ravie, dit-elle d'un ton distrait. Tu es prêt ?

– Prêt à quoi ?

– Prêt pour l'interview, s'impatienta-t-elle. Ça passera aux infos demain soir. On m'a accordé quelques minutes pour un sujet à dimension humaine.

– Tu veux dire, quelque chose de plutôt léger ? s'indigna Ari Thór.

– Exactement.

– N'oublie pas qu'il y a eu deux victimes.

– Il faut bien mourir un jour, dit-elle d'un ton amer.

Ari Thór se demanda à quoi faisait écho ce sarcasme.

– D'accord, allons-y, dit-il.

– Je peux t'appeler sur une autre ligne ? Un fixe, peut-être ?

– Non, je n'ai que le portable.

– Tant pis. Le son est bon et on n'en a pas pour longtemps. C'est l'hystérie, ici, c'est pour ça que je ne t'ai pas appelé avant. Un enfant a été enlevé ce matin.

– J'en ai entendu parler. C'est horrible. Il y a du nouveau ?

– Tes collègues de la police ne veulent rien nous dire. L'ambiance est bizarre ici, on dirait que tout le monde attend impatiemment l'heureux dénouement. Généralement, les enquêtes aboutissent, non ? On retrouve toujours l'enfant ?

Ari Thór se garda de répondre. Il y eut un moment de silence embarrassé.

– Et le garçon sur la photo ? Tu en es où ? Tu l'as retrouvé ?

– Pas vraiment. Mais je l'ai vu aujourd'hui même, bafouilla Ari Thór.

– Aujourd'hui ? s'étrangla Ísrún.

– Sur un vieux film.

Ari Thór lui raconta sa virée à Hédinsfjördur et ses conversations avec Eggert et Delía.

– Le frère de Maríus n'a pas reconnu le jeune homme sur la photo, réfléchit Ísrún à voix haute. Donc il ne peut pas être de la famille.

– En tout cas, pas de la famille de Maríus et Nikulás, confirma Ari Thór.

Le concerto pour piano allait crescendo et il coupa le son, incapable de mener une conversation et d'apprécier la musique en même temps. Il se dit que la prochaine fois, il couperait son téléphone.

– Peut-être que je peux t'aider, reprit-elle au bout d'un moment.

– Ah oui ? Comment ?

– Je pourrais en toucher un mot dans mon sujet sur le virus. Maintenant que le danger est écarté, je peux en faire un reportage sur le quotidien d'un officier de police confronté à une situation exceptionnelle. Je peux dire que la vie suit son cours et que la police continue à s'occuper aussi bien de petits délits que de grosses affaires, comme de retrouver la trace d'inconnus pris en photo dans un passé lointain.

Ari Thór s'apprêtait à l'interrompre. Ísrún ne disait pas tout à fait la vérité. Siglufjördur avait quasiment cessé de vivre depuis la mise en quarantaine, et la police n'était pas censée mener des enquêtes à partir de vieilles photos. Il préférait qu'elle montre que même dans une petite ville, le travail d'un policier n'a rien de facile. Mais il décida de la laisser poursuivre.

– Ce serait juste un exemple pour montrer de quoi tu t'occupes. Et si tu peux scanner la photo et me l'envoyer, je pourrai la diffuser, dit-elle d'un ton satisfait. Je me débrouillerai pour que personne d'autre que Hédinn ne soit identifiable. Et personne ne reconnaîtra Hédinn de toute façon. On verra bien ce que ça donne. On fait beaucoup d'audience, le soir.

Ari Thór réfléchit. Il n'avait rien à perdre.

– Bonne idée, dit-il. En tout cas, le film que j'ai vu rend caduque ta théorie, reprit-il gaiement.

– Quelle théorie ?

– Tu disais que l'enfant pourrait ne pas être Hédinn, mais le fils de Maríus et Jórunn, né vers 1950. Le jeune homme avait le même âge dans le film et sur la photo, et le film date de 1956. Je ne vois pas pourquoi Delía mentirait, donc la photo doit dater de cette année-là. Du coup, on se retrouve à chercher deux personnes : l'adolescent sur la photo, et le bébé qui a été adopté – le fils de Marius et Jórunn.

Ísrún ne réagit pas tout de suite.

– Trois personnes, rectifia-t-elle. Tu oublies le petit garçon qui a été enlevé ce matin. J'espère sincèrement qu'on le retrouvera avant les deux autres.

25

Sunna refusait d'accepter la disparition de Kjartan. Elle hurlait toujours à pleins poumons quand Róbert déboula, hors d'haleine, dans le café.

– Ce n'est pas possible, gronda-t-elle. Je n'ai pas pu le prendre avec moi ce matin. Il n'était pas avec toi ?

Róbert tenta de lui expliquer qu'elle ne se serait pas promenée en ville avec une poussette vide.

– Arrête de mentir ! Il était avec toi, avoue-le ! supplia-t-elle, le regard perdu.

Elle s'apprêtait à rentrer chez eux en courant.

Il la prit par le bras et réussit à l'emmener jusqu'à la voiture de police, où elle sembla enfin se calmer. Il lui prit la main et fit de son mieux pour la réconforter, la rassurer. Elle fixait le vide avec désespoir ; la voir dans cet état lui brisait le cœur à tel point qu'il avait du mal à la regarder.

Elle finit par se faire à l'idée que son enfant avait été enlevé et se sentit immédiatement responsable. Elle allait avoir besoin de son soutien.

– Comment j'ai pu le laisser dehors ?

Même si la question ne s'adressait pas à lui, Róbert lui répondit que c'était la première fois qu'un enfant était enlevé à Reykjavík. Pourquoi se serait-elle méfiée ?

– Pourquoi je n'ai pas surveillé la poussette de plus près ? Pourquoi ?

Il remarqua que sa sœur Heida s'était déjà envolée.

– Je dois y aller, avait-elle annoncé à l'arrivée de Róbert.

Typique, songea-t-il. Cette femme, qui n'avait jamais pris sa vie en main et vivait depuis toujours aux crochets d'autrui, n'était même pas capable de soutenir sa sœur dans cette terrible épreuve.

Le temps d'arriver au commissariat, Sunna avait cessé de s'accuser pour s'en prendre maintenant au père de l'enfant.

– C'est certainement un coup de Breki. Quelle ordure ! Comment a-t-il pu faire ça ?

Elle parlait de plus en plus fort à mesure que sa colère grandissait. Elle pensait à voix haute, sans plus se soucier du monde qui l'entourait.

– Comment a-t-il pu ? Il ne pouvait pas attendre le jugement, non ?

Róbert la serrait fort. Il dit la première chose qui lui passa par la tête.

– Si c'est un coup de Breki, alors tout va bien, dit-il en le regrettant aussitôt.

Sunna sembla subitement comprendre que ça n'avait rien à voir avec Breki, et que Kjartan pouvait avoir été enlevé par un inconnu. Elle en fut comme assommée, se figea, puis se laissa tomber en silence sur le lino froid du commissariat. Róbert ne put retenir sa chute.

– Il est sûrement avec Breki, dit-il dans un souffle.

Ils se trouvaient maintenant dans la salle d'interrogatoire avec l'inspecteur en chef. Celui-ci se présenta comme le responsable de l'enquête et leur assura que l'affaire serait vite résolue et l'enfant, retrouvé. Mais Róbert ne le trouvait pas si convaincant que ça – il espérait que Sunna ne partageait pas cet avis.

Elle ne réagit pas. Il murmura à nouveau :

– Il est sûrement avec Breki.

Sunna redoubla de colère.

– Vous avez mis la main sur son père ? Non ? Vous feriez mieux de le retrouver, rugit-elle à l'attention de l'inspecteur.

– Qu'est-ce qui vous fait penser qu'il aurait pu enlever l'enfant ? demanda le policier d'un ton posé, en prenant son temps.

Sunna expliqua du mieux qu'elle put leur conflit au sujet de la garde partagée. Róbert intervenait de temps à autre pour apporter des précisions – adresse, employeur et numéro de téléphone de Breki. Abasourdis, ils déclarèrent tous les deux ne pas savoir qui d'autre pourrait leur en vouloir.

– Je ne le quitte pas des yeux d'habitude, sanglotait Sunna. Mais il dormait... Je n'ai rien remarqué d'inhabituel, personne de louche alentour.

L'inspecteur en chef demanda le numéro de téléphone d'Heida et envoya un policier l'interroger, au cas où elle aurait quelque chose à signaler.

– Et vous êtes sûrs qu'il ne s'est rien passé de spécial ces derniers temps ? demanda l'inspecteur.

Sunna secoua la tête et tourna les yeux vers Róbert.

Il se taisait. Devrait-il parler des clés perdues, de l'intrusion et de la silhouette dans le jardin ? Une sensation désagréable s'était emparée de lui dès qu'il avait appris l'enlèvement de Kjartan, et sur le chemin du café. Sa théorie pouvait expliquer les sinistres événements qu'ils venaient de vivre, mais il tenta de se convaincre qu'il se trompait, parce que envisager le contraire le terrorisait. Il examina la situation calmement, pesa le pour et le contre, et arriva à la conclusion qu'il valait mieux ne pas risquer de perdre Sunna.

– Non, je ne vois pas, dit-il en lui adressant un sourire.

– Ah si, j'ai perdu mes clés, se rappela-t-elle soudain.

Il en fut surpris.

– Vraiment ? fit l'inspecteur d'un ton grave.

Il semblait prendre l'affaire très au sérieux.

– On vous les a volées ? Quelqu'un s'est introduit chez vous ?

Sunna ne sut pas quoi répondre.

– Non, je ne crois pas. Mais Róbert a fait changer les serrures au cas où.

– Tiens ! fut le seul mot que le policier trouva pour exprimer sa surprise. Pourquoi donc ?

Róbert sentit peser sur lui son regard inquisiteur. Il était temps de prendre une décision. Se taire ou avouer ? Il ne tenait pas à être pris en flagrant délit de mensonge. Il réfléchit un court instant – sans doute assez longtemps pour éveiller les soupçons. Son rhume, revenu à la charge, le vidait de son énergie.

– Il y a deux jours, j'ai trouvé la porte de derrière entrouverte, admit-il. Le soir où Sunna a perdu ses clés. J'ai probablement oublié de donner un tour de clé, et la porte ne ferme pas toujours bien. C'est une maison un peu ancienne, voyez-vous. Mais ça m'a turlupiné, alors j'ai décidé de faire changer les serrures.

– Pourquoi tu ne me l'as pas dit ? demanda Sunna.

– Je ne voulais pas t'inquiéter, chérie. Ce n'était pas très important.

– Intéressant, conclut simplement l'inspecteur avant de les faire sortir.

Il revint un peu plus tard les informer qu'ils avaient interrogé Heida et qu'elle n'avait rien à déclarer. La police inspectait déjà les images des caméras de surveillance du secteur.

– Mais nous n'avons toujours pas réussi à contacter le père de l'enfant, dit-il.

Sunna et Róbert patientaient à nouveau dans la salle d'interrogatoire. Sunna s'était enfin calmée – les yeux dans le vide, elle restait silencieuse. Róbert ne disait rien non plus. Il essayait de se convaincre que Breki avait enlevé l'enfant. Il trouvait impardonnable de s'emparer comme ça du petit et se demandait avec angoisse comment allait finir cette histoire de garde partagée. Róbert craignait déjà que Breki ne fasse sortir l'enfant du pays. Le père ne s'est certainement pas contenté de prendre l'enfant dans la poussette pour l'emmener chez lui, pensait-il. Il devait avoir un plan.

Róbert s'efforça de penser à autre chose. Il ferma les yeux et essaya de visualiser l'océan – il s'imaginait sur un petit bateau, loin d'ici, dans les Westfjords, à naviguer tranquillement sur une mer d'huile. Il pouvait presque en respirer l'odeur iodée. Mais il entendait toujours Sunna sangloter. Il ouvrit les yeux sans pour autant la regarder. Enfermée dans son monde, elle pleurait en silence.

À son retour, l'inspecteur en chef avait une expression grave. Róbert, alarmé, épongea la sueur sur son front en attendant qu'il ouvre la bouche.

– Nous avons localisé Breki – il est dans le Nord. La police d'Akureyi est en train de l'interroger.

Il fit une pause avant de reprendre.

– Il est parti tôt ce matin pour chercher un emploi saisonnier, apparemment. La compagnie aérienne a confirmé qu'il s'était enregistré ce matin, donc il n'était pas en ville au moment de l'enlèvement. Nous allons explorer d'autres pistes.

Il s'adressa à Sunna d'un ton solennel.

– Un psychologue va bientôt vous recevoir. Nous tenons à veiller sur vous pendant la durée de l'enquête. On va retrouver votre fils, j'en suis certain.

Sunna hocha la tête et quitta la pièce sans dire un mot.

L'inspecteur ne tarda pas à revenir. Il regarda Róbert droit dans les yeux.

– J'aimerais avoir une petite conversation avec vous, dit-il en fermant la porte derrière lui.

Róbert comprit à son ton qu'il n'allait pas passer un bon moment. Il sentit à nouveau la sueur perler sur son front. Était-il à ce point faible qu'il avait peur de la police ? Ce serait bien la première fois. Ou peut-être que son rhume le rendait plus vulnérable ?

– Nous pensons avoir une piste, dit-il en s'asseyant. Connaissez-vous quelqu'un du nom d'Emil Teitsson ?

Ce n'était pas une question difficile. Róbert balbutia un «non» qu'il espérait convaincant.

C'était la vérité. Il ne le connaissait pas personnellement. Mais il savait très bien de qui il s'agissait. Il se rappelait l'entretien qu'il avait lu, et la photo du jeune homme restait gravée dans sa mémoire. Pour la première fois, Róbert fut envahi par une peur véritable.

– Je vais vous expliquer ma théorie, dit l'inspecteur en chef.

Assis dans le couloir, Róbert attendait Sunna.

Sa conversation avec l'inspecteur l'avait profondément affecté. Il remontait à sa mémoire de lointains souvenirs et les cauchemars du passé revenaient le hanter.

Sunna revint enfin, accompagnée du psy.

– On y va, chérie ? demanda-t-il.

– S'il te plaît, répondit-elle d'un ton vaguement apaisé, même si son visage, son comportement et l'ensemble de sa personne trahissaient une profonde angoisse.

La soirée était déjà bien avancée et il faisait nuit noire. Assis côte à côte sur le canapé, Sunna et Róbert gardaient le silence. Róbert l'enlaçait de ses bras. Il écoutait la pluie. Leur maison leur paraissait désormais froide et hostile.

Il évitait de regarder l'horloge, préférant ne pas savoir combien d'heures s'étaient écoulées depuis l'enlèvement. Le temps passait trop lentement.

Róbert n'avait pas soufflé de toute la journée, et encore moins après sa conversation avec l'inspecteur. Il n'avait même pas déjeuné. Sunna n'avait rien avalé non plus, à sa connaissance. Ils pourraient dîner à présent, mais il s'aperçut qu'il n'avait même pas faim – il pariait que Sunna non plus.

Il avait l'impression que son monde s'effondrait. Il avait commencé une nouvelle vie, rencontré une fille merveilleuse, il s'était installé avec elle et considérait presque le petit garçon comme le sien.

Il tenta à nouveau de s'imaginer dans les Westfjords, sur le bateau. Ce n'était plus si facile – il visualisait la mer, mais elle avait changé d'apparence. Les yeux fermés, c'était une tempête qui s'agitait désormais, et le bateau s'enfonçait de plus en plus profond dans l'eau.

26

Quand les derniers soupçons d'espoir se furent envolés, Emil se rendit compte qu'il n'allait plus jamais la prendre dans ses bras, que ses projets d'avenir avec elle étaient morts et enterrés et que sa vie avait radicalement changé – pour le pire.

Il s'efforçait de ne pas trop penser à ce détail que la plupart de ses amis ignoraient – elle était enceinte de quelques mois quand c'était arrivé. Il ne s'attardait pas sur cette idée, mais il sentait en lui la colère monter, ainsi qu'une soif de revanche incontrôlable.

Emil avait fait de son mieux pour garder espoir suite à l'agression ; il refusait de croire les médecins qui mettaient à mal son optimisme en lui enjoignant d'accepter la réalité.

Jamais il ne s'y résoudrait. Il n'abandonnerait pas. Au début, il restait nuit et jour assis aux côtés de Bylgja, en lui tenant la main. Le chagrin n'avait pas sa place : il tenait grâce à l'espoir et à la colère.

Il ne pourrait jamais se pardonner d'avoir fait des heures supplémentaires ce soir-là. Toutes les questions qu'il se posait commençaient par : Et si… ?

Bien sûr, il n'aurait peut-être pas pu la sauver. Peut-être qu'ils auraient tous les deux fini à l'hôpital, inconscients, à l'agonie. Ç'aurait été la meilleure solution. Il ne pouvait pas concevoir la vie sans elle. Il se rendait compte – même dans ses rêves – que sa présence aurait changé quelque chose à la donne : il aurait pu la prévenir. Il savait bien qu'il n'était pas du type armoire à glace qui fait fuir les agresseurs, mais il aurait quand même été un deuxième adversaire à affronter – ils y auraient peut-être réfléchi à deux fois avant de s'attaquer à elle.

On est censé être en sécurité chez soi, non ? Ils n'avaient jamais fait de mal à personne. Mais c'est arrivé quand même, par une froide soirée d'hiver. Ils s'étaient assis autour d'un plat de spaghetti vers 18 heures, ils avaient parlé de sa grossesse et des changements qu'il faudrait opérer. Bylgja n'avait pas l'intention de réduire son temps de travail les prochains mois et souhaitait poursuivre ses études à l'automne.

– Je me sens très bien pour le moment, dit-elle. En cas de nausée du matin, je poserai un jour de congé.

Il s'est levé et il a dit qu'il devait retourner au bureau pour finir une mission urgente. Et il lui a proposé de l'accompagner. Non ? Peut-être désirait-il qu'elle reste tranquille à la maison ? Il garde de cette soirée-là des souvenirs plutôt vagues, mais il se souvient de sa réponse : elle préférait rester à la maison pour étudier. Donc il est parti – il ne se souvient pas comment il lui a dit au revoir, et pourtant ce sont les derniers mots qu'ils ont jamais échangés.

La première chose qu'il a remarquée à son retour, c'est le sang dans l'entrée. Bylgja était probablement étendue sous ses yeux, mais il refusait de la voir. Elle gisait sur le dos, dans le pyjama qu'elle portait toujours pour réviser. Elle ne bougeait pas, et la mare de sang autour de sa tête glaça d'horreur Emil. Il resta figé une éternité avant de finir par prendre son téléphone pour appeler la police.

Elle n'était pas morte. C'était la seule bonne nouvelle.

Évidemment, elle avait perdu le bébé. On l'avait maintenue dans le coma. Mais elle mourait peu à peu, et Emil sentait son propre appétit de vivre s'émousser, comme pour l'accompagner dans son agonie. Au début, il avait fait de son mieux pour paraître fort – même dans les interviews qu'il donnait à la presse et aux chaînes de télé, quand il essayait de faire triompher la justice. Il suppliait tous ceux qui pourraient avoir la moindre information de se manifester. L'affaire n'était pas close, on avait de fortes présomptions sur l'identité du coupable, mais rien qui permette de l'appréhender. Emil n'avait pas d'autre choix que de voir la vie quitter Bylgja petit à petit, sans personne à accuser.

Quand elle est finalement décédée pour trouver la paix qu'elle méritait, deux ans après l'agression, il ne lui resta plus que la colère. Une rage l'envahit qui tua en lui tout sentiment d'amour ou de compassion. Il savait au fond de lui que la colère ne faisait pas bon ménage avec le chagrin, mais il s'en moquait.

La police avait de forts soupçons, alimentés par ses contacts dans le milieu de la pègre, mais on ne connut jamais le motif de l'agression. Selon toute probabilité, Bylgja avait été agressée par erreur.

Par erreur.

Ce furent les mots du policier. Emil venait de perdre la personne qu'il aimait le plus au monde – et son futur enfant – à cause d'une erreur. Sa vie avait été détruite par un coup du sort.

Un délinquant vivait plus loin dans la rue, à quelques numéros de chez eux – un junkie qui, selon la police, devait de l'argent à ses dealers. Les truands avaient sans doute voulu débarquer chez lui pour récupérer l'argent, en utilisant au besoin la manière forte, et ils avaient sonné à la mauvaise porte. Emil ne pouvait pas s'empêcher d'imaginer la scène. Bylgja avait sans doute tenté de les convaincre qu'ils se trompaient d'adresse. N'étant pas du genre à se laisser marcher sur les pieds, elle avait dû finir par s'énerver. Il avait suffi d'un coup pour la faire taire. Apparemment, ils avaient utilisé une batte de baseball ou équivalent.

Il avait toujours désiré se venger. L'idée lui était venue à la mort de Bylgja. Mais c'est un appel inattendu qui le mit sur les rails. Il avait cessé désormais de penser de manière rationnelle, et il le savait.

Ses parents se faisaient beaucoup de souci pour lui. Ils ne cessaient de lui proposer leur aide, mais il était assez grand pour se débrouiller tout seul. Il s'était même trouvé une cachette : une maison abandonnée, non loin du centre-ville, où il pouvait dormir en paix, loin de la compassion étouffante de ses parents. L'appartement qu'il avait acheté avec Bylgja était désormais inoccupé, mais pour rien au monde il n'y serait retourné. Quand il pensait à cet endroit, il ne voyait plus que du sang.

Son plan avait marché jusqu'à présent. Il ne buvait plus tellement ces jours-ci. Il tenait à rester lucide.

Bylgja le méritait. Il ne savait pas ce qu'il deviendrait ensuite. Peut-être qu'il se rendrait à la police. Peut-être qu'il se jetterait à la mer. Quelle importance ?

Il avait surveillé le domicile de Róbert pendant un certain temps, il avait même filé sa femme et leur enfant. Œil pour œil, dent pour dent, non ? La meilleure vengeance serait de lui infliger ce qu'il avait lui-même provoqué : la perte d'une femme et d'un enfant.

Mais voilà qu'il se retrouvait avec sur les bras un enfant qui hurlait, un enfant qui pleurait sans s'arrêter et refusait de dormir. Ce n'était pas la solution idéale. Il gardait l'enfant dans cette vieille maison délabrée du centre-ville, un endroit qui avait sans doute connu des jours meilleurs mais qui n'était plus qu'une coquille vide – tout comme Emil – et il dut reconnaître qu'il n'avait aucune idée de la suite à donner aux événements.

Il avait eu du plaisir à suivre la femme de Róbert, à lui voler ses clés et à se faufiler un soir dans leur appartement. Il avait d'abord regardé par la fenêtre : ils s'affairaient tous les deux ; puis il s'était introduit chez eux et il avait ouvert la porte de leur chambre. Trop occupés à faire l'amour passionnément, ils ne l'avaient même pas remarqué. Il avait donc pris le soin de laisser des traces de son passage, et la porte ouverte en partant.

Il surveillait régulièrement la rue, les espionnait à travers la fenêtre et suivait leurs moindres déplacements. Il était déterminé, dans un premier temps, à faire de la vie de Róbert un enfer.

Ce matin-là, la fille était sortie se promener à Laugavegur et il l'avait suivie. Comme son fils dormait, elle avait laissé la poussette à l'extérieur du café. Il ne pouvait pas laisser échapper une si belle occasion.

Et voilà qu'il était assis au cœur de la nuit, à écouter un enfant appeler en hurlant sa maman. Il n'avait aucune idée de ce qu'il allait en faire, mais il se réjouit à l'évocation des moments terribles que Róbert devait endurer.

27

Quand Ísrún arriva au bureau le lendemain matin, un visiteur surprise l'attendait.

C'était sa cinquième journée de travail d'affilée, après quatre permanences de jour. On lui avait aussi refilé un samedi pour permettre à un collègue d'être chez lui au goûter d'anniversaire de son fils. Elle avait accepté, pensant pouvoir se reposer ensuite. Mais elle se retrouvait maintenant avec deux sujets prioritaires à traiter : le meurtre de Snorri Ellertson et l'enlèvement du petit garçon.

La fille dans l'entrée se leva d'un bond à l'arrivée d'Ísrún.

– Bonjour. J'ai essayé de vous joindre hier.

Elle portait de longs cheveux roux et une lourde frange cachait ses yeux. Elle sourit à Ísrún en rougissant légèrement. Elle avait la curieuse habitude de parler aux gens sans les regarder en face, en levant les yeux au ciel à la place, comme si elle réfléchissait. Ísrún avait souvent eu affaire à elle et cela ne la surprenait plus.

– Bonjour, Lára, répondit Ísrún.

Lára était devenue l'assistante de Marteinn le jour de sa prise de fonction. Avant ça, elle s'était investie dans le Mouvement des jeunes du parti. Le bruit courait qu'ils entretenaient déjà une liaison avant même qu'il ne devienne Premier ministre. Cela n'avait jamais été confirmé, mais quand Marteinn s'était séparé de sa femme, la rumeur avait pris de l'ampleur. Il était en poste depuis six mois ; le motif officiel de leur rupture était que sous la pression, leurs chemins s'étaient séparés. Lára faisait jaser : beaucoup considéraient la jolie rousse comme une briseuse de couple qui avait arraché Marteinn à sa femme et ses deux enfants.

– Je suis désolée. J'ai complètement oublié de vous rappeler, dit Lára. J'étais débordée. J'ai une réunion dans pas longtemps, mais je peux vous accorder quelques minutes. On s'installe ?

Lára se rassit sur le canapé et Ísrún attrapa une chaise. Elle se doutait de ce qui amenait l'assistante du Premier ministre, mais elle tenait à la laisser faire le premier pas.

– Je viens vous voir à titre personnel, commença-t-elle. Marteinn m'a demandé de vous parler.

Ísrún sourit. Elle n'en croyait pas un mot.

– Tout ça restera entre vous et moi, n'est-ce pas ?

Ísrún acquiesça.

– L'interview que vous avez faite de Marteinn… c'était un coup bas, dit-elle. Il ne s'attendait pas que vous posiez une question sur Snorri. Ils étaient amis dans le temps, rien de plus. Marteinn a coupé les ponts dès que Snorri a commencé ses bêtises. Voilà des années qu'ils ne se sont pas vus. Snorri se fait renverser, et on vient poser des questions au Premier ministre !

Lára fit une pause pour marquer son indignation.

– Je ne peux pas vous en vouloir, cela dit. C'était un sacré scoop.

Ísrún attendait que Lára lui demande de s'arrêter là, mais le message était implicite. De son côté, Ísrún n'avait pas dit un mot. Elle savait que ces jeunes loups de la politique, tout comme leurs aînés, excellaient dans l'art d'avoir le dernier mot.

– Je voulais vous parler d'autre chose, poursuivit Lára. Marteinn travaille sur un certain nombre de projets. Il voudrait, entre autres, regrouper certains ministères. C'est quelque chose qui lui tient vraiment à cœur, et je lui ai dit que vous pourriez en faire un reportage pour le journal du soir. Marteinn vous accorderait un entretien, bien entendu.

Ísrún jeta un coup d'œil à l'horloge.

– Ça me paraît une très bonne idée, Lára, répondit-elle – mais elle ne céderait pas si facilement. Je vais y réfléchir.

– Bien sûr. Mais ne réfléchissez pas trop longtemps. Marteinn voudrait s'y mettre très prochainement, précisa-t-elle. Vous avez mon numéro de portable, n'est-ce pas ? Le nouveau ?

Ísrún acquiesça.

– Formidable. Rappelez-moi dès que possible.

Lára se leva et posa une main sur l'épaule d'Ísrún.

– C'est toujours un plaisir de vous voir, Ísrún.

– Pour moi aussi.

Ísrún était désormais convaincue que Marteinn en savait plus sur le meurtre de Snorri que ce qu'il laissait entendre. Elle tenait entre les mains une véritable bombe à retardement.

28

Épuisés d'angoisse, ils avaient fini par s'endormir sur le canapé. La sonnerie perçante de la porte d'entrée tira Róbert de son sommeil. Il avait mal à la tête et sentait que son rhume avait empiré pendant la nuit. Il avait pourtant très bien dormi – quoique pas assez longtemps. Sans doute son inconscient trouvait-il un refuge loin des traumatismes de la vie.

Il était un peu plus de huit heures. C'est Heida qui l'avait réveillé.

– Tu dormais ? demanda-t-elle, embarrassée, en refermant la porte derrière elle.

Elle se rendit dans le salon où Sunna commençait à remuer.

Róbert ne répondit pas.

– Papa et maman sont en train de revenir d'Espagne, poursuivit-elle histoire de meubler le silence. Ils font escale à Londres, je crois.

Sunna regarda confusément autour d'elle. Les événements des jours passés lui revenaient peu à peu. L'air angoissé, elle se tourna vers sa sœur.

– Et Kjartan ? Ils l'ont retrouvé ?

– Je ne crois pas, répondit-elle sans ménagement.

Le tact n'était vraiment pas son fort.

Róbert s'empara de son téléphone. Aucun appel en absence. Donc ils n'avaient pas encore retrouvé Kjartan. Il leva les yeux vers Sunna et fit non de la tête. Elle s'effondra, le visage entre les mains.

Il composa immédiatement le numéro de l'inspecteur en chef, mais n'obtint aucune réponse.

– Je suis sûre qu'on va le retrouver, dit Heida en s'asseyant sur le canapé. C'est un coup de Breki, non ? Tu n'as jamais su choisir tes mecs.

Róbert ne releva pas et gagna la cuisine pour se faire un thé. Il avait besoin de commencer la journée avec quelque chose de chaud, autrement il n'allait pas tenir.

Les sœurs discutaient – plus exactement, Heida parlait à Sunna. Il revint avec deux mugs et en tendit un à Sunna.

– Róbert, dit Heida en se tournant vers lui. C'est peut-être un de tes vieux copains du temps où tu te droguais ?

– Ça suffit, la coupa-t-il.

– Si tu prenais soin de ta famille, ce genre de choses n'arriverait pas, lui lança-t-elle.

Róbert posa violemment son mug sur la table et s'apprêtait à lui dire de dégager quand son téléphone sonna.

Ils se figèrent tous. Róbert prit l'appel.

– Bonjour, Róbert. J'ai vu que vous aviez cherché à me joindre, dit l'inspecteur en chef.

Il marqua une pause avant de reprendre.

– Nous n'avons pas encore mis la main sur l'enfant, mais nous disposons de pistes solides. Pourriez-vous me rejoindre au commissariat avec Sunna ? Ce serait plus simple de se parler en face.

Róbert sentit son cœur s'affoler. Le repos de la nuit avait fini par s'envoler.

– On arrive tout de suite, répondit-il.

Róbert refusa qu'Heida les accompagne. Ils la laissèrent donc à l'appartement et se hâtèrent de rejoindre le commissariat.

On les emmena dans la même salle d'interrogatoire que d'habitude. Il y avait une carafe d'eau et quelques verres posés sur la table, aussi fatigués que les vieilles chaises dépenaillées et le reste du mobilier.

Róbert proposa un verre d'eau à Sunna mais elle n'en voulut pas. Il se servit.

– Ils l'ont forcément retrouvé, dit Sunna, tout sourire. J'en suis certaine. J'ai tellement hâte de le revoir.

– Chérie, n'oublie pas ce qu'il a dit au téléphone. Ils ne l'ont pas encore récupéré. Ne nous réjouissons pas trop vite. Ça peut prendre du temps.

– Qu'est-ce que tu en sais ? aboya-t-elle.

Il fut surpris par sa colère.

Puis elle détourna les yeux, sans doute résolue à ne plus ouvrir la bouche.

L'inspecteur en chef finit par arriver. Pas rasé, les yeux cernés, il avait l'air fatigué. Il n'avait sans doute pas beaucoup dormi.

Róbert se sentit presque honteux d'avoir pu trouver le sommeil. Il aurait mieux fait de passer la nuit à les aider. Il avait plein de contacts dans le milieu qu'il aurait pu appeler – des personnes qui pouvaient vraiment l'aider, mais c'était aussi un gros risque à prendre. Il avait tiré un trait sur cette période de sa vie et n'avait aucune envie de renouer avec le passé, même pour un enjeu aussi important que celui-là.

– L'enquête a bien avancé, dit l'inspecteur avec un sourire peu convaincant.

– Où est-il ? demanda Sunna.

– On ne l'a pas encore retrouvé, répondit-il. Mais on...

– Où est Kjartan ? hurla Sunna en se levant d'un bond.

Elle envoya valser la carafe, qui s'écrasa par terre.

L'inspecteur resta impassible.

– Je vous prierai de rester calme, dit-il.

Ce n'était apparemment pas la première fois qu'il assistait à ce genre de scène.

Sunna retomba sur sa chaise. Elle tremblait.

– Nous croyons savoir qui a fait le coup, reprit-il d'une voix posée. Il s'agirait d'Emil Teitsson, vingt-sept ans. Diplômé d'une école de commerce, il travaille, ou travaillait, dans la banque.

– Quoi ? Qui ça ?

Róbert ne réagit pas. Il avait du mal à respirer par le nez à cause de son rhume. Assis sur sa chaise jaune miteuse, dans l'atmosphère suffocante de cette salle d'interrogatoire, il avait l'impression d'étouffer.

– Apparemment, il s'est mis à déraper il y a deux ans, suite à l'agression de sa femme. Elle est restée longtemps dans le coma et est décédée il y a peu.

– Pourquoi a-t-il enlevé Kjartan ? demanda Sunna d'une voix étranglée.

– Comme vous pouvez vous en douter, nous avons suivi plusieurs pistes, éluda l'inspecteur. D'abord le père de l'enfant – qui n'a rien à voir avec l'affaire – puis ce fameux Emil. Nous avons regardé les images des caméras de surveillance de Laugavegur. Malheureusement, sur les trois caméras, deux ne fonctionnaient pas – ça arrive souvent, le matériel commence à dater. Mais sur la troisième, on voit un homme qui pourrait bien être Emil. Nous avons aussi eu accès aux images de caméras privées, installées par des magasins du quartier. Il n'y a pas de doute. Il s'agit bien d'Emil. On le voit porter un enfant qui correspond à votre description.

Il leur laissa le temps de digérer ces informations.

– Où est cette ordure ? demanda Róbert.

– Il vit chez ses parents. Ils l'ont vu hier matin. Il disparaît parfois, disent-ils, mais finit toujours par refaire surface. Bien entendu, ils sont effondrés. Depuis l'agression de sa femme, leur fils est devenu un autre homme. Les parents d'Emil nous ont dit qu'elle était enceinte, et qu'elle a perdu le bébé à cause de ce qui s'est passé. Et elle a fini par décéder elle aussi.

Personne ne dit mot. Sunna baissa les yeux.

– Apparemment, il a passé beaucoup de temps à l'hôpital avec elle et il a été dévasté par sa mort, continua l'inspecteur en chef. Il a longtemps été suivi par un psy, mais il ne s'est pas présenté aux derniers rendez-vous. Nous faisons tout ce qui est en notre pouvoir pour le retrouver. Ses parents ont du mal à croire qu'il ait pu kidnapper un enfant. Ils disent qu'il est aigri, en colère, mais qu'il n'irait pas jusqu'à enlever un petit garçon innocent. Ils connaissent leur fils mieux que personne... On ne va pas tarder à les retrouver, lui et Kjartan. Ce n'est plus qu'une question de temps.

– Avez-vous lancé un avis de recherche ?

– Nous allons bientôt le faire.

– Pourquoi ? demanda Sunna d'une voix désespérée. Pourquoi Kjartan ?

– On a notre petite idée, répondit lentement l'inspecteur. Mais nous en parlerons plus tard. Ce qui compte pour le moment, c'est de retrouver votre enfant.

– Pourquoi avoir enlevé Kjartan ? répéta Sunna.

Róbert décala sa chaise pour se rapprocher d'elle.

– On verra ça plus tard, chérie.

L'inspecteur se leva.

– Je vais vous demander de regarder les images des caméras de surveillance pour me confirmer s'il s'agit bien de Kjartan. Sunna, vous pouvez vous en occuper ?

Róbert vit à son visage qu'elle s'en sentait incapable. Immobile, elle était trop assommée pour répondre.

– Je vais le faire, dit-il.

– Bien. Je vais demander à un collègue de rester avec Sunna pendant ce temps-là.

Une fois l'identification officialisée, l'inspecteur ne laissa pas Róbert rejoindre Sunna. Il l'emmena dans une autre salle d'interrogatoire encore plus étroite et misérable que la précédente.

Róbert avait clairement reconnu Kjartan sur les images. Il espérait que Sunna n'ait jamais à les regarder. À première vue, elles semblaient innocentes, mais vu le contexte, elles devenaient glaçantes.

– J'imagine que Sunna ne sait rien de vos frasques passées ? demanda l'inspecteur en s'asseyant.

– En effet, dit Róbert.

Il ferma les yeux en espérant que la migraine qui l'assaillait allait passer. Il n'avait vraiment pas besoin de ça en ce moment.

– Vous comprenez bien qu'il va nous falloir lui expliquer le lien entre Emil et vous ?

– Je n'ai aucun lien avec ce salopard, gronda Róbert.

– Parlons de lien présumé, alors, dit l'inspecteur en fronçant les sourcils. Imaginons que vous êtes innocent, ce dont je suis loin d'être convaincu. Nous n'avons aucune preuve pour le moment, mais ça ne veut pas dire que vous n'ayez rien à vous reprocher. Emil semble partager cet avis, soit dit entre nous. Et votre petit garçon a été enlevé.

Son visage se fit plus grave.

– Vous savez, je n'hésiterais pas un instant à tout raconter à votre compagne si ça pouvait nous aider à résoudre cette affaire. Mais par égard pour elle – je dis bien pour *elle* – je préfère vous laisser le soin d'en discuter entre vous. Nous ferons le point ensemble plus tard dans la journée. Vous aurez intérêt à lui en avoir parlé, sinon je me ferai un plaisir de lui expliquer pourquoi son enfant a été enlevé par un inconnu.

Róbert quitta la pièce en claquant la porte. Il avait l'impression que les murs blancs et nus du couloir se refermaient sur lui comme un piège.

Il pensa à Sunna – cette femme extraordinaire qui avait insufflé en lui l'espoir d'une vie nouvelle, d'une vie meilleure et d'un avenir radieux.

Son rêve tournait maintenant au cauchemar, il en avait la certitude.

29

– Ils diffusent l'interview ce soir à la télé, dit Ari Thór.

Il discutait avec Tómas devant la machine à café. Tómas avait pris la permanence de nuit et il avait demandé à Ari Thór de venir le matin faire le point sur la situation et se partager les heures de service. La quarantaine serait probablement levée ce soir-là, et la nouvelle n'avait pas tardé à faire le tour de cette petite communauté. La vie revenait déjà à la normale, certains reprenaient leur travail même si la plupart des bureaux et des magasins restaient fermés. Toute la ville savait que le boulanger était retourné à la tâche dès le matin : ils pouvaient désormais acheter du pain frais même si la boutique n'avait pas encore ouvert. Malgré tout, la ville portait encore le deuil de l'infirmière, qui vivait à Siglufjördur depuis de nombreuses années et était appréciée de tous.

– L'interview ? répéta Tómas, les yeux dans le vague. Ah oui. La journaliste. Ísrún, c'est ça ?

– C'est ça.

– Très bien, mon garçon, répondit Tómas d'un air distrait en passant les doigts dans ses cheveux clairsemés.

Il avait manifestement l'esprit ailleurs.

– Tu te fais du souci à cause du virus ? demanda Ari Thór. Tu crois qu'il est trop tôt pour lever la quarantaine ?

– Quoi ? Non, rien de tel. Mais ça me rappelle… J'ai appelé l'hôpital hier soir pour savoir où on en était. Sandra ne va pas très fort. Tu lui as rendu visite ces derniers temps, non ?

L'estomac noué, Ari Thór acquiesça.

– Oui…, balbutia-t-il.

– Tu devrais passer la voir. Ça pourrait bien être la dernière fois. Elle a attrapé une grippe particulièrement agressive, mais pas contagieuse.

– Pas de problème, dit Ari Thór en détournant le regard.

Ils restèrent un moment sans rien dire.

– J'ai mis…, commença Tómas avant de s'interrompre.

Il fit une deuxième tentative.

– Écoute, mon garçon, j'ai mis la maison en vente.

– La maison ? Ta maison ? Tu déménages ?

– Oui. Mais ne t'inquiète pas. Je reste dans le coin pour le moment. J'ai discuté avec ma femme, elle veut que je la rejoigne dans le Sud, qu'on habite à nouveau ensemble. Je lui ai dit que j'allais mettre la maison en vente, pour voir. Mais je ne vois pas qui pourrait l'acheter. Les gens croient qu'ils peuvent s'offrir une maison dans le Nord pour une bouchée de pain. Peut-être que quelqu'un voudra nous la louer, on ne sait jamais. En tout cas, je l'ai mise en vente, donc tu risques de tomber sur une annonce dans la presse ou sur Internet. Mais on n'a rien décidé pour le moment, ne t'en fais pas, ajouta-t-il après coup en regardant Ari Thór d'un air bizarre.

Ari Thór commençait pourtant à s'en faire.

Si Tómas retournait dans le Sud, il lui faudrait décider s'il postulait ou non au titre d'inspecteur, et il aurait préféré ne pas y penser pour le moment. Il voulait d'abord mettre de l'ordre dans sa vie privée, voir où sa relation avec Kristín allait le mener. Est-ce qu'il avait envie de s'installer avec elle à Akureyri, ou même de la suivre à l'étranger pour ses études ?

Il fit de son mieux pour donner le change.

– On verra bien, dit-il en souriant.

Tómas était rentré chez lui. Seul en poste, Ari Thór se dirigeait vers le petit port. Le soleil faisait scintiller les eaux du fjord. Il croisa deux personnes et leur fit un salut de la tête. Ils lui rendirent son salut d'un air sombre.

Peut-être devrait-il rendre visite à Sandra et l'écouter raconter une dernière fois ses souvenirs de la ville. Ils se sentaient assez proches désormais pour pouvoir aborder ensemble tous les sujets. Elle lui disait toujours de prendre soin de lui, de ne pas se laisser envahir par les petites contrariétés du quotidien et de prendre soin de Kristín, qu'elle ne connaissait pourtant pas.

Ari Thór se souvint alors qu'il voulait parler à Hédinn avant que l'interview ne soit diffusée. Il ferait mieux de s'en occuper tout de suite.

Le téléphone collé à l'oreille, il arpentait la jetée en espérant que Hédinn décroche. Les bateaux chamarrés se balançaient tranquillement à quai. Il y avait du printemps dans l'air, mais Ari Thór savait qu'il ne fallait pas s'y fier : le temps pouvait facilement tourner à l'orage et retarder d'autant l'arrivée de la saison nouvelle.

Hédinn finit par décrocher.

– Bonjour, Hédinn. Ici Ari Thór, de la police. Je vous dérange ?

– Du tout. Je suis chez moi. Il n'y a pas école en ce moment, donc nous n'avons pas grand-chose à faire en tant qu'enseignants. Vous avez du nouveau ?

– Ça avance. Je voudrais en parler avec vous. Pourrait-on se voir ce week-end ?

– Pas de problème, dit Hédinn, piqué de curiosité. Vous avez découvert quelque chose ?

– Je suis dessus, mais je peux déjà vous dire que vous avez quelque part un cousin dont vous n'avez jamais soupçonné l'existence.

– Pardon ? Un cousin ?

– Absolument. Jórunn et Maríus ont eu un garçon en 1950. Je ne sais pas ce qu'il est devenu. Apparemment, il a été adopté. Ça n'a pas dû être facile pour Jórunn.

– Vous pensez qu'il pourrait être… encore en vie ? articula Hédinn.

Il y avait dans sa voix autre chose que de la curiosité.

– Honnêtement, je n'en sais rien. Pourquoi cette question ?

Il y eut un silence.

– Je repense à ce que m'a dit mon père peu avant sa mort, reprit Hédinn. Il était perdu dans son monde, le pauvre homme, mais il lui arrivait parfois de tenir des propos sensés.

– Et il vous en a parlé ?

– Non, sinon je vous l'aurais dit. Mais je me demande maintenant s'il ne pensait pas au fils de Jórunn quand… Je ne dis pas ça de gaieté de cœur…

mais je me demande si Jórunn l'a vraiment abandonné le moment venu.

– Comment ça ?

– Mon père me disait que je m'en étais bien sorti, que je n'avais hérité que des bons gènes, pas des mauvais. À l'époque, je n'ai pas compris ce que cela signifiait, mais il a ajouté – je m'en souviendrai toute ma vie – «Quand je pense que ta tante a donné la mort...» J'ai insisté pour qu'il poursuive, mais je n'ai rien pu en tirer. Soit il en avait trop dit, soit il ne savait plus ce qu'il racontait.

– Vous croyez qu'il parlait de Jórunn?

– C'est possible. À ma connaissance, elle n'a jamais été accusée d'aucun meurtre. Il voulait peut-être dire qu'elle s'était tuée elle-même. J'avais deux autres tantes du côté de mon père, et je n'en ai jamais entendu dire du mal. Ça m'est revenu quand vous avez parlé de ce fils qu'elle a eu et qui a disparu. C'est peut-être lui qu'elle a tué ?

– Aucune idée... J'espère bien que non, répondit Ari Thór, pris de frissons. Ce serait bien qu'on en discute plus longuement demain, si vous avez un moment. Au fait, ils vont diffuser une photo de vous ce soir à la télé.

– Quoi ? s'étonna Hédinn.

– Ne vous en faites pas, dit Ari Thór en reprenant les mots de Tómas. Personne ne saura que c'est vous. Il s'agit de la photo prise à Hédinsfjördur, de vous et de ce jeune homme. Ils font un sujet sur le virus et la situation dramatique que nous vivons. Une journaliste m'a interviewé et on a décidé de glisser cette photo dans le reportage. Quelqu'un reconnaîtra peut-être le jeune homme, on ne sait jamais...

Hédinn garda le silence un moment.

– Bon, conclut-il d'une voix hésitante. Pourquoi pas, après tout.

– Ne vous inquiétez pas, le rassura Ari Thór, désormais plus déterminé à résoudre ce mystère que Hédinn lui-même. J'ai aussi un témoignage qui confirme que ce jeune garçon vivait à la ferme avec Jórunn et Maríus, vos parents.

– Ah bon ? demanda Hédinn, stupéfait. Il vivait là-bas ? Dans notre maison d'Hédinsfjördur ?

– Apparemment. Il apparaît sur un film tourné à Hédinsfjördur.

– Eh bien ! Où avez-vous déniché ça ?

– Chez Delía. Vous la connaissez ?

– Bien sûr. Je peux voir le film ?

– Pourquoi pas ? On pourrait se retrouver chez Delía demain soir, si ça ne la dérange pas, proposa Ari Thór sans attendre la réponse. Je lui en parle et je reviens vers vous, dit-il avant de raccrocher.

Il resta un moment dehors, à profiter de la douceur de l'air encore frais. Les vents froids venus du nord planaient toujours sur Siglufjördur, mais Ari s'y était fait désormais. Il n'était plus surpris quand la neige tombait en mai, parfois en juin.

Ari Thór avait encore plein de choses à raconter à Hédinn, mais rien de vraiment concret. Il avait peur que la mort de sa tante ne reste à tout jamais un mystère. Cette histoire appartenait à la génération d'avant ; peut-être n'était-ce pas à lui de résoudre l'énigme.

Il repensa à Sandra qui se mourait à l'hôpital. Aurait-il le courage de lui rendre une dernière visite ? Il avait envie de la voir, et elle le méritait bien, mais au fond de lui, il ne se sentait pas assez fort pour assister à son agonie.

Il appela Kristín, histoire de se changer les idées.

– Je passe à la télé ce soir, dit-il non sans une pointe de fierté.

– C'est vrai ?

– Enfin, il y aura juste ma voix et ma photo, mais c'est déjà ça.

– C'est super ! dit Kristín d'un ton posé.

Elle gardait toujours son calme et ne s'enthousiasmait jamais vraiment pour quoi que ce soit.

– On pourrait peut-être le regarder ensemble ?

– Quoi ? Tu veux dire… ? dit-elle d'une voix soudain enjouée.

– Oui, il n'y a plus de danger, donc tu peux passer, si tu veux.

– Génial ! j'arrive tout de suite.

30

– Ísrún ! appela Ívar à la seconde où elle entrait dans la salle de rédaction.

Elle soupira et s'avança vers lui avec un sourire forcé. Elle n'aimait pas son air suffisant, même si elle y était habituée.

– J'ai un message pour toi. Je suis ravi d'avoir été promu secrétaire personnel d'Ísrún, grogna-t-il.

– Quel message ? s'impatienta-t-elle.

– Un appel de la maison de retraite. Puis il claironna : ils voulaient te prévenir que ta chambre était prête.

Il espérait faire rire toute l'équipe, mais fit chou blanc.

– Mais encore ?

– Une femme a appelé, de la maison de retraite de Breidholt. Elle dit qu'un certain Nikulás veut te voir.

– Ah. Merci, fit-elle en faisant mine de s'éclipser.

– Attends deux secondes, Ísrún, balbutia-t-il.

Sa façon d'appeler les gens par leur prénom n'avait rien d'agréable, contrairement à Marteinn.

– C'est qui, ce type ? Tu nous caches quelque chose ?

Elle leva les yeux au ciel.

– Je travaille sur plein de sujets à la fois. C'est *María* qui m'a demandé de suivre l'affaire Siglufjördur pour le dossier spécial, dit-elle en insistant sur le prénom. Je le vois pour ça. Il faut que je le rappelle.

Elle n'attendit pas la réponse d'Ívar et s'éloigna en composant le numéro.

– En effet, Nikulás m'a demandé de vous appeler, lui répondit-on à la maison de retraite. Il a retrouvé en fouillant dans ses archives un carton qui pourrait vous intéresser. Mais je ne peux pas vous le passer.

– Vous auriez un moyen de m'envoyer le carton ? demanda Ísrún, qui n'avait pas très envie de retourner à Breidholt.

– Je veux bien le confier à un taxi si vous payez la course. Mais je crois que Nikulás tient vraiment à vous voir. Ce serait bien que vous veniez le récupérer. Ça ne vous prendrait pas longtemps. Le vieux monsieur ne reçoit plus beaucoup de visites, vous savez.

Ísrún jeta un coup d'œil à sa montre. La conférence de rédaction du matin n'allait pas tarder à commencer. S'ils n'avaient rien de neuf sur l'enlèvement, elle pourrait partir juste après.

– Je vais essayer, dit-elle avant de la saluer.

Elle appela ensuite son contact dans la police. Il décrocha au bout de quelques sonneries avant de raccrocher immédiatement. C'était la deuxième fois aujourd'hui qu'il refusait de lui parler.

Elle venait tout juste de s'asseoir quand Ívar fit son annonce.

– On a reçu un communiqué de presse de la police, dit-il avec un plaisir non dissimulé. Ils ont dévoilé l'identité d'une personne qu'ils souhaitent interroger dans le cadre de l'enlèvement.

Ísrún écarquilla les yeux.

– Qui ça ? finit-elle par demander.

– Un certain Emil Teitsson, s'étonna-t-il. Ils doivent vraiment être sûrs de leur coup pour donner son nom. Ils fournissent même une photo.

Il posa sur le bureau le communiqué et le portrait en question, avant de se tourner vers Ísrún.

– Qu'en disent tes copains flics ? ironisa-t-il.

Elle examina la photo. Sa tête ne lui disait rien. Elle n'était même pas sûre de l'avoir déjà croisé. Vêtu d'une marinière, les cheveux bien coiffés et le sourire aux lèvres, il avait l'air charmant.

– Ils ne disent pas grand-chose, répondit-elle. Mais j'en saurai plus ce soir.

Elle parcourut rapidement le communiqué de presse.

– Le type est fiché ? demanda l'un de ses collègues, d'un ton dubitatif.

Le jeune homme avait tout sauf l'air d'un criminel.

– Tout le contraire, dit Ívar. Il est diplômé d'une école de commerce. La police n'a pas donné beaucoup d'informations, mais j'ai fait une recherche rapide.

Ísrún ne put s'empêcher de sourire. À tous les coups, Ívar s'était contenté de taper le nom dans un moteur de recherche.

– Son nom est apparu dans la presse il y a deux ou trois ans, quand sa compagne s'est fait agresser, poursuivit Ívar d'un ton suffisant. Vous vous rappelez ? Il a donné une poignée d'interviews où il se plaignait que l'enquête n'allait pas assez vite.

Ísrún se souvenait très bien de cette sinistre affaire.

– La femme est morte il n'y a pas si longtemps, dit-elle.

Ívar hocha la tête.

– Le coupable a été arrêté ? demanda-t-il à Ísrún. Elle se retrouvait en terrain connu.

– Non. On n'a jamais bouclé l'enquête. Ils avaient de fortes présomptions sur l'identité de l'agresseur – je ne me rappelle plus son nom, mais j'ai dû le noter quelque part. Mais ils n'avaient aucune preuve contre lui et son identité n'a jamais été révélée dans les médias.

– Tu nous vérifies ça ? demanda Ívar avec une courtoisie inattendue. Est-ce qu'il pourrait s'agir d'un certain Róbert ?

Ísrún fit appel à sa mémoire. Elle ne pouvait le confirmer.

– Aucune idée. Pourquoi ?

– J'ai appris ce matin le nom de l'enfant qui a été enlevé, annonça fièrement Ívar. Pas toi ?

Ísrún secoua la tête en se maudissant intérieurement.

– La mère de l'enfant, Sunna, habite avec un certain Róbert sur Ljósvallagata. Elle est danseuse. Il faut qu'on vérifie le lien avec ce fameux Emil, et vite.

À la fin de la réunion, Ísrún, l'air abattu, chercha dans son ordinateur ses notes sur l'agression. Elle ne fut pas longue à retrouver le nom du suspect numéro 1 – le seul suspect, en vérité : c'était un junkie et un chasseur de dettes à la solde des dealers.

Elle ferma les yeux et s'efforça de contenir sa colère.

Merde.

L'homme s'appelait bien Róbert.

Après quelques recherches, elle retrouva son nom complet ainsi que son adresse. Il vivait bien sur Ljósvallagata avec sa compagne Sunna et Kjartan, un enfant âgé d'un an et demi.

La journée commençait mal.

31

Le soleil de l'hiver parvint à se frayer un chemin à travers les nuages. Emil plissa les yeux et regarda le trottoir. Il savoura la chaleur apportée par ce précieux rayon de soleil. Le reste du temps, il frissonnait, mais c'était le cadet de ses soucis pour le moment. Il se rendait chez ses parents, à pied. Et il n'avait pas le gamin avec lui.

Il n'en pouvait plus de ses pleurs incessants, et il n'était pas arrivé à le calmer.

Mais il ne regrettait rien. Après tout, Róbert lui avait pris Bylgja et son bébé à naître, il ne faisait que lui rendre la pareille. Au début, Emil avait imaginé que l'enfant était le sien. Il songeait même à disparaître avec lui.

Il traversa à grandes enjambées le centre-ville de Reykjavík. D'instinct, il évitait le bord des trottoirs, préférant se tapir sous l'ombre des arbres, près des buissons qui bordaient les jardins – la frontière derrière laquelle chacun se sentait en sécurité chez soi. Bylgja pensait l'être, elle aussi. Elle passait ses soirées en pyjama, le nez dans ses classeurs.

Il n'y avait personne dans la rue, pour autant qu'Emil en puisse juger. De toute façon, il avait autre chose à penser. Il n'avait fait que la moitié du travail, et il n'était pas sûr de tenir le coup encore longtemps. Pour l'instant, c'était la haine qui le faisait s'accrocher. Róbert était responsable de la mort de sa femme, ça ne faisait aucun doute, et il allait payer pour ça. Emil n'avait pas peur des répercussions. Il ne s'était pas embarrassé de précautions. Il tenait juste à rester dans l'ombre le temps de venir à bout de sa mission.

Il passa une main sur sa joue hérissée de poils. Il faudrait peut-être qu'il trouve l'énergie de se raser. Bylgja râlait toujours quand il se laissait pousser une barbe de quelques jours. Il sourit à ce souvenir. Il se dit qu'il n'avait plus de raison de se raser, ni de prendre soin de lui désormais. Il ne lui restait plus que ses parents. Ils ne cesseraient jamais de l'aimer, même quand ils apprendraient ce qu'il avait fait. Ils comprendraient. Sa mère le prendrait dans ses bras, lui dirait que tout allait bien se passer, que personne ne lui en voudrait, et il se laisserait réconforter.

Le soleil réapparut. Emil s'arrêta, et ferma les yeux. Il ne frissonnait presque plus.

Peut-être qu'il avait été trop loin en enlevant un petit enfant à sa maman. Mais il repensa à Bylgja, comme tous les jours depuis sa mort. La seule chose qui le turlupinait, c'est que sa vengeance n'était pas aussi douce que prévu. Il avait fait tout ce qu'il fallait, mais ne s'en trouvait pas consolé pour autant. Peut-être que ce n'était pas le but, après tout.

32

Heida les attendait dans l'appartement de Ljósvallagata. Elle avait fait du café et mit la table dans la
cuisine. Elle avait trouvé dans le congélateur des rou-
lés à la cannelle qu'elle avait réchauffés et disposés
sur une assiette, au centre de la nappe à carreaux.

Róbert ne s'attendait pas à ça. Peut-être essayait-
elle de se faire pardonner son manque de délicatesse
habituel. Elle ne posa aucune question et ils n'échangèrent pas un mot. Leur silence était éloquent : on
n'avait pas encore retrouvé le petit garçon.

Il faisait plus chaud que d'habitude dans l'appartement. Róbert eut un moment l'impression que tout
était normal, que Kjartan dormait dans son lit et que
les événements de ces derniers jours n'étaient plus
qu'un mauvais souvenir. Il ne fut pas long à revenir
à la réalité.

Il était maintenant de notoriété publique que la
police cherchait à joindre Emil de toute urgence. D'ici
peu, son nom et celui de Sunna feraient la une des
journaux. Il aimerait mieux éviter cela, mais savait
qu'il ne fallait pas trop en demander. Il espérait juste
que les médias ne creuseraient pas trop loin. Est-ce

qu'on respecterait leur vie privée quand il serait temps d'examiner leur passé – son passé ?

– Tu veux que je reste ici, au cas où il y aurait des visites ? demanda Heida.

Elle s'était montrée attentionnée et courtoise ces derniers temps, et Róbert se demanda s'il ne s'était pas trompé sur son compte. La suite lui prouva que non.

– Pour information, je repars la semaine prochaine et mon billet retour n'est pas modifiable, donc je ne pourrai pas vous aider si on ne retrouve pas le petit, reprit-elle.

Sunna éclata en sanglots et quitta la table.

Róbert la suivit jusqu'à la chambre, laissant Heida seule dans la cuisine qui résonnait encore de ses mots blessants.

Il ferma la porte et fit de son mieux pour réconforter Sunna. Inconsolable, celle-ci pleurait sans pouvoir s'arrêter. Ce n'était pas le meilleur moment pour parler d'Emil, mais combien de temps pourrait-il encore lui cacher la vérité ?

Sunna finit par reprendre ses esprits et ils regagnèrent la cuisine où Heida finissait le dernier roulé à la cannelle. Il se félicitait qu'Heida soit là, finalement. Ça lui donnait une bonne excuse pour ne pas raconter son passé à Sunna. Heida, par sa présence, retardait en quelque sorte sa mise à mort.

C'était un miracle qu'il espérait – on retrouverait le garçon, et il sauverait sa peau.

Le téléphone retentit. Il comprit d'instinct que c'était la police et que Kjartan avait été retrouvé sain et sauf.

L'inspecteur en chef alla droit au but.

– Nous l'avons retrouvé, dit-il d'une voix grave. Emil, je veux dire.

– Comment ça ? s'emporta Róbert en regrettant immédiatement sa réaction. Sunna avait bondi.

– Il n'avait pas le garçon avec lui. On l'a interpellé pas loin de chez ses parents. Apparemment, il ne savait pas qu'il était recherché. Il n'a pas opposé de résistance. On va tout faire pour retrouver Kjartan.

Il s'installa ensuite un silence gêné.

– Il a dit quelque chose ?

Nouveau silence.

– Il a souri, et il a dit qu'il avait laissé le petit près du lac de Tjörnin.

– Près du lac ? hurla Róbert.

Sunna se remit à pleurer. Elle chercha à lui arracher le téléphone des mains.

– Vous pensez… vous… ?

Il fut incapable de terminer sa phrase.

Heida prit sa sœur dans ses bras.

– Faites-nous confiance. Nous organisons une battue dans… dans les environs.

L'inspecteur en chef se gardait de prononcer les mots qu'ils craignaient tous d'entendre.

– Je peux faire quelque chose ? demanda Róbert.

– Non. Restez avec votre compagne. Nous vous rappellerons dès que nous aurons retrouvé l'enfant.

Le cœur de Róbert battait à tout rompre, sa migraine avait repris de plus belle et son rhume ne le lâchait pas. Il se sentait épuisé par ces vingt-quatre heures passées dans l'angoisse. Il se frotta les paupières comme pour effacer la douleur.

À ce moment précis, il aurait donné n'importe quoi pour se confronter à Emil d'homme à homme, dans un duel sans merci. Mais sa colère se mêlait à la peur. Il craignait le pire pour Kjartan.

Il était aussi terrifié à l'idée d'affronter Sunna. Il ne pourrait bientôt plus reculer. Elle apprendrait ce qu'il avait fait deux ans auparavant, et il n'arriverait pas à la convaincre de son innocence. Il n'y avait plus qu'une seule solution.

33

Ari Thór chercha en vain la nécrologie de Jórunn dans les archives des quotidiens de mars 1957 disponibles en ligne. Il ne trouva rien d'autre qu'un avis de décès pas même illustré d'une photo. Jórunn était morte comme elle avait vécu : discrètement.

Il rappela Kristín.

– J'ai pensé que tu pourrais apporter quelque chose de bon à manger, un curry ou une pizza par exemple. Ça me ferait vraiment plaisir.

Elle le laissa mariner quelques instants avant de confirmer.

– OK, accord conclu. J'arriverai vers 19 h 30 avec le dîner. Tu veux que j'apporte une bouteille de vin aussi ? J'imagine que le caviste est fermé ?

– Il n'a jamais fait aussi soif à Siglufjördur.

– Tu t'en sors, Ari ? demanda-t-elle avec tendresse.

– Ce n'est pas facile, tu sais, je peux te dire qu'on a vécu l'enfer. Tu me manques, Kristín. Sans lui laisser le temps de réagir, il ajouta : Tu te souviens de Sandra ?

– Cette vieille que tu dragues en secret ? Bien sûr ! railla-t-elle.

– Elle ne va pas très fort.

– Vraiment ? J'en suis désolée. À cause du virus ?

– A priori non, mais elle n'est plus toute jeune et je me fais du souci. Alors avec le virus en plus...

– Je suis sûre qu'elle s'en sortira. À tout à l'heure, il faut que je file.

– Ils prévoient de l'orage ce soir. Tu vas te retrouver bloquée chez moi à cause de la neige.

– Ça ne me dérangerait pas, répondit-elle.

Ari Thór avait rendez-vous à midi avec Helga, le médecin chef de l'hôpital. Des responsables du ministère de la Santé, montés à Siglufjördur pour l'occasion, l'avaient rencontrée le matin même. Helga l'informa qu'après un rapide échange, il avait été convenu de lever la quarantaine le jour même, à 18 heures.

Elle avait l'air soulagée. Apparemment, sa dernière nuit complète remontait à bien longtemps.

De son côté, Ari Thór s'estimait heureux d'être sorti de la crise sain et sauf. Il avait échappé à l'infection alors qu'il était l'un des seuls à devoir encore circuler en ville, et il avait réussi à se reposer entre deux permanences. Il avait même trouvé le temps de se replonger dans une vieille affaire oubliée qui s'était révélée bien plus intéressante que la plupart des cas sur lesquels la police de Siglufjördur avait travaillé cette année. Et de loin.

Alors qu'il s'apprêtait à quitter l'hôpital, Ari Thór passa devant le service obstétrique. Il s'arrêta et songea à ce garçon de Blönduos qui avait peut-être un père flic à Siglufjördur. Aurait-il raté la naissance de son propre fils ? Cette pensée lui glaçait le sang.

Une idée germa en lui avant qu'il ne puisse se poser d'autres questions. Hédinn est né à Hédins-fjördur, donc une sage-femme de Siglufjördur a dû s'y rendre pour pratiquer l'accouchement, ce qui en fait l'une des rares personnes à être allées là-bas. Et si elle était encore en vie ? Il fit un calcul rapide. C'était envisageable. À supposer qu'elle ait eu la vingtaine à l'époque, elle avait maintenant plus de quatre-vingts ans.

Il toqua à la porte et une femme entre deux âges lui ouvrit.

– Eh bien, dit-elle. La police nous rend visite ?

– Puis-je vous parler quelques minutes ? demanda Ari Thór.

– Je vous en prie, répondit-elle en s'asseyant à un bureau encombré par des piles de paperasses. Normalement je ne reçois que sur rendez-vous, mais les journées sont plutôt calmes en ce moment. Quand êtes-vous censé accoucher ? demanda-t-elle le plus sérieusement du monde.

Ari Thór ne s'attendait pas à une plaisanterie. Déboussolé, il répondit sur un ton d'autant plus formel.

– J'ai besoin de retrouver les noms des sages-femmes en poste dans les années 1950.

– Dites donc, je ne suis pas si vieille que ça, même si j'approche de la retraite, répondit-elle avec un sourire.

– Pourrais-je avoir accès au registre ? Pour l'année 1956, précisément.

– Pas besoin de registre. C'est Sigurlaug que vous cherchez.

Les yeux d'Ari Thór brillèrent d'excitation.

– Où puis-je la trouver ?

– Nulle part. Elle est morte il y a des années.

Une impasse, se dit-il. Il se leva.

– Bon. Merci pour votre aide. Je vous laisse avec vos futurs bébés.

– Hum. Nous ne sommes plus une maternité. Les accouchements se font désormais à Akureyri, ou carrément à Reykjavík. Je m'occupe du suivi des grossesses et des soins post-natals. Une sacrée paperasse, comme vous pouvez le constater, dit-elle en posant la main sur la pile de documents.

Ari Thór se rassit.

– Vous auriez les rapports de cette année-là ? Je cherche des informations sur une naissance qui a eu lieu à Hédinsfjördur en mai 1956.

– Vous parlez d'Hédinn, n'est-ce pas ? dit-elle d'un air songeur. Il n'y a pas eu d'autre naissance là-bas, il me semble.

– C'est exact.

– Nous conservons toutes sortes de rapports. Il faut juste un peu de temps pour les retrouver.

Elle plissa les yeux avec malice.

– Souhaitez-vous que je fasse la recherche ?

– Ce serait très aimable à vous, dit-il modestement.

Elle semblait espérer de lui une explication, mais il attendait qu'elle lui pose la question.

– Ce genre de demande est plutôt rare, vous savez. Puis-je connaître le motif de votre recherche ?

Ari Thór sourit de l'avoir percée à jour.

– Je vous répondrai dès que j'aurai eu accès au dossier. Je repasserai, dit-il en se levant.

– Avec plaisir. Je vous promets de faire de mon mieux. Je pense pouvoir m'en occuper dès lundi matin, ça ira ?

– Parfait pour moi.

C'était loin d'être une priorité, mais il avait hâte d'avoir accès au témoignage d'un autre visiteur.

Arrivé au parking de l'hôpital, Ari Thór fit demi-tour. Il avait oublié de se renseigner sur l'état de santé de Sandra. Une fois dans le bâtiment, il demanda à voir Helga. Elle le rejoignit au bout de quelques minutes.

– Excusez-moi, dit Ari Thór. Je voulais savoir comment se portait Sandra.

– Elle parle souvent de vous, éluda Helga.

– Est-ce qu'elle va mieux ?

– Je ne suis pas censée parler de sa santé avec d'autres personnes que sa famille, dit-elle. Mais pour vous, je vais faire une exception. Il faut que la police sache comment l'hôpital traite les autres maladies, en cette période exceptionnelle.

Ari Thór attendait la suite avec impatience.

– Son état n'est pas brillant. La grippe l'a affaiblie. Elle est épuisée et je ne suis pas sûre qu'elle tienne le coup encore longtemps. Vous devriez lui rendre visite. Elle doit être réveillée maintenant, et ça lui ferait plaisir de vous voir.

Ari Thór jeta un coup d'œil à sa montre comme s'il était déjà en retard à son rendez-vous d'après.

– Je ne peux pas me libérer ce matin, mentit-il, honteux. Mais je passerai ce soir ou demain. Vous lui direz bonjour de ma part ?

34

– Ils cherchent Kjartan, il n'y a plus qu'à attendre, dit Róbert une fois que Sunna se fut un peu calmée.

– C'est quoi, cette histoire de lac ? hurla-t-elle.

– Ils ont arrêté le mec qui a fait le coup, Sunna, il dit que le garçon va bien, qu'il l'a laissé au bord du lac.

– Pas *dans* le lac ? Tu es sûr ? Róbert, dis-moi, il faut que je sache !

– *Au bord* du lac, chérie, c'est ce qu'il a dit. On n'a plus qu'à attendre.

Elle s'assit par terre et continua de pleurer.

Il se sentait démuni. Le compte à rebours avait commencé – la bombe allait bientôt exploser, restait à savoir qui survivrait.

– Il faut que j'y aille, annonça Heida.

En temps normal, Róbert aurait été ravi, mais cette fois il aurait donné n'importe quoi pour qu'elle reste. Il redoutait plus que tout de se retrouver seul avec Sunna. Ce serait trop dur – il n'aurait alors plus aucune excuse pour ne pas lui dire la vérité.

– Je t'en supplie, Heida, reste avec nous. Tu fais partie de la famille.

– Désolée, Róbert, mais je dois vraiment y aller. Je vous appellerai. Préviens-moi dès qu'il y a du nouveau, d'accord ?

Il soupira et hocha la tête. Sunna ne réagit pas, mais elle poussa un petit gémissement.

Emil a souri quand les flics lui ont demandé où était l'enfant.

Qu'est-ce que ça signifiait ?

Róbert avait perdu toute notion du temps quand le téléphone sonna. C'était l'inspecteur en chef. Le cœur prêt à rompre, Róbert prit l'appel. Sunna leva vers lui des yeux angoissés.

– Nous avons retrouvé Kjartan. Il est sain et sauf.

Róbert poussa un soupir de soulagement et le téléphone lui tomba des mains.

– Ils l'ont retrouvé, dit-il d'une voix étranglée.

Il s'agenouilla et prit Sunna dans ses bras.

– Ils l'ont retrouvé. Ils ont retrouvé Kjartan. Il est en bonne santé. Tout va bien.

Elle ne réagit pas, ne dit pas un mot. Il avait l'impression de tenir dans ses bras une poupée inanimée.

Il ramassa son téléphone.

– Je ne peux pas vous dire à quel point je suis soulagé, fit-il en ravalant ses larmes. Où l'avez-vous trouvé ?

– Croyez-le ou non, dans une aire de jeu près du lac. Pauvre petit bonhomme ! Il est épuisé et affamé, il était probablement trop faible pour pleurer, sinon quelqu'un l'aurait remarqué. Il a fallu que les enfants de la crèche viennent jouer pour qu'un accompagnateur s'aperçoive de sa présence.

Róbert leva les yeux et vit que Sunna reprenait vie peu à peu. Elle esquissait un sourire qui, pour le moment, ressemblait plus à une grimace de douleur. De soulagement, elle se remit à sangloter.

– Vous passez nous le ramener ? demanda l'inspecteur.

– On ne va pas tarder. On voudrait juste le faire examiner par un médecin.

– Formidable. Merci, dit Róbert.

Il enlaça à nouveau Sunna, secouée de spasmes entre ses bras. Est-ce que ses prières avaient été exaucées ? Est-ce qu'il pouvait se permettre de penser qu'il n'avait plus rien à lui avouer ?

L'inspecteur et son équipe ne tardèrent pas à arriver. Róbert se trouvait dans un tel état de panique que c'est à peine s'il remarqua le petit garçon porté disparu depuis 24 heures. Il essayait de déchiffrer le sourire du policier. Était-ce la joie d'avoir résolu l'affaire ? S'apprêtait-il à dévoiler le passé de Róbert ? Peut-être était-il impatient de révéler ses secrets. Ou alors il attendait que Sunna lui pose des questions. L'attente relevait de la torture. Róbert mourait d'envie de se servir un verre. Non, un verre ne suffirait pas. Pour la première fois depuis des mois, il se sentait incapable d'affronter la réalité sans avoir picolé.

– Ça n'aurait pas pu mieux se passer, dit l'inspecteur en chef.

Sunna venait de faire un immense câlin à son fils.

– Le petit bonhomme a l'air en bonne santé. Il a juste besoin de passer du temps avec sa maman. Comme je vous l'ai dit, Emil a été placé en détention préventive. Nous avons perquisitionné chez lui, ou plutôt chez ses parents, et nous avons trouvé toutes sortes de choses assez intéressantes. Les médias vont s'en donner à cœur joie, je préfère vous prévenir. Ils ne vont pas vous rater.

Il était sur le point de s'en aller. Róbert pourrait enfin respirer.

Mais Sunna quitta des yeux son fils et apostropha l'inspecteur.

– Est-ce qu'il a dit pourquoi il avait fait ça ? demanda-t-elle calmement.

Róbert sentit le sol se dérober sous ses pieds. L'inspecteur en chef le fixait, comme pour lui demander : «Vous ne lui avez toujours pas parlé ?»

Róbert s'assit sur le canapé et regarda ses pieds. Il espérait que son embarras ne se remarque pas. Debout au milieu de la pièce, Sunna serrait toujours Kjartan dans ses bras.

– Il vous a espionnée et suivie, répondit l'inspecteur à Sunna.

Elle ne répondit rien. Bouche bée, les sourcils levés, elle encaissait le choc.

– Il a fait ça par vengeance, comme on le soupçonnait.

– Par vengeance ? s'étonna Sunna.

– Pour régler ses comptes avec Róbert.

Sunna restait immobile, la bouche ouverte, incapable de dire un mot. Son regard naviguait entre l'inspecteur et Róbert.

– Tout ça fait suite à l'agression qui a eu lieu il y a deux ans, en janvier. Une intrusion de nuit dans un domicile. On est quasiment sûr que le coupable s'est trompé d'adresse. La jeune femme se trouvait toute seule chez elle, son mari était au travail. Elle a été sauvagement agressée, probablement à coups de batte de baseball.

– Je me souviens de cette histoire… dit Sunna. Mais…

Son visage reflétait la confusion la plus totale.

– Elle ne s'est jamais remise de ses blessures. Elle est morte il y a quelques mois et son mari, Emil, souffre de troubles mentaux depuis. Il n'a jamais repris le travail, il est retourné vivre chez ses parents. Apparemment, tout ce qui comptait pour lui, c'était de se venger.

– Mais quel rapport avec Róbert ? demanda-t-elle en haussant la voix.

Kjartan poussa un petit cri et se mit à pleurer.

L'inspecteur en chef marqua une pause avant de poursuivre.

– Votre compagnon était pour nous le suspect n° 1. Emil le savait. En fait, Róbert était notre seul suspect, mais on n'avait aucune preuve à charge. Du coup, je ne suis pas très surpris qu'Emil s'en soit pris à vous à titre de revanche. C'est une tragédie de A à Z…

Sunna garda le silence. Elle se tourna vers la fenêtre et tenta de calmer Kjartan.

L'inspecteur se dirigea vers la porte. Róbert le suivit. Sur le palier, il le remercia à nouveau à voix basse.

L'inspecteur lui lança un regard glaçant et regagna son véhicule sans dire un mot.

Le trajet jusqu'au salon parut à Róbert long et pénible. Sunna l'attendait là, imperturbable.

– Je ne vais pas te faire une scène, dit-elle calmement. Pas devant Kjartan. Mais je trouve hallucinant que tu m'aies caché ça. Je comprends pourquoi, mais ça ne veut pas dire que je suis prête à te pardonner.

Elle s'arrêta de parler et prit une grande inspiration, les yeux fermés.

– Dis-moi une chose, Róbert. L'agression, c'était toi ?

Il y eut un moment de silence tendu.

Róbert se crispa tout entier. Il se mit à transpirer.

– Non... non... Bien sûr que ce n'était pas moi, chérie..., balbutia-t-il, tout en sachant qu'elle ne serait pas dupe.

Merde.

C'était vraiment injuste. Il était malade, fatigué, vidé. Il lui suffirait d'un verre pour s'en remettre. Il n'osait pas croiser son regard – il la savait hors d'elle.

– Va-t'en, lui souffla-t-elle, au bord des larmes.

Elle répéta ces mots à voix basse :

– Va-t'en, va-t'en, va-t'en.

Il prit son manteau, enfila ses chaussures et partit sans dire au revoir.

Il faisait grand jour au-dehors. Il n'avait qu'une envie : rejoindre le centre-ville et trouver un endroit où se prendre un verre.

Il savait que ça finirait comme ça. Il se mentait à lui-même quand il imaginait autre chose. Sunna était trop bien pour lui. Il n'était qu'un petit délinquant minable, comment aurait-il pu prendre un nouveau départ ? C'était difficile – voire impossible.

Un petit délinquant. Il sourit intérieurement. Cette agression ne relevait bien sûr pas de la délinquance, mais il avait une excuse. Il agissait sous l'emprise des stupéfiants et il était dans une mauvaise passe au moment où il avait accepté le boulot. C'était censé se passer sans encombre – il suffisait de lancer des menaces pour récupérer l'argent. Rien de sérieux. Pas de violence.

Il se souvenait très bien de cette soirée-là, même s'il avait l'esprit embrumé par la drogue. Cette fille prétendait qu'elle ne connaissait personne qui devait de l'argent. Il était persuadé qu'elle mentait, et ça l'avait mis hors de lui. Il avait perdu patience et donné un coup de batte. Il se souvenait du regard de la femme au moment où il la frappa – elle était stupéfaite qu'il aille jusque-là. Lui-même en était surpris...

Une fois l'esprit plus clair, quand il eut pris conscience de ce qu'il avait fait, il comprit qu'il devait se soigner et dire adieu aux drogues.

Quoi qu'il en soit, le souvenir de cette nuit-là hantait ses nuits et le privait de sommeil. Tout ce sang, sans parler du terrible craquement quand la batte s'abattit sur son crâne.

On l'avait interrogé à plusieurs reprises, mais ils n'avaient rien contre lui. Et bien sûr il n'avait pas avoué. On aurait dit qu'il était protégé par une puissance supérieure. Comme si le vrai coupable était la drogue et pas lui. En démarrant une nouvelle vie, il avait fait acte de repentance et se jura que ça n'arriverait plus jamais. Mais les cauchemars n'avaient pas disparu pour autant.

Il continua de marcher vers le centre-ville. Sunna et Kjartan, c'était fini. Peut-être qu'Emil avait réussi sa vengeance, après tout.

35

L'insistance finit par payer. Après de multiples ten-
tatives, Ísrún put enfin joindre son contact dans la
police. Elle savait déjà que l'enfant avait été retrouvé
et le suspect arrêté. Ce ne serait plus un scoop.

– Enfin, dit-elle avec joie. J'imagine que tu es
débordé ?

– Tu ne peux même pas imaginer.

– Félicitations. Vous avez retrouvé le petit et arrêté
le coupable. C'est formidable ! L'affaire est close ?

Il y eut un silence.

– Pas tout à fait, finit-il par avouer.

– Comment ça ? demanda-t-elle, le cœur battant.

– Si je te le dis, il faut que tu me promettes de
ne rien divulguer avant demain. Pas un mot ! Nous
ferons un communiqué ce soir.

Ísrún jura entre ses dents. Elle accepta ses conditions – elle n'avait pas le choix.

– Ce type, Emil, vit chez ses parents. Nous avons
mené une perquisition. Notamment dans le garage…
dit-il avant de s'interrompre.

Il attendait sans doute qu'elle le relance.

– Et à part la voiture, il y avait quoi ? demanda Ísrún.

– C'est sur la voiture que nous avons trouvé quelque chose d'intéressant. Il y avait du sang sur le capot.

– Ce qui veut dire ?

– Apparemment, ils ont eu un accident avec la voiture. Un accident avec délit de fuite, plus précisément. N'oublie pas. Tu ne dis rien pour le moment.

Ísrún ne fut pas longue à faire le lien, mais elle avait encore du mal à y croire.

– Délit de fuite ? Tu veux dire, Snorri Ellertsson ?

Il ne répondit pas tout de suite.

– Nous avons interrogé Emil à ce sujet, reprit-il enfin. Il a avoué. C'est bien lui qui a renversé Snorri.

– Pour quelle raison ?

– Pour venger la mort de sa femme. Il semble convaincu que Snorri a sa part de responsabilité. Lui, et le compagnon de la femme dont le bébé a été enlevé. Donc il s'est vengé des deux.

Avec si peu d'informations à sa disposition, Ísrún peinait à assembler les pièces du puzzle. Apparemment, un seul et même homme – Emil – avait tué Snorri et enlevé le petit garçon, parce qu'il croyait dur comme fer que Snorri et Róbert avaient joué un rôle dans l'agression qui avait coûté la vie à sa femme.

C'était une histoire de fous.

Le fils du bien-aimé Ellert Snorrason aurait-il tué une jeune femme de sang-froid ? Ce serait le scoop de l'année.

Plus jeune, Snorri avait dû se battre contre sa dépendance à l'alcool. Aux drogues aussi, très certainement.

Et il avait eu de mauvaises fréquentations. Tout le monde le savait. Cela aurait pu nuire à la réputation de son père, mais Ellert avait réussi à rester à l'écart des frasques de son fils.

Du moins, c'est ce qu'elle croyait.

Elle se souvint que le vieil homme s'était brusquement retiré de la vie politique au moment où allait se former un gouvernement de coalition nationale dont il aurait, selon toute probabilité, pris la tête en tant que Premier ministre.

Elle se rua sur son ordinateur pour comparer la date exacte de l'agression et la date où Ellert avait annoncé officiellement son retrait de la vie publique. Il n'y avait que quelques jours d'écart entre les deux. Cela ne pouvait pas être une coïncidence.

Elle appela Lára, la secrétaire particulière de Marteinn, en espérant qu'elle ne fût pas encore au courant pour Emil.

– Ísrún, dit Lára d'une voix chaleureuse, comme si elle parlait à une vieille amie. Je suis ravie de vous entendre.

– Moi de même, mentit Ísrún. J'ai réfléchi… J'aimerais interviewer Marteinn sur son projet de remaniement des ministères.

– Formidable ! se félicita Lára.

Ísrún se demanda si elle regardait aussi le plafond quand elle parlait au téléphone, ou seulement quand elle se trouvait face à ses interlocuteurs.

– On se cale un rendez-vous pour la semaine prochaine ?

– Je serai en congé. J'aimerais organiser ça le plus vite possible, aujourd'hui, par exemple. Maintenant qu'ils ont retrouvé le petit, ça s'est calmé. Du coup, on pourrait en faire notre sujet principal.

– Je n'ai aucun créneau de libre aujourd'hui. Rien avant demain.

– Parfait. Quelle heure ? demanda Ísrún, un peu dépitée. Quand est-il libre ?

– Un instant, je regarde son agenda, dit Lára.

Elle ne tarda pas à reprendre la ligne.

– Quinze heures ? Au ministère ?

Il préfère rester en terrain connu, remarqua Ísrún avant de confirmer.

La secrétaire aux cheveux roux rappela une heure plus tard. Ísrún n'était pas sûre de vouloir décrocher – elle se doutait de ce qui l'attendait. À tous les coups, Lára avait appris que l'enquête établissait un lien entre Snorri et l'agression.

– Re-bonjour, Ísrún, dit-elle d'une voix tendue.

Elle était clairement sous pression mais tentait de n'en laisser rien paraître.

– Bonjour, Lára, répondit Ísrún en s'adossant à ce qui ressemblait davantage à un instrument de torture qu'à une chaise de bureau. Elle était déterminée à faire feu de tout bois et à sortir vainqueur de la conversation.

– Je crains de devoir décaler notre rendez-vous.

– Pas de problème. Je suis libre à quatorze heures et je peux me rendre disponible à seize heures. Plus tard, je n'aurai pas le temps de monter le sujet avant la diffusion.

– Ce n'est pas ce que je voulais dire. Il faudrait remettre ça à la semaine prochaine, ou même celle d'après.

– Attendez. On vient tout juste de prendre ce rendez-vous ensemble. Pourquoi le décaler maintenant ?

Lára ne répondit pas tout de suite. Ísrún en profita pour enfoncer le clou.

– Marteinn aurait-il quelque chose à cacher ? En rapport avec Snorri Ellertsson, peut-être ? Je ne le pensais pas lié à l'affaire, mais vous venez de me faire changer d'avis, Lára.

– Pas du tout. Il n'a rien à cacher. Pardon pour ce malentendu. Je vais m'arranger pour demain. Quinze heures, donc.

Ísrún s'étonna de la facilité avec laquelle elle avait abdiqué. Lára ne devait pas être au meilleur de sa forme.

– Parfait. Alors à demain.

36

Le journal du soir allait commencer quand Ísrún se souvint qu'elle était censée récupérer le carton de Nikulás. Elle n'avait rien confirmé, mais elle ne voulait pas décevoir le vieil homme.

Elle avait aussi promis à son père de venir dîner chez lui après son travail, même si «dîner» était un bien grand mot pour qualifier leur repas. Son père n'avait rien d'un cordon-bleu : il se contentait généralement de commander une pizza ou d'acheter un poulet grillé à la boucherie du coin. Il ne prenait même pas la peine de le découper, et le servait avec des frites et du ketchup. Mais ça lui allait très bien. Ils partageaient un moment chaleureux, et elle avait l'impression de revenir quelques années en arrière. À tous les coups, ils mangeraient devant la télévision et elle pourrait enfin décompresser après une semaine difficile.

Le seul moyen pour elle de ne décevoir ni son père ni Nikulás, était de décevoir Ívar, ce qui ne lui posait aucun problème. Elle se dirigea à grands pas vers son bureau. Calé dans son fauteuil d'éditeur *desk*, il regardait les infos avec attention.

– Il faut que j'y aille, dit Ísrún.

– Et la réunion ? Tu la rates ?

Elle acquiesça. Il n'allait sans doute pas se dire grand-chose d'important à cette réunion, mais il était mal vu d'y couper.

– Je serai là demain matin, si tu as besoin.

– Je ne travaille pas ce week-end. María me relaiera en tant qu'éditeur *desk*, donc tu pourras parler avec ta grande copine demain, ironisa-t-il. Ça tombe bien, vu que tu dois t'en aller.

Il reporta son attention sur l'écran.

La conversation n'avait pas duré longtemps, et Ísrún n'avait même pas eu besoin d'utiliser le mensonge qu'elle avait préparé. Elle sourit et se hâta de quitter le bureau avant qu'il ne change d'avis.

Nikulás regardait lui aussi les informations quand Ísrún arriva. Il l'accueillit avec un grand sourire et se leva tant bien que mal du canapé.

– Bonjour. Je viens de vous apercevoir à la télé, dit-il. Je n'entends plus très bien, mais je suis sûr que vous avez dit des choses très intelligentes, ajouta-t-il en riant.

Il lui indiqua le chemin vers sa chambre et l'y suivit, lentement mais sûrement, appuyé sur sa canne.

Le carton se trouvait au pied de son lit, où il s'assit avec un soupir.

– Désolé. Ça fait une sacrée trotte pour moi, l'air de rien, dit-il en reprenant son souffle. Voici les affaires de Maríus, vous pouvez fouiller. Il n'aimait pas trop les paperasses et ne gardait que l'essentiel – des vieux livrets d'épargne, des lettres, ce genre de choses.

– Vous y avez jeté un coup d'œil ? demanda-t-elle d'une voix forte, en se penchant vers lui. Vous avez vu quelque chose qui pourrait m'intéresser ?

– J'ai tout déballé pour la première fois l'autre soir. Jusqu'à présent, je n'en voyais pas l'utilité. Ce sont ses papiers à lui, ça le regarde. Je n'entends plus très bien, mais j'ai encore une bonne vue, vous savez.

– C'est mieux dans ce sens-là, dit Ísrún histoire de participer à la conversation.

– Je n'en suis pas sûr. J'aurais bien aimé que Dieu me demande mon avis, en fait, dit-il sous le regard éberlué d'Ísrún. J'aimerais tant pouvoir encore écouter de la musique… J'ai vu tout ce qu'il y avait à voir, mais je souffre de ne plus pouvoir apprécier une symphonie.

Dépité, il secoua la tête.

– Mais n'en parlons plus. J'ai trouvé là-dedans une lettre qui devrait vous intéresser. Emportez donc tout le carton et rapportez-le-moi dans quelques jours, voulez-vous ?

Ísrún acquiesça. Nikulás prit le premier document de la pile et le lui tendit. C'était une lettre adressée en 1950 à Maríus Knutsson par son beau-frère Gudmundur. L'écriture était claire et lisible.

Ísrún en commença la lecture tandis que Nikulás poursuivait.

– À la date où la lettre a été envoyée, l'enfant de Jórunn et Maríus venait de naître. Gudmundur et Gudfinna ont dû comprendre qu'il était question de le faire adopter. J'imagine que Jórunn en a parlé à sa sœur. Vous verrez dans la lettre que Gudmundur a proposé d'adopter le petit garçon. À l'époque, les affaires se réglaient entre hommes, bien sûr, donc

Gudmundur a écrit à Maríus. Sinon, rien de bien passionnant – juste des informations sur Siglufjördur, la météo et la pêche. Il ne parle de l'adoption qu'à la fin. Mais ça ne s'est pas fait, comme je vous l'ai dit. Il a été adopté par des inconnus. Je ne savais pas que Gudmundur et Gudfinna avaient proposé de le prendre avec eux.

Il s'éclaircit la gorge.

– Ça confirme ce que je pensais – au fond, Gudmundur était un homme généreux. Il était toujours prêt à rendre service à ceux qui en avaient besoin. C'est ce qu'il a fait quand il a trouvé à Maríus du travail dans le Nord, conclut-il dans un sourire.

– Et Gudfinna, elle était comment ? demanda Ísrún.

– Ils avaient le même genre de personnalité tous les deux. Elle savait ce qu'elle voulait ; elle n'en faisait qu'à sa tête. Plutôt autoritaire, et facilement jalouse. C'est l'impression qu'elle donnait en tout cas. J'imagine qu'elle aurait préféré vivre à Reykjavík plutôt qu'ici sur la côte, mais à part ça, elle ne s'est jamais plainte de rien.

– Dites-moi, reprit Ísrún. Selon vous, est-ce que la mort de Jórunn pourrait être autre chose qu'un suicide ou un accident ?

Nikulás réfléchit.

– Difficile à dire. Mais je ne crois pas.

– Dans ce genre de cas, l'époux est souvent le suspect numéro 1. Vous connaissiez bien votre frère. J'espère que vous ne m'en voudrez pas de poser la question, mais le croyez-vous capable d'avoir fait ça ?

Il secoua la tête.

– Ne vous en faites pas, j'en ai vu d'autres. Et c'est une question intéressante. Mais je ne pense pas, non. Je manque peut-être de recul, donc ne prenez pas ce que je dis pour argent comptant. Il est vrai que Maríus ne supportait pas de vivre sous pression. Il ne savait pas gérer son stress. Ils ont vécu des années difficiles : il se battait pour garder son emploi et ils avaient du mal à joindre les deux bouts. Et ça ne s'est pas arrangé par la suite. Gudmundur a proposé qu'ils les rejoignent dans le Nord. Il l'a aidé à trouver du travail, par grandeur d'âme et sans doute aussi pour faire plaisir à sa femme qui devait se faire du souci pour sa sœur. Une fois ici, Maríus n'avait pas de quoi se plaindre, j'imagine. Et même s'il pouvait s'emporter à l'occasion d'une dispute – il a été mêlé à quelques bagarres dans le temps – il n'était pas assez violent pour commettre un meurtre.

Il marqua une pause et la regarda dans les yeux.

– C'est ce que je crois, en tout cas, ajouta-t-il d'un ton posé.

Anna et Orri, les parents d'Ísrún, habitaient à Grafarvogur, dans une rue calme et plantée d'arbres. Les jeunes pousses qui se trouvaient dans le jardin quand la famille avait emménagé il y a tant d'années s'étaient transformées en arbres respectables – comme le temps filait ! Orri avait désormais les deux cents mètres carrés de la maison pour lui seul, et plus les années passaient, plus il s'y sentait perdu.

Ísrún avait gardé sa clé. Elle ouvrit la porte et se rendit directement dans le salon où son père, assis dans un fauteuil en cuir, regardait les informations. Derrière lui, sur le mur, un immense tableau qu'Ísrún avait toujours adoré. Sa mère l'avait acheté au cours d'un voyage d'affaires en Russie, au temps où sa maison d'édition avait du succès. Avec ses deux mètres carrés, la peinture attirait forcément le regard. Elle représentait un groupe de footballeurs à la fin d'un match, debout au milieu du terrain ; certains étaient torse nu. Le traitement, très réaliste, donnait l'impression que les hommes étaient dans la pièce, qu'ils faisaient partie de la famille. Orri avait toujours détesté ce tableau, qu'Anna disait avoir acheté «à bon prix». Ísrún était sûre qu'il avait dû coûter une certaine somme. Peu après, Orri rapporta chez eux une belle aquarelle de Ásgrimur Jónsson achetée aux enchères, qu'il accrocha sur le mur d'en face, à côté de la télévision. Depuis ce temps-là, la guerre faisait rage entre réalisme soviétique et romantisme islandais.

Orri se leva du canapé pour l'embrasser.

– Ça me fait plaisir de te voir, ma chérie, dit-il. J'ai acheté du poulet grillé. J'espère que tu as faim ?

– J'ai très faim, confirma-t-elle.

Elle sourit en voyant la sauce tomate et les frites à côté du poulet.

Ils regardèrent en silence la fin du journal télévisé, qui se terminait avec l'interview d'Ari Thór à Siglufjördur et la diffusion de la fameuse photo du jeune homme.

Pas mal, pensa Ísrún.

– Comment va ta mère ? demanda Orri.

– Je n'ai pas eu beaucoup de nouvelles depuis mon retour des îles Féroé. Ce serait peut-être mieux que tu l'appelles toi-même ce week-end ? suggéra-t-elle, curieuse de savoir ce qu'il allait répondre.

– Pas forcément…, soupira-t-il, l'air embarrassé. Elle finira bien par appeler. Et par rentrer à la maison.

– Elle a l'air de se plaire là-bas. Peut-être qu'elle avait besoin de prendre le large, dit-elle.

Puis elle s'efforça de changer de sujet.

– Comment ça va, les affaires ?

– Pas mal, répondit son père, ce qui voulait sans doute dire qu'il espérait mieux. Peut-être que je n'aurais pas dû m'emballer comme ça. Ta mère a souvent raison, tu sais.

– Et toi ? Tu fais encore du sport en salle ?

Elle s'en voulait de ne toujours pas lui avoir parlé de la maladie génétique héritée de sa mère.

– Ne t'en fais pas pour moi, ma chérie. Le médecin dit que j'ai le cœur d'un homme de vingt ans.

Mais Ísrún voyait à son expression qu'il ne disait pas tout à fait la vérité.

Est-ce qu'elle devait tout lui raconter ? Pourquoi pas, à condition qu'il lui promette de ne pas en parler à sa mère. Anna n'avait rien besoin de savoir – elle ne s'en remettrait jamais. Son père encaissait mieux ce genre de nouvelles.

Ça me ferait du bien d'en parler avec quelqu'un d'autre que le médecin, pensa-t-elle. Il était charmant, certes, mais elle n'était sans doute pour lui qu'une patiente de plus, un numéro, une malade qui s'en sortirait ou pas.

– Et toi, comment ça va ? Tu travailles beaucoup trop, non ? s'inquiéta son père.

C'était le moment ou jamais. Elle pouvait répondre : «Ça pourrait aller mieux», ou : «Pas mal, merci, sauf qu'on m'a diagnostiqué une maladie héréditaire».

Elle n'arrivait pas à se lancer et décida de prendre quelques minutes de plus pour trouver les mots adéquats.

– J'ai beaucoup de boulot et je n'ose pas refuser les veilles pour le moment, dit-elle d'un air dégagé.

– Tu t'en sors bien, avec cette histoire de meurtre. Mais peut-être qu'ils pourraient te confier des sujets un peu moins sinistres ?

– Ça me va comme ça. Quand je serai éditeur *desk*, je pourrai choisir mes sujets moi-même.

– Tu as de l'ambition, la félicita-t-il. Ça me plaît.

Il ne restait plus grand-chose du poulet et son père avait mis en route un DVD qu'il avait loué – un thriller récent qu'Ísrún n'avait pas vu. Elle allait rarement au cinéma et ne suivait pas trop les sorties, donc elle était ravie de le laisser choisir. Voilà des années qu'ils faisaient ça : elle venait dîner une fois par semaine, ils partageaient le repas – autour d'un plat plus élaboré que de la pizza ou du poulet grillé, du temps où sa mère était à la cuisine – et ils regardaient un film ensemble.

Elle s'installa confortablement sur le canapé, le meilleur endroit pour décompresser. Avec un peu de chance, elle s'assoupirait même pendant le film.

Au bout de quelques minutes seulement, ses yeux se fermèrent. Elle se sentait bien ici, même si elle ne pouvait s'empêcher de penser à sa maladie et aux résultats de l'IRM qu'elle attendait toujours. Dans le pire des cas, il ne lui resterait plus qu'à informer sa famille et ses employeurs. Pourquoi ne pas faire ça maintenant, un vendredi soir, sous le nez des footballeurs russes ?

La sonnerie de son téléphone la ramena à la réalité. Elle n'était pas sûre de s'être assoupie, mais elle était désormais bien réveillée – c'est le numéro de la rédaction qui s'affichait.

– Oui ? répondit-elle d'une voix pâteuse.

– Bonsoir Ísrún. Je ne te dérange pas ? demanda sa collègue de permanence cette nuit-là.

– Non, je t'écoute, marmonna-t-elle.

– Quelqu'un a appelé la hot line et demandé à te parler. Il n'a pas voulu laisser son numéro, alors j'ai pris le message.

– Dis-moi.

– Il a vu la photo à la télé. Dans ton reportage sur le virus de Siglufjördur. Il dit qu'il sait qui est le jeune homme.

37

À Siglufjördur, la quarantaine fut officiellement levée à 18 heures ce jour-là. Les gens sortaient depuis un moment déjà, ils s'arrêtaient pour bavarder. La ville reprenait peu à peu son rythme normal. L'endroit semblait plus lumineux, malgré l'arrivée de nuages de pluie. Une grande pancarte à l'entrée du Co-Op annonçait que le magasin allait rouvrir le soir même. Ari Thór y fit quelques achats pour le week-end. Il n'y avait pas beaucoup de choix, mais ça ne gênait personne.

Une heure plus tard, Kristín frappait à sa porte. Ari Thór était impatient de la revoir, mais en même temps il le redoutait – il n'avait pas le droit de tout gâcher à nouveau.

Comme promis, elle avait apporté une belle pizza et une bouteille de vin rouge.

Assis l'un à côté de l'autre sur le canapé, ils se partagèrent la pizza tout en regardant le journal télévisé. C'était comme si rien n'avait changé – elle était juste venue s'installer avec lui à Siglufjördur et ne l'avait jamais quitté. Il régnait néanmoins comme une tension entre eux : ils ne savaient pas quoi se dire. Heureusement, la télévision était là pour combler le silence.

Ils avaient dernièrement l'impression, chaque fois qu'ils passaient une soirée ensemble, que c'était leur premier tête-à-tête ; mais l'ambiance était cette fois plus chaleureuse, plus détendue. Ari Thór avait conscience qu'elle lui donnait une seconde chance et lui en était reconnaissant. Mais il savait aussi qu'il n'avait plus le droit à l'erreur. Depuis leur séparation, il avait mûri et elle aussi. Lors de leurs dernières rencontres, ils se traitaient avec plus de respect – peut-être avec moins de passion également. Il se sentait toujours très amoureux d'elle, mais peut-être y avait-il désormais moins d'émotion dans leurs échanges. Restait à savoir si c'était préférable ou pas.

Ari Thór avait sa soirée et tout son samedi de libre. Il avait pris le soin de couper son téléphone pour être tranquille avec elle.

– Pas mal, l'interview, dit-elle quand le sujet fut diffusé.

Elle posa une main sur son genou.

– Dommage de l'avoir faite au téléphone. C'est quoi, cette histoire de photo ancienne ?

– Bonne question, dit Ari Thór.

Il lui raconta toute l'histoire, depuis la visite d'Hédinn jusqu'aux éléments qu'Ísrún et lui avaient découverts, en passant par le décès à Hédinsfjördur. Dans la peau d'un conteur, il se sentait plus détendu, et comme il connaissait les faits sur le bout des doigts, les mots lui venaient facilement. Le vin devait aider.

– Je me demandais si tu pourrais rendre visite à Hédinn avec moi demain soir, dit-il, plein d'espoir.

Il avait déjà prévenu Délia : elle était enthousiaste à l'idée de montrer le film à Hédinn, et regrettait de ne pas lui en avoir parlé avant. Il verra le film tourné à Hédinsfjördur pour la première fois, précisa-t-il à Kristín.

– Tu m'invites à regarder un film avec toi ? demanda-t-elle.

– On dirait bien.

– Génial. Demain, on sort faire la fête, dit-elle avant de se pencher vers lui. Mais ce soir, c'est ici que ça se passe.

38

Ísrún tenta de joindre Ari Thór à plusieurs reprises. Au bout du troisième appel, elle finit par lui envoyer un texto : RAPPELLE-MOI.

L'homme qui disait reconnaître le jeune homme sur la photo s'appelait Thorvaldur. Elle avait son numéro et mourait d'envie de l'appeler – mais elle devait patienter. C'est Ari Thór qui menait l'enquête, il était préférable de voir avec lui qui des deux devait lui parler. Après tout, ce soir ou demain matin, quelle importance, se dit-elle.

Elle s'était levée pour répondre au téléphone et son père avait mis le film sur pause. Par habitude, elle prit l'appel dans sa chambre. Quand elle revint au salon le téléphone à la main, il ronflait tranquillement dans son fauteuil. Pourquoi le réveiller ? Le film pouvait attendre. Elle éprouvait une infinie tendresse pour son père – il avait toujours été bon avec elle, toujours présent aussi.

Elle pensa à Emil, qui du jour au lendemain avait perdu l'amour de sa vie dans une agression. Comment aurait-elle réagi à sa place ? Que ferait-elle si quelqu'un toquait à sa porte un soir, et frappait son père à mort avec une batte de baseball ? Elle frémit. Rien qu'à cette idée, elle sentait la colère monter en elle. À tous les coups, elle chercherait à se venger, mais jusqu'où irait-elle ? Pas aussi loin qu'Emil, si ?

Encore une fois, il lui semblait quasiment impossible de se mettre à la place de quelqu'un pour qui le monde s'était écroulé en une seule soirée. Rien ne pouvait excuser les crimes commis par Emil, et elle avait félicité la police pour son arrestation. Mais il était sans doute trop facile de le condamner à distance. Elle avait tendance à juger les gens trop sévèrement. Elle devait au moins s'avouer qu'elle comprenait la rage qui s'était emparée de lui. Il avait remis les compteurs à zéro avec Snorri Ellertsson, et nul doute que l'enlèvement marquerait Róbert à jamais.

Un communiqué de presse de la police était arrivé une demi-heure avant la diffusion du journal télévisé, qui annonçait la perquisition chez les parents d'Emil et l'hypothèse d'un lien avec le meurtre de Snorri. Ísrún en avait fait un sujet très court.

Il lui avait été très pénible de garder pour elle le fait qu'Emil tenait pour acquise la responsabilité de Snorri dans la mort de Bylgja, mais elle avait promis à son contact de ne rien divulguer avant le lendemain matin et ne voulait pas désobéir aux consignes. Le trahir, c'était le perdre à jamais – le jeu n'en valait pas la chandelle. Et pourtant elle avait hésité…

Elle devait voir le Premier ministre en tête-à-tête le lendemain. Tout le monde serait alors au courant du lien entre Emil et Snorri. L'interview était censée porter sur le remaniement des ministères, mais elle espérait recueillir la réaction de Marteinn sur ce point.

Ísrún sortit à pas de loup récupérer le carton de Nikulás dans la voiture. Fouiner dans les vieux papiers lui occuperait l'esprit en attendant qu'Ari Thór la rappelle.

Elle s'enferma dans la chambre de son enfance, devenue une chambre d'amis. Le lit n'avait pas changé de place, mais on y stockait désormais les livres qui ne tenaient plus dans la bibliothèque du salon.

Elle n'était pas très à l'aise de mettre le nez dans les papiers d'un inconnu ; elle avait l'impression de se mêler de ce qui ne la regardait pas, ou d'espionner quelqu'un par la fenêtre. Elle mit de côté les livrets d'épargne, qui ne lui apprendraient rien. Les lettres présentaient plus d'intérêt. Le seul courrier signé de Gudmundur était celui dont Nikulás lui avait parlé. La plupart des autres lettres émanaient d'un ami qui vivait dans les Westfjords et se rendait rarement à Reykjavík. Son ton était très chaleureux – il se faisait sincèrement du souci pour Maríus, notamment pour sa situation financière.

Je t'ai envoyé un petit quelque chose, écrit-il à la fin d'une lettre. Pour vous aider à passer l'hiver. Tu me rembourseras quand tu pourras.

Elle ne trouva dans le carton aucune lettre signée de Maríus lui-même. Il y avait en revanche plein de coupures de journaux ayant trait aux voitures : des publicités, des photos de limousines. Ísrún en conclut que Maríus s'y intéressait, mais de loin, certainement parce qu'il n'en avait pas les moyens.

Elle s'adossa à l'oreiller et ferma les yeux.

Cette chambre la protégeait de tous les problèmes du monde. Sa maladie disparaissait – elle n'avait d'ailleurs jamais existé. L'avenir ressemblait à un livre aux pages blanches qu'il lui restait à écrire. Elle se sentait à l'abri, en sécurité, et tomba dans un sommeil profond.

Ari Thór se glissa doucement hors du lit pendant que Kristín dormait.

Il était presque minuit et il venait de se souvenir qu'il avait oublié son téléphone sur une étagère au rez-de-chaussée. Même s'il n'attendait pas d'appel, il préférait garder son portable avec lui.

Il descendit l'escalier en faisant attention à la fameuse marche qui grinçait – il ne voulait pas réveiller Kristín. Il prit le téléphone, l'alluma et fut surpris de constater qu'il avait reçu d'Ísrún trois appels en absence et un texto qui le pressait de rappeler.

Malgré l'heure, il composa son numéro – ça devait être important.

Ísrún fut tirée de son sommeil par les vibrations du téléphone. Elle s'efforça d'émerger. Pourvu qu'Ari Thór ne remarque pas sa voix ensommeillée...

– Bonjour, merci de rappeler, dit-elle d'une voix encore assoupie.

– Pas de souci, dit-il. Quoi de neuf ?

– On tient une piste, se réjouit Ísrún.

– Vraiment ? Suite au reportage ? Un témoignage ?

– En quelque sorte. Quelqu'un a appelé la rédaction pour dire qu'il connaissait l'identité du jeune homme.

– Incroyable ! s'exclama Ari Thór. Donc le bonhomme est toujours en vie ? De qui s'agit-il ?

– Je ne sais pas, ce n'est pas moi qui ai répondu. On m'a juste passé le message. L'appel provient d'un certain Thorvaldur. J'ai pensé préférable qu'il te parle à toi d'abord. Tu as de quoi noter ?

– Une seconde, dit-il.

Il nota le numéro qu'Ísrún lui dicta.

– Merci. Je l'appellerai demain matin. Il est trop tard ce soir, non ?

– Penses-tu ! le railla Ísrún. Tiens-moi au courant, tu ne peux pas savoir combien cette histoire me passionne.

– Ne t'en fais pas. On fait équipe désormais. C'est génial que tu aies pu diffuser la photo aux infos, et je suis ravi que tu sois passée voir le vieux Nikulás.

– Au fait…, dit-elle en contemplant le carton à ses pieds. Nikulás m'a confié un carton entier plein de paperasses qui viennent de Maríus : des coupures de journaux, des livrets d'épargne, etc. Il y a là-dedans une lettre de Gudmundur qui propose d'adopter le fils né de Maríus et Jórunn en 1950. Ils ont refusé, mais Nikulás a l'air de penser que Gudmundur faisait de son mieux pour aider le couple.

– Intéressant. Je dois dire que je ne sais pas quoi penser de Gudmundur. On nous le décrit tantôt comme un homme attentif et généreux, tantôt comme un rustre au caractère arrogant. Je n'arrive pas à me faire une idée. Apparemment, il n'était pas facile à cerner. Je me trompe ?

– Ils devaient former un groupe intéressant à Hédinsfjördur, esquiva-t-elle. Selon Nikulás, Gudfinna était de nature autoritaire, voire jalouse, et n'en faisait qu'à sa tête – le genre de femme qui obtient toujours ce qu'elle veut. Maríus avait l'air d'un brave type facile à manipuler.

– Jórunn n'a pas dû avoir une vie facile, dit Ari Thór. Elle a dû abandonner son bébé, puis déménager dans ces terres reculées du Nord. Elle a sombré dans la nuit de l'hiver et elle est morte. Hédinn m'a rapporté des propos inquiétants de son père, qui pourraient faire référence au fils de Jórunn.

Ari Thór lui raconta son entrevue avec Hédinn.

– Très intéressant, conclut Ísrún. Mais j'ai du mal à croire que Jórunn ait pu tuer son propre fils. Si l'on y réfléchit, Jórunn n'a pas dû apprécier de voir sa sœur avoir un enfant à elle. Ça a peut-être ajouté à sa dépression.

– Certainement.

– Voici donc ma question, dit Ísrún qui se prenait de plus en plus au jeu. Qui donc était ce jeune homme, et quel effet sa présence a-t-elle pu avoir sur un groupe de gens aussi isolé ?

– Avec un peu de chance, nous aurons la réponse demain, dit Ari Thór sur le même ton fébrile.

Elle se demanda s'ils ne considéraient pas tous les deux cette affaire comme un jeu fascinant, un mystère dont la résolution n'affecterait aucun des deux – une diversion amusante durant ces longs mois d'hiver. Ils semblaient oublier que ces personnes avaient vécu pour de vrai, dans la joie et la douleur. Voilà que cinquante ans plus tard, libres de toute responsabilité,

Ari Thór et elle fouillaient dans leurs vies – et dans leurs paperasses – pour savoir si l'un d'entre eux avait commis un meurtre. Elle culpabilisait un peu.

– La sage-femme d'ici m'a aussi promis des informations, ajouta Ari Thór. Elle va peut-être nous éclairer sur leurs conditions de vie là-bas.

– Elle est encore en vie ? s'étonna Ísrún. Celle qui a fait naître Hédinn ?

– Non, hélas. Mais la sage-femme en poste aujourd'hui à Siglufjördur va chercher dans les archives, on verra ce qu'elle trouve.

– Tu es sûr qu'elle venait de Siglufjördur ?

– Comment ça ?

– Peut-être qu'elle venait d'Ólafsjördur.

– Ça me semble logique, vu qu'ils étaient eux-mêmes de Siglufjördur. Et puis Ólafsjördur est plus loin. Mais tu as raison, je vérifierai ça demain.

– On ne va pas chômer… J'ai besoin de dormir un peu, dit-elle en voyant l'heure sur le réveil. Je suis encore de permanence demain.

– Au moins tu ne t'ennuies pas, répliqua Ari Thór. Les jours se suivent et ne se ressemblent pas.

– C'est juste, répondit-elle.

Elle se demanda si le jeune policier s'ennuyait dans sa petite ville du Nord.

– Cela dit, je fais un boulot épuisant, dit-elle pour le consoler. Et au niveau sécurité de l'emploi, c'est zéro. Toi au moins, tu as ça. Tu ne risques pas de te faire virer de la police avant la retraite, dit-elle en gloussant.

Elle espérait le faire rire aussi, mais il ne réagit pas.

– Bon, dit-elle, je ferais mieux de raccrocher. Demain il faut que je m'occupe d'un autre meurtre : celui de Snorri Ellertsson.

– J'ai vu ça aux infos. Ils ont trouvé le coupable, non ? demanda Ari Thór. C'est bien le type qui a enlevé l'enfant, pour les mêmes raisons ? À mon avis, il a voulu se venger des deux. Si ça se trouve, Snorri était lui aussi impliqué dans le meurtre de sa femme.

Ísrún avait en effet annoncé aux infos que l'auteur de l'enlèvement avait été arrêté, et qu'il voulait apparemment venger la mort de sa femme. Mais personne n'avait encore relié cette affaire au meurtre de Snorri. Ari Thór avait fait le rapprochement tout seul. Ísrún prit son temps avant de répondre. Elle décida de lui faire confiance.

– Possible, mais garde ça pour toi s'il te plaît. Ne dis rien à personne. Je prépare un sujet pour demain matin. Tu imagines l'onde de choc, s'il s'avère que le fils d'Ellert Snorrason a battu à mort une jeune femme ?

Ari Thór ne répondit pas tout de suite.

– J'imagine surtout ce qui va se passer si son fils n'a rien fait, dit-il. S'il n'a rien à voir avec l'agression…

40

Ari Thór raccrocha et vit qu'il avait aussi reçu des messages de Tómas. Ils disaient la même chose qu'Ísrún sur un ton plus courtois.

Comme Tómas était de permanence, Ari Thór le rappela aussitôt.

– Ah, mon ami. J'espère que je ne te dérange pas. Tu ne dormais pas, au moins ?

– Du tout. Que se passe-t-il ?

Il sentait que Tómas hésitait.

– L'hôpital a appelé pour toi, mon ami, reprit-il d'une voix sourde.

Ari Thór comprit tout de suite.

– Sandra est morte cette nuit. Pauvre femme. Son heure était venue.

Ari Thór ne dit rien. Tétanisé, il sentait l'énergie le quitter. Il revit le véhicule de la police s'arrêter dans l'allée quatorze ans plus tôt, par un après-midi de pluie. Les flics venaient lui annoncer que sa mère était décédée dans un accident de voiture.

– J'espère que tu n'es pas trop triste. Elle a eu une vie bien remplie.

– Merci de m'avoir prévenu. Je passerai demain au poste.

– Pas la peine. Repose-toi. On se verra dimanche, lui dit Tómas. Bonne nuit.

Ari Thór resta comme paralysé.

Il avait pleuré toutes les larmes de son corps à la mort de sa mère, mais il refusait aujourd'hui de se laisser envahir par le chagrin.

Il ressentait de la peine, mais aussi de la honte. Pourquoi n'avait-il pas fait l'effort de rendre une dernière visite à la vieille dame ?

En remontant l'escalier sur la pointe des pieds, il se remémora ce triste jour d'automne où il avait enterré sa mère.

Allongé aux côtés de Kristín, il eut du mal à trouver le sommeil.

Quelle poule mouillée d'avoir voulu éviter des adieux douloureux. Il avait honte de lui et savait qu'il le regretterait toute sa vie.

41

De retour chez elle dans son petit appartement,
Ísrún ne trouvait pas le sommeil : elle se remémorait
sa conversation avec Ari Thór. Elle se tourna et se
retourna dans son lit avant de finir par s'endormir.

Le lendemain, elle s'aperçut qu'une idée avait germé
dans son esprit.

Et si Snorri n'était pas mouillé dans l'agression de
cette pauvre femme ? S'il était innocent ? Dans ce
cas, pourquoi Emil était-il si convaincu du contraire ?

Serait-ce une manigance imaginée par les adver-
saires politiques du père de Snorri ? Elle avait le cer-
veau en ébullition.

Elle arriva la première dans la salle de rédaction
et tenta immédiatement de joindre son contact dans
la police, même si elle avait conscience de profiter
honteusement de leur relation passée. Elle ne l'uti-
lisait plus désormais que comme source d'information ; ils avaient pourtant été ensemble, brièvement.

Ils s'étaient rencontrés deux ou trois fois et il
n'avait pas caché son intérêt pour elle. Alors, un
soir, elle décida de franchir le pas – de coucher avec
lui et de voir où ça les mènerait. C'était un type

bien : chaleureux, digne de confiance, et plutôt atti-
rant. Elle l'invita chez elle, mais au moment critique
elle se dégonfla. Elle inventa une excuse bidon et lui
demanda de s'en aller. Elle se sentait mal à l'aise en
tête à tête avec lui et ne voulait pas qu'il l'approche.
Elle savait très bien d'où venait cette crainte : elle ne
s'était toujours pas remise du viol qu'elle avait subi
quelques années auparavant. Elle ne s'en remettrait
sans doute jamais...

Une fois de plus, elle avait besoin de son aide,
dit-elle à son répondeur – qui avait dit à Emil que
Snorri était impliqué dans l'agression ?

Son contact la rappela quelques minutes plus tard.
Ísrún avait raison : il commençait à se lasser de ses
appels, mais l'assura néanmoins qu'il «comprenait
son ambition». Elle sourit – elle savait très bien pourquoi il jouait le jeu.

– À un moment, il circulait des rumeurs dans le
parti, dit-il.

Elle lui demanda de quel parti il parlait et fut surprise par sa réponse : celui d'Ellert Snorrason.

– Emil a reçu un appel d'un certain Nói, qui était
très actif au sein du parti. Un type apparemment
normal, salarié dans une société d'ingénierie. Il y a
deux ans, on lui a dit que Snorri était impliqué dans
l'agression, et il ne pouvait plus garder le secret pour
lui. Quand cette femme, Bylgja, a fini par mourir
de ses blessures, il a voulu jouer au Bon Samaritain
et en informer son compagnon. En fait, il ne s'est
pas présenté, mais il a appelé la maison des parents
d'Emil depuis son portable, donc ça n'a pas été difficile de remonter jusqu'à lui. Je lui ai parlé en personne; c'est le mec le plus innocent qui soit, mais

son appel a mis le feu aux poudres. Emil a admis, lors de l'interrogatoire, que c'est la goutte d'eau qui a fait déborder le vase. N'oublie pas que tout ça reste entre nous, Ísrún... Emil nous a expliqué qu'il avait toujours su que Róbert était dans le coup, mais que cet appel lui avait révélé l'implication d'un deuxième homme. Résolu à se venger, il a commencé à espionner Róbert et sa famille ; il a aussi pris contact avec Snorri et s'est débrouillé pour le faire venir dans un endroit tranquille, où il l'a renversé.

Ísrún était dévastée par ce qu'elle entendait, mais elle essayait de se mettre à la place d'Emil – il avait assisté au long déclin de sa compagne, dans sa lutte pour rester en vie.

– Vous allez rouvrir l'enquête sur l'agression de Bylgja ?

– Certainement. Snorri n'a pas été inquiété, si j'ose dire. Mais nous allons interroger Róbert à nouveau, même si je doute qu'on trouve de quoi l'incriminer après tout ce temps. Il va encore nous échapper.

Ísrún le remercia pour son temps et promit de lui offrir un verre à l'occasion. Elle le regretta aussitôt – elle ne voulait pas lui donner de faux espoirs, mais il fallait bien qu'elle le garde au chaud...

La police semblait donc partir du principe que les rumeurs étaient fondées, et que Snorri était coupable.

Elle pensait exactement le contraire.

La rumeur sur Snorri avait-elle été lancée par Nói, ou par un complice ? Son père était-il visé par son propre parti ?

Maintenant qu'elle connaissait l'engagement politique de Nói, il lui suffit de quelques minutes pour l'identifier. Il avait trente-quatre ans et travaillait en effet pour une société d'ingénierie. Elle ne trouva rien d'autre sur Internet au niveau informations. En revanche, les images lui réservaient une surprise.

Sur le site du parti, une photo le montrait en compagnie d'une femme qu'Ísrún connaissait bien. Il y avait là le président de la section jeunesse du parti, le vice-président, et la conseillère du Premier ministre, Lára.

42

Ari Thór se réveilla aux aurores.

Il songea qu'il était trop tôt pour appeler l'homme qui, d'après Ísrún, avait identifié le jeune homme sur la photo. Prenant le soin de ne pas réveiller Kristín, il enfila un jean et un gros pull et s'installa sous la véranda. C'était la première fois qu'il dormait dans la chambre principale ; jusqu'à présent il s'était contenté de la petite chambre, avec le lit à une personne, comme pour ne pas accroître son sentiment de solitude en occupant tout seul un lit double.

Il habitait une maison rouge, un peu abîmée, construite sur deux niveaux et dont l'étage supérieur était aménagé sous les avant-toits. C'est là que se trouvaient les deux chambres à coucher ainsi qu'une chambre d'amis, et un palier avec une jolie baie vitrée. Le plafond était bas, les chambres anciennes et confortables. Au rez-de-chaussée se trouvaient le salon, la cuisine, la salle de télévision et un garde-manger un peu vieillot – beaucoup trop grand pour un seul homme, mais parfait pour deux, et plus tard pour une famille.

Assis sur un tabouret, il profitait sur le balcon de la fraîcheur matinale. Sa soirée avec Kristín avait dépassé toutes ses espérances. Peut-être avaient-ils encore un avenir en tant que couple ? Il s'imaginait bien dans cette maison de Siglufjördur ; ce n'était peut-être pas si idiot de vouloir s'installer avec elle, à condition qu'elle s'y plaise aussi. Il imaginait déjà des enfants dévaler les escaliers en courant.

Le froid commençait à transpercer son lainage. Ari Thór traversa la chambre à pas de loup – Kristín dormait toujours – et descendit dans la cuisine se préparer un thé, lui faire du café et des tartines. Il remonta le plateau à l'étage.

Ils prirent le petit-déjeuner au lit, puis allèrent faire une promenade dans la ville qui s'éveillait peu à peu. Ils parlaient de la pluie et du beau temps, signe que leur relation était à nouveau stable.

Il était presque onze heures quand Ari Thór appela enfin Thorvaldur. Kristín était partie au Co-Op acheter de quoi dîner.

Il composa le numéro d'un doigt fébrile, en se demandant s'il pourrait bientôt rencontrer le jeune homme de la photo.

– Allô ? répondit une voix grave.

– Bonjour, dit Ari Thór. Vous êtes bien Thorvaldur ?

– À qui ai-je l'honneur ?

– Je m'appelle Ari Thór. On m'a informé que vous aviez appelé la hot line hier, suite à la diffusion de mon interview à la télévision. Vous vouliez me parler de la photo où l'on voit un jeune homme avec un petit garçon dans les bras.

– Exact. Vous êtes le policier de Siglufjördur ? demanda Thorvaldur.

Ari Thór nota qu'il avait la voix d'un homme âgé et qu'il parlait avec un accent.

– Tout juste.

– Ravi de vous entendre, dit Thorvaldur. Appelez-moi Thor. Ça fait des années que plus personne ne m'appelle Thorvaldur. Les Norvégiens n'arrivaient pas à prononcer mon nom, alors ils m'appelaient toujours Thor.

Ari Thór comprit alors d'où venait son accent.

– Vous avez vécu longtemps en Norvège ? demanda-t-il.

– Oui, j'ai rejoint la Norvège en 1960, à l'âge de vingt ans. Je suis revenu ici il y a deux ou trois ans seulement. On finit toujours par rentrer chez soi, n'est-ce pas ? C'est en Norvège que j'ai fait la connaissance d'Anton. Je l'ai tout de suite reconnu, sur la photo. Elle a été prise à Hédinsfjördur, non ?

– En effet, confirma Ari Thór.

– J'ai bien connu Anton. Quand je l'ai rencontré, il travaillait pour une compagnie pétrolière. Je venais de finir mes études ici et nous avons travaillé dans la même société un bon bout de temps. Il n'a jamais été à la fac. Il n'a même pas fini sa scolarité en Islande, en fait. Mais il a obtenu une bourse pour suivre des cours d'agriculture dans un lycée en Norvège. Il y est resté un an, je crois, puis il a intégré cette compagnie pétrolière où il a tenu différents postes. Peu importait qu'il ne soit pas diplômé : c'était un vrai bourreau de travail. Il aurait pu grimper encore plus haut dans la hiérarchie, à mon avis. Pendant longtemps, nous sommes restés les deux seuls Islandais de l'équipe. C'est sans doute pourquoi nous sommes devenus si proches.

– Il est resté en Norvège ?

Il y eut un moment de silence.

– Non. Anton est mort, dit Thorvaldur. D'une crise cardiaque, avant même d'avoir atteint l'âge de la retraite.

Dommage, pensa Ari Thór.

– J'en suis navré. Il a de la famille en Norvège ?

– Non. Il s'est marié avec une Norvégienne, mais ils se sont séparés. Anton était fils unique, donc la lignée s'est éteinte avec lui.

– Il était de Siglufjördur ? demanda Ari Thór, même s'il connaissait la réponse.

– Non, il est né à Húsavík, au sein d'une famille défavorisée. J'ai eu l'occasion de rencontrer ses parents, quand nous sommes venus faire de la randonnée dans les montagnes. Ils avaient déjà un certain âge, mais j'étais heureux de faire leur connaissance. Ils suivaient de près la carrière de leur fils en Norvège, ils avaient l'air fier de lui.

– Vous avez parlé d'une bourse ? Ses parents n'ont donc pas financé ses études ?

– Mon Dieu, non. Ils n'en avaient pas les moyens. Ils ont déjà eu du mal à payer sa scolarité en Islande… Anton a commencé à travailler très jeune, ce n'était pas facile à l'époque. Mais pourquoi vous intéressez-vous à lui ? Un rapport avec la police ? s'inquiéta soudain Thorvaldur.

– Pas tout à fait, dit Ari Thór en pesant ses mots. En fait, c'est le petit enfant qu'il tient dans les bras qui m'a demandé si je pouvais identifier le jeune homme. Il s'appelle Hédinn ; à sa connaissance, il ne vivait à Hédinsfjördur personne d'autre que sa famille, à savoir ses parents, un oncle et une tante.

– Je comprends, dit Thorvaldur. Sa tante est morte empoisonnée, je crois ?

– C'est lui qui vous en a parlé ?

– Oui. Il a dit qu'il ne faisait pas bon vivre là-bas. Il a dit qu'au moment de sa mort, il avait déjà regagné Húsavík ; j'imagine qu'il a appris la nouvelle par son père. On se disait tout, vous savez. Il parlait de ce séjour avec horreur. Il a travaillé quelques mois comme ouvrier à Hédinsfjördur, mais il n'y est jamais retourné. En plus, l'endroit était difficile d'accès.

– Il ne l'est plus, rectifia Ari Thór.

– C'est juste. Je vis désormais dans la partie ouest de Reykjavík, mais j'ai bien envie de venir découvrir ces nouveaux tunnels qui conduisent à Hédinsfjördur, et de voir où a vécu Anton. La ferme est toujours là ?

– Elle a été détruite par une avalanche, malheureusement. Mais vous pourrez visiter les ruines.

– Ce n'était peut-être pas une bonne idée pour un jeune homme d'habiter un endroit aussi isolé. Vivre en permanence dans l'obscurité, ça joue sur le moral – la maîtresse de maison n'y a pas survécu. Anton me disait qu'elle devenait chaque jour plus bizarre. Je n'arrive pas à imaginer comment on peut choisir de vivre là-bas.

Il semble convaincu que Jórunn s'est suicidée, songea Ari Thór. Il ne cessait de dire à quel point les conditions de vie avaient dû l'affecter. Il se rendit compte que Thorvaldur n'avait toujours pas précisé qui avait financé les études d'Anton et posa la question à nouveau.

– C'est l'homme qui l'a emmené travailler à Hédinsfjördur, le père du petit garçon, répondit Thorvaldur. Je ne me rappelle pas son nom. Il connaissait le père d'Anton, et apparemment il n'était pas à plaindre financièrement.

– Gudmundur, murmura Ari Thór, à nouveau surpris par sa générosité. Savez-vous en quelle année
Anton a travaillé à Hédinsfjördur ?

– Voyons… Je ne suis pas sûr de l'année, mais il
devait avoir quinze ou seize ans.

– Vous connaissez sa date de naissance ?

– 1940.

– Donc il aurait pu arriver là-bas peu après la naissance d'Hédinn ?

– Je pense. Ils avaient besoin d'aide à cause du
bébé. Anton est arrivé là-bas à l'automne.

– Ça devait être en 1956, dit Ari Thór. Hédinn
est né au printemps. Est-ce qu'Anton y a passé tout
l'hiver ?

– Oui, certainement les pires mois de l'année. On
en reparlait souvent au moment de Noël : il disait
que c'était le pire Noël de sa vie. Apparemment, c'est
à la suite de cette expérience qu'il s'est mis à avoir
peur du noir, et ça a duré quelques années.

– Il est donc rentré chez lui au printemps ?

– Je vous l'ai dit : il n'était plus là quand cette
femme est morte, répéta Thorvaldur. Je crois qu'il est
parti peu après Noël, en janvier ou février. On lui a
demandé de s'en aller, mais il a été payé jusqu'au
printemps.

– Vous savez qui a fait cette demande ?

– Celui qui a payé ses études. C'est lui qui a tout
organisé.

– La bourse aussi ? demanda Ari Thór, intrigué
par le comportement de Gudmundur envers Anton.

– Bien sûr que non, répondit Thorvaldur. La bourse,
c'était après la mort de cette femme. Ce monsieur est
venu voir la famille d'Anton. Anton s'en souvenait

bien, parce qu'il avait peur de devoir retourner travailler à Hédinsfjördur, ce qu'il redoutait plus que tout. Mais apparemment cet homme voulait juste le remercier pour son travail en lui offrant la traversée jusqu'en Norvège ainsi qu'un pécule pour lui permettre d'étudier là-bas tout l'hiver. Au final, Anton s'y est installé et n'est revenu qu'occasionnellement en Islande, en tant que touriste. Comme moi. Encore aujourd'hui, j'ai l'impression d'être un touriste.

Gudmundur lui réservait décidément des surprises. Ari Thór se demandait si sa générosité relevait du simple altruisme. Thorvaldur ne serait sans doute pas à même de répondre à cette question, donc il orienta la conversation vers un autre sujet : l'impression, formulée par Delía, que l'endroit était hanté.

– Anton aurait-il mentionné la présence de fantômes dans la maison ?

– De fantômes ? s'étonna Thorvaldur. Pas que je me souvienne. Mais il n'avait pas grand-chose de positif à dire sur Hédinsfjördur. Il disait que la vie là-bas était horrible...

Ari Thór répéta à Thorvaldur les propos de Delía.

– Il a dit qu'il avait vu quelque chose de surnaturel, ou... d'anormal, pour être précis.

Thorvaldur ne répondit pas tout de suite.

– Maintenant que vous le dites, ça me rappelle quelque chose..., prononça-t-il enfin.

– Vous auriez une idée de ce qu'il entendait par là ?

– Je me souviens vaguement... oui. Curieusement, ça avait un rapport avec l'allaitement. Ma femme était en train de nourrir notre fils au sein, et il a dit quelque chose comme ça, mais je ne me rappelle pas exactement quoi, gloussa-t-il.

Tout cela est vraiment sinistre, pensa Ari Thór. Il s'était passé quelque chose de louche et tout le monde avait gardé le secret. Il savait qu'il approchait du but, mais il lui fallait creuser davantage.

– Il n'a rien dit d'autre ?

– Je ne crois pas. Il a juste dit, en voyant ma femme allaiter, que ça lui rappelait un souvenir affreux qui l'avait empêché de dormir pendant des mois. Quelque chose d'anormal, en effet, c'est le mot qu'il a utilisé. Comment ai-je pu l'oublier ?

– Vous m'avez été d'une grande aide. Me permettez-vous de vous rappeler s'il me vient d'autres questions ?

– Mais je vous en prie. Je n'ai pas souvent l'occasion de parler de ce cher homme. Il n'avait pas beaucoup d'amis en Norvège, et il ne connaissait pas bien sa famille puisqu'il avait quitté l'Islande très jeune. Le souvenir d'Anton disparaîtra avec moi.

– Il me reste une question à vous poser, ajouta Ari Thór. J'ai bien compris qu'Anton se trouvait à Húsavík au moment de la mort de cette femme, mais pourrait-il y avoir été lié d'une manière ou d'une autre ?

– Vous voulez dire, est-ce qu'il aurait pu l'empoisonner ? gronda Thorvaldur.

Ari Thór se garda de répondre.

– Quelle idée ridicule ! Évidemment que non. C'était un homme bien, reprit Thorvaldur sur un ton plus calme. Anton n'avait rien d'un assassin.

43

Ísrún pista Nói le samedi après-midi. Elle le joignit par téléphone et commença par se présenter.

– Pardon ? Pourquoi m'appelez-vous ? Vous n'enregistrez pas notre conversation, au moins ? demanda-t-il d'un ton méfiant.

Elle l'assura que non.

– C'est en rapport avec la centrale électrique que nous construisons ? hasarda-t-il sans trop y croire.

D'après Ísrún, il connaissait la raison de son appel mais ne voulait pas raccrocher avant d'en avoir le cœur net.

– Je n'ai pas de commentaires à faire, je ne suis pas responsable. Adressez-vous à notre attaché de presse, poursuivit-il.

Elle savait comment procéder avec lui.

– Aucun rapport avec l'ingénierie, dit-elle d'une voix enjouée. Je voudrais vous parler d'autre chose. Vous pouvez vous exprimer librement : jamais votre nom n'apparaîtra dans mon reportage.

Elle pesait chacun de ses mots. S'il lui apprenait quelque chose d'intéressant, elle en ferait usage d'une manière ou d'une autre. Tout ce qu'elle promettait, c'était de ne pas dévoiler son identité.

Rassemblant tout son courage, elle poursuivit.

– J'en sais déjà beaucoup sur cette affaire. Vous pouvez me raccrocher au nez, mais dans ce cas vous courez le risque que je donne votre nom à l'antenne.

– Écoutez…, balbutia-t-il. Ça concerne Snorri ? Non ?

Trop facile, pensa-t-elle.

– Exact. J'essaie de reconstituer les faits. Je n'ai aucune raison…, commença-t-elle, avant de répéter d'une voix plus forte : Je n'ai *aucune* raison d'associer votre nom à tout ça, sauf si vous m'y obligez. On est d'accord ?

– Écoutez… je n'ai rien à voir avec ça… Je ne peux pas me permettre de voir mon nom apparaître dans une affaire de meurtre. Au niveau professionnel, ça ne passerait pas, vous comprenez ?

– Bien sûr que je comprends. J'espère une promotion moi aussi. On vit une époque difficile.

– En effet, dit-il, légèrement rassuré.

– D'après mes informations, vous auriez dit à Emil, l'homme qui a renversé Snorri, que Snorri était impliqué dans l'agression de sa compagne il y a deux ans. Est-ce exact ?

– Tout à fait. J'ai appelé cette personne parce que je n'en pouvais plus de garder ça pour moi, voyez-vous ? Sa femme, ou sa compagne, venait de mourir des suites de cette terrible agression. Il méritait de savoir qui avait fait le coup, non ?

On aurait dit qu'il la suppliait de lui donner l'absolution.

– Bien entendu.

– Je… je…, balbutia-t-il. Je ne pouvais pas savoir qu'il allait tuer Snorri! soupira-t-il. Je suis dévasté depuis que j'ai vu les infos hier. J'ai l'impression que tout est de ma faute. Mais je n'avais pas le choix, si ?

– Non, en effet, lui accorda Ísrún, soulagée de ne pas avoir à lui tirer les vers du nez. Mais comment saviez-vous que Snorri était derrière l'agression ?

– On en a parlé au sein du parti, peu après les événements.

– À l'époque où Ellert s'apprêtait à former son gouvernement ?

– Exact. Pile au mauvais moment. Je ne connaissais pas Snorri personnellement, mais on savait tous qu'il représentait un fardeau pour son père comme pour le parti. Pourtant, personne parmi nous ne soupçonnait à quel point il avait sombré, et on ne s'attendait pas à une fin si dramatique. On en discutait entre nous, on avait peur que cela puisse nuire au parti si l'affaire était rendue publique, surtout avec Ellert en président du parti, ou même en Premier ministre.

– De qui tenez-vous ça ?

– Aucune idée. J'ai juste entendu dire que Snorri était impliqué dans l'agression.

– De votre amie Lára, peut-être ? hasarda Ísrún, sans être sûre de viser juste. Mais c'était le cas.

– Oui… elle était au courant. Elle était présidente de la section jeunesse, à ce moment-là. Elle nous a demandé de garder ça pour nous. Le lendemain, elle nous informait qu'Ellert avait décidé de se retirer. Du coup, ça n'affecterait plus le parti, ou pas autant. On a en tout cas décidé de ne rien dire à personne.

Il s'interrompit avant de reprendre d'une seule traite.

– J'ai été stupéfait qu'il s'en tire. Il n'a même pas été arrêté, je crois. Je trouvais ça vraiment injuste. J'ai peut-être un sens moral trop développé, mais je n'en dormais pas de la nuit, et quand j'ai appris que cette pauvre femme était décédée, j'ai décidé de dire la vérité.

– Vous dites en avoir parlé au sein du parti. Combien de personnes étaient au courant, à votre avis ?

– Quelques-unes. Je ne sais pas exactement…

Ísrún s'en doutait. Ils étaient probablement très peu nombreux à avoir eu vent de la rumeur, mais en l'admettant, Nói se rendait d'autant plus coupable d'avoir respecté le secret.

– Vous et Lára ?

– Oui, et un ou deux autres. Les leaders de la section jeunesse.

– Et Marteinn ?

– Marteinn ? s'étonna-t-il.

– Il était au courant ?

– Aucune idée. Attendez… Lára nous a peut-être confié lui en avoir parlé. Ils ont toujours été proches, admit-il.

Ísrún sentit qu'il s'interdisait d'en dire plus.

– Pourquoi n'avez-vous pas prévenu la police ? Ni alors, ni aujourd'hui ?

– Je ne voulais pas être mêlé à une enquête officielle. Vous comprenez ? J'ai retrouvé le nom de son compagnon et j'ai pu le joindre assez facilement. Il vit chez ses parents. Je pensais bien faire, mais bon sang, qu'est-ce que je le regrette maintenant ! Mieux vaut la fermer et ne pas s'occuper des affaires des autres.

– Vous n'avez pas tort, répondit Ísrún.

44

– Vous formez un couple charmant, leur lança la vieille dame avec un sourire malicieux.

Ari Thór avait suivi le conseil de Kristín : il cherchait à savoir si c'était la sage-femme de Ólafsfjördur qui avait fait naître Hédinn. À son grand étonnement, elle était toujours en vie, et elle avait confirmé avoir accouché Jórunn.

Elle les recevait chez elle à Ólafsfjördur, dans son grand salon.

– Ça me fait bien plaisir de recevoir la visite de jeunes gens, surtout en ce samedi glacial.

Il faisait de plus en plus mauvais et il avait plu toute la journée. Ari Thór avait entendu dire que les fortes précipitations provoquaient parfois des inondations dans la région. C'était le cas à Siglufjördur, où les torrents ne suffisaient pas à écouler la pluie. Il n'était jamais vraiment possible de prévoir la météo, et même quand il ne neigeait pas, les forces de la nature pouvaient provoquer des ravages.

À quatre-vingts ans passés, Björg gardait l'esprit vif. Elle était ravie de recevoir chez elle Ari Thór – elle lui avait offert des pancakes avec de la confiture et de la crème, et de l'Appelsín[1] tiède. Sous le grand lustre de cristal, la plupart des murs du salon étaient occupés par des bibliothèques. On avait accroché un peu au hasard des tableaux et des photographies sur le peu d'espace resté disponible. L'idée, apparemment, était de recouvrir la moindre parcelle de mur.

– Vous ne manquez pas de livres, remarqua Kristín.

Ari Thór se félicitait qu'elle l'ait accompagné : il n'était pas très doué pour la conversation de salon.

– Je les collectionne, dit Björg. Tout comme mon père. Cette maison lui appartenait. À ma mort, elle servira probablement de résidence secondaire à de lointains parents de Reykjavík.

– Vous m'avez l'air en pleine forme, dit Kristín d'un ton léger. Je suis médecin, donc je sais de quoi je parle.

– Merci de nous recevoir, interrompit Ari Thór. Je suis étonné… ravi, je veux dire…

– … que je sois encore de ce monde ? dit Björg en souriant de toutes ses fausses dents. Je comprends. Ça remonte à quand, cette histoire ? Il va falloir que je fasse un peu de calcul mental, comme quand j'étais à l'école, réfléchit-elle.

– Cinquante-cinq ans, dit Ari Thór. Hédinn aura cinquante-cinq ans en mai.

– Mon Dieu, soupira Björg. J'ai l'impression que c'était hier. Comme le temps passe vite ! Je devais avoir trente ans, à l'époque, j'avais plus d'allure que maintenant.

Elle passa ses doigts fins dans sa chevelure poivre et sel.

1. Soda à base de jus d'orange.

– ... et j'avais de plus beaux cheveux.

– Vous vous souvenez de ce jour-là ?

– Si je m'en souviens ? C'est le seul accouchement que j'ai fait à Hédinsfjördur, dans une ferme presque laissée à l'abandon. Le père avait envoyé un message radio à Ólafsfjördur. Sa femme avait des contractions et il m'a demandé de venir dès que possible. Il est venu m'accueillir en bas du sentier. C'était le printemps, on y voyait plus clair qu'en plein hiver. Je ne sais pas si je pourrais encore faire le chemin à pied, gloussa-t-elle. Je me suis rendue deux ou trois fois à Hédinsfjördur depuis l'ouverture du tunnel, j'aime bien m'y arrêter quand je vais à Siglufjördur, pour m'y promener ou juste pour profiter de la beauté des lieux. J'ai toujours mon permis, donc je peux y aller en voiture, en conduisant doucement. J'ai une vieille Lada au garage. Je possédais une Moskvitch, dans le temps...

Ari Thór prit un pancake en espérant que Björg poursuivrait son récit, mais elle semblait attendre une relance de leur part.

– Avez-vous remarqué quoi que ce soit de bizarre ou d'inattendu là-bas ? demanda-t-il.

– Non, pas que je me souvienne. Ils étaient tendus, ce qui est normal, mais je n'ai pas vraiment cherché à faire connaissance avec eux. Je ne savais rien d'eux, et ne les ai jamais revus par la suite. À cette époque, il fallait un certain temps pour se rendre à Siglufjördur depuis Ólafsfjördur, et il y avait comme une rivalité entre les deux bourgs. Chacune des deux villes vivait à son propre rythme. Ça se passe mieux aujourd'hui. Nous sommes maintenant réunis, et ça n'est pas plus mal, finalement.

– L'accouchement s'est bien passé ? demanda Kristín.

– Non. Ça n'a pas été sans mal. La pauvre femme a dû rester couchée toute la journée. Je ne suis rentrée chez moi que le lendemain, soupira-t-elle.

– Toute une nuit dans un endroit pareil, quelle aventure pour vous ! lança Kristín.

– Oui et non. On en voyait de toutes les couleurs, dans mon métier. Visiter Hédinsfjördur, ça c'était une expérience ! Il faisait tellement beau ce jour-là… C'est bien tombé. Vous me demandez si j'ai remarqué quoi que ce soit de bizarre, dit-elle en se tournant vers Ari Thór. Eh bien, je m'attendais à trouver ce fjord isolé et sinistre, et ça n'a pas été le cas du tout. J'ai trouvé l'endroit magnifique et lumineux, sous ce soleil resplendissant. C'est à l'intérieur de la maison que le silence et la solitude m'ont tout à coup envahie. Une sensation très curieuse. Ma bonne humeur m'a quittée aussitôt.

Ari Thór pensa aux ruines. Il s'en dégageait un sentiment étrange, surtout quand on s'y promenait. Si Jórunn s'était en effet suicidée suite à une dépression, était-ce à cause du fjord, ou à cause de la maison et de ses habitants ?

– Je me rappelle que ce qui m'a manqué là-bas, c'est la musique, lança Björg. Curieusement…

Elle se leva et se dirigea vers un vieil électrophone caché dans un coin de la pièce. Le seul disque en vue trônait sur la platine. Elle posa le diamant sur le microsillon et la pièce fut envahie par la mélodie d'une ballade anglaise datant de la guerre.

– Vera Lynn ? se risqua Kristín.

– Bien vu, dit Björg en se rasseyant. J'ai traversé bien des époques : la guerre mondiale, la guerre froide, et que sais-je encore, soupira-t-elle, comme assaillie par les souvenirs.

– Vous vous rappelez qui vivait dans la ferme à l'époque ? demanda Ari Thór, qui à ce point de la conversation se moquait bien de la musique. Vous savez combien ils étaient ?

– Ils étaient quatre. Deux couples. Je me souviens avoir appris le décès l'année d'après. Personne n'a dit grand-chose à ce sujet, mais j'ai eu le sentiment d'une terrible tragédie.

– Pas d'employé là-bas ? Un jeune homme ? demanda Ari Thór qui, suite à son entretien avec Thorvaldur, connaissait déjà la réponse.

– Non, je ne me rappelle personne d'autre… Ça m'aurait marquée. Pourquoi ?

Ari Thór n'avait pas envie de se lancer dans des explications. Il enchaîna avec une autre question.

– Savez-vous pourquoi ils n'ont pas fait appel à la sage-femme de Siglufjördur ?

– Sigurlaug ? Elle était un peu plus âgée et ne se serait probablement pas risquée à faire le chemin. Ce n'était pas une partie de plaisir, croyez-moi.

– Mais par chance, vous y êtes arrivée, dit Kristín. Grâce à vous, l'enfant est né en bonne santé.

– Tout à fait, jeune femme, répondit Björg. Mon métier m'apportait beaucoup de joie. C'est merveilleux, d'aider les gens. Vous m'avez bien dit que vous étiez médecin ?

Kristín se contenta de hocher la tête.

– Aimeriez-vous faire la connaissance du garçon que vous avez mis au monde ? proposa-t-elle.

Ari Thór eut le sentiment qu'elle cherchait à détourner la conversation.

– Quelle bonne idée! se réjouit Björg. Si vous le voyez, dites-lui que je serais ravie de le rencontrer.

Ari Thór et Kristín commentèrent leur visite pendant le trajet retour, en faisant l'impasse sur le «couple charmant» qu'ils formaient aux yeux de Björg.

Kristín était curieuse de voir les ruines de la ferme. Comme la pluie avait cessé, Ari Thór accepta de faire un arrêt à Hédinsfjördur.

– J'espère que tu as de bonnes chaussures, dit-il.

Ils marchèrent à grandes enjambées sous les nuages lourds. Devant les ruines, il vint à Ari Thór une nouvelle idée. Lors de sa dernière visite, il s'était demandé si Jórunn et le jeune homme avaient tous les deux trouvé la mort ici. Il savait maintenant que ce n'était pas le cas. L'âme de Jórunn planait seule sur le lagon.

Ari Thór aurait bien aimé croire qu'en retournant à l'endroit où elle était morte, il avait des chances de découvrir la vérité – que l'esprit de Jórunn lui soufflerait la réponse à ce mystère. Mais il était bien trop terre à terre pour nourrir ce genre d'espoir. Pour autant, il ne put retenir un frisson. En face de ce fjord, il avait une meilleure perception des choses; les faits et les souvenirs semblaient s'imbriquer comme les pièces d'un puzzle. Il lui manquait pourtant un élément pour avoir confirmation de sa théorie.

À ce moment précis, il se mit à tomber des cordes. Ari Thór et Kristín échangèrent un sourire et coururent s'abriter dans la voiture comme s'ils étaient poursuivis par le diable. Sur le chemin du retour, Kristín s'efforça de maintenir la conversation à flot mais Ari Thór ne faisait qu'opiner distraitement. Il fallait qu'il appelle Ísrún et qu'il lui demande d'étudier de près les livrets d'épargne de Maríus, et peut-être d'autres documents encore. Il allait ensuite réécouter l'entretien qu'Ísrún avait eu avec Nikulás, et rappeler Thorvaldur. Enfin, il allait demander à Ísrún de poser de nouvelles questions à Nikulás.

Au lieu de démarrer la voiture pour retourner à Siglufjördur, il se tourna en souriant vers Kristín.

– Je vais te raconter une histoire étrange, dit-il. Une histoire vraie, qui s'est passée ici même il y a cinquante ans, et qui s'est terminée dans un bain de sang.

45

– Merci d'être venue, dit Ísrún.

Sous le prétexte de préparer l'interview de Marteinn, Ísrún avait donné rendez-vous à Lára dans un café non loin des studios d'enregistrement de la télévision. Elle avait choisi une table à l'écart qui leur permettrait de parler au calme, mais il n'y avait de toute façon aucun autre client pour le moment.

– Je vous en prie, répondit Lára, qui lui parut nerveuse.

– Je dois vous avouer…, commença Ísrún en prenant son temps.

Elle avala une gorgée de cappuccino.

– Je voulais vous parler d'autre chose.

– Comment ça ? demanda Lára, les yeux envahis par la peur.

– Je viens de m'entretenir avec un vieil ami à vous – Nói. Il m'a raconté une histoire intéressante. Du coup, j'ai bâti une théorie qui pourrait… disons, ruiner la carrière de notre Premier ministre, dit Ísrún sans se soucier de ménager ses effets.

Lára se figea. Son café refroidissait. Cet animal politique était sur le point de craquer et Ísrún s'apprêtait à lui porter le coup de grâce. Loin de s'attendrir, elle jouait cartes sur table et attendait de voir la réaction de son adversaire.

– Vous avez tous menti, au moment de l'agression. Vous avez prétendu que Snorri était impliqué, et Marteinn lui-même a alimenté la rumeur : la voie ainsi dégagée, il pouvait devenir président du parti, puis Premier ministre.

– Non ! s'étrangla Lára.

Elle avait relevé la tête mais fuyait toujours le regard d'Ísrún.

– Marteinn n'a rien à voir avec ça. Il n'a rien à se reprocher ! Je ne laisserai pas la presse à scandale le rouler dans la boue sur la foi de rumeurs infondées.

Elle tremblait tellement qu'elle dut attraper sa tasse à deux mains pour la porter à ses lèvres.

– Si Marteinn n'a rien à voir avec ça, répéta Ísrún, l'idée vient donc de vous ?

Lára sursauta. Elle dégagea la frange rousse qui lui cachait les yeux.

– En fait… oui.

Lára s'interrompit. Elle en avait déjà trop dit. Ísrún se demanda si elle allait lui livrer un second coupable.

– Oui, de moi. Absolument, finit-elle par confirmer.

– C'est donc vous qui avez lancé la rumeur selon laquelle Snorri avait agressé cette femme ?

– Oui, dit Lára en baissant les yeux.

– Pourquoi ?

– Ce n'était pas censé finir comme ça, vous comprenez ? À l'époque, Snorri pétait complètement les plombs, c'était une véritable bombe à retardement. Et son père allait bientôt devenir Premier ministre.

Un jour ou l'autre, il aurait détruit sa carrière. J'ai juste pris les devants.

– Pour conforter la position de Marteinn ?

– Et sauver le parti. Nous avons aujourd'hui une position enviable. Marteinn n'a jamais été aussi populaire et il va diriger le pays pendant des années. Si Ellert avait pris le poste, le parti aurait été écarté du pouvoir bien vite, bredouilla Lára.

– La fin justifie les moyens.

– Exactement, marmonna-t-elle.

– C'est vous qui avez informé Ellert de ces rumeurs ?

Lára, rouge de honte, hocha la tête.

– Et Snorri ? Il a été assassiné ! aboya Ísrún sans le vouloir. Snorri a été assassiné parce qu'Emil, ce pauvre type, croyait qu'il avait agressé sa femme.

– Je ne comprends pas ce qui a pu se passer, gémit Lára. Nous… j'ai fait en sorte que tout se calme une fois Ellert retiré de la course, comme prévu.

– Votre ami Nói a appelé Emil pour tout lui raconter. Nói vous a crue sur parole, et il en avait lourd sur la conscience. Il tenait à ce qu'Emil connaisse la vérité. Tout le monde n'est pas aussi solide que vous, railla Ísrún.

– Et merde ! Dans ce cas, c'est Nói qui est responsable de la mort de Snorri. S'il ne sait pas la fermer…

– Je ne suis pas sûre de partager votre point de vue, dit Ísrún. Pourquoi avez-vous pris une décision si lourde de conséquences au nom de Marteinn ? Parce que vous croyez en lui… ou parce que votre relation n'est pas que professionnelle ?

– Ça ne vous regarde pas, bafouilla Lára.

– Et il ne se doutait de rien ?

– Il n'en savait rien ! asséna Lára. C'est un homme honnête et droit. Mais nous, ses proches, devons parfois prendre des décisions difficiles... pour servir la bonne cause. C'est comme ça.

– Comment saviez-vous que Snorri n'allait pas tout simplement nier ?

– Eh bien... Marteinn et Snorri s'entendaient bien, à cette époque-là. Marteinn savait que parfois, Snorri pouvait perdre pied pendant une semaine, à cause de l'alcool et des drogues. Il me l'a dit lui-même. La semaine de l'agression, il était justement dans cet état-là. J'ai pensé que c'était l'occasion ou jamais. La police n'avait arrêté personne, donc ça fonctionnerait – au moins jusqu'à ce qu'Ellert décide de se retirer de la vie politique.

Ísrún avait du mal à croire à la parfaite innocence de Marteinn.

– Snorri n'a jamais entendu parler de cette rumeur ?

– Je pense qu'il en a discuté avec Ellert. Marteinn en a eu vent lui aussi. Mais Snorri ne se souvenait de rien, il était incapable de dire ce qu'il avait fait ces jours-là. Il disait qu'il n'avait jamais fait de mal à personne, mais il n'en était pas certain. Son père ne pouvait prendre aucun risque, donc il s'est aussitôt retiré de la vie politique. On a tous veillé à ce que rien ne filtre jusqu'à la police, bien sûr. Donc tout s'est bien passé. Ellert n'était plus tout jeune et Marteinn gardait sa cote de popularité. Vu les circonstances, il allait très certainement prendre la tête du gouvernement. On ne s'est pas trompé.

– Tout s'est bien passé, dites-vous ? Snorri est mort !

– Ce n'est pas moi qui l'ai tué ! cria Lára.

Elle marqua une pause et reprit plus calmement.

– Vous allez dévoiler tout ça, n'est-ce pas ?

– Et comment! dit Ísrún en se levant.

– Je vais donner ma démission. Marteinn n'a rien à voir avec ça.

Ísrún paya son cappuccino et partit sans dire un mot.

46

Ce samedi-là, María était à la fois éditrice *desk* et rédactrice en chef.

Ísrún s'assit en face d'elle.

– Crache le morceau, dit-elle. C'est quoi ton scoop ?

– Toute la vérité sur l'enlèvement, se félicita Ísrún.

Elle avait déjà enregistré le reportage, qui provoquerait un vif émoi. Évidemment, il n'était plus question d'interviewer le Premier ministre. Son bureau avait annulé le rendez-vous sans préciser la raison. Pour une fois, Lára ne s'occupait pas des relations avec les médias, et l'employé du ministère avait à peine présenté ses excuses.

– Tu as du neuf ? demanda María.

– Plutôt, oui, répondit Ísrún. L'histoire commence avec l'agression de Bylgja, la femme d'Emil.

– Oui, je suis au courant ; elle est morte tout récemment, c'est ça ? Après un long coma.

– Exact. Au moment de l'agression, il y a deux ans, le coupable s'est apparemment trompé d'adresse. Pour la police, Róbert était le suspect numéro 1, mais ils n'avaient rien pour l'inculper. Emil ne s'est jamais remis des événements. Il savait que Róbert était coupable, mais il n'a rien fait sur le moment. À peu près à la même époque, il a été question de créer un gouvernement d'unité nationale sous l'égide d'Ellert Snorrason. Personne n'ignorait que son fils Snorri était alcoolique au dernier degré...

– Et sans doute drogué, ajouta María.

– Comme tu le sais, Marteinn était le prince héritier du parti. Il était vice-président de l'Assemblée et tout le monde le jugeait extrêmement compétent. C'était aussi un vieil ami de Snorri, même s'il s'efforce aujourd'hui de cacher leur relation. Snorri lui a raconté qu'il avait passé une semaine entière à picoler et à se défoncer, à tel point qu'il n'en gardait aucun souvenir. Par chance, ça tombait pile sur la semaine où a eu lieu l'agression de Bylgja, et c'est là que ça devient intéressant...

Ísrún s'interrompit et constata que María mourait d'envie de connaître la suite. C'était bon signe.

– Quelqu'un a eu l'idée brillante de rendre Snorri coupable de l'agression, mais de manière officieuse – en répandant la rumeur au sein du parti. L'histoire n'a pas fait grand bruit, mais elle est parvenue aux oreilles d'Ellert. Il en a parlé à son fils, qui lui a confirmé ne garder aucun souvenir de la journée en question. Ellert a vite donné sa démission, pour «raisons personnelles», Marteinn a pris sa place et il est devenu Premier ministre. On connaît la suite, comme dirait l'autre. C'est un jeune homme à la carrière fulgurante, qui va laisser une trace dans l'histoire de notre pays.

Ísrún prit une grande inspiration.

María en profita pour poser la question qui s'imposait.

– Et qui a eu cette brillante idée ?

– Lára, la conseillère de Marteinn. Elle m'a avoué aujourd'hui même que c'était son idée, et qu'elle s'est débrouillée pour qu'Ellert soit mis au courant. J'en parle dans mon reportage. Je pense qu'elle va donner sa démission. J'imagine qu'elle et Marteinn vont bientôt rendre leur relation publique, maintenant qu'elle a décidé de sacrifier sa carrière au profit de l'homme qu'elle aime. Il lui trouvera certainement un poste dans l'ombre quand cette histoire sera enterrée.

– Sacrifier sa carrière pour Marteinn ?

María se leva d'un bond.

– Il est mêlé à tout ça ?

– Évidemment, elle prétend que non, répondit Ísrún. Mais je n'en suis pas convaincue.

María garda le silence un moment.

– C'est dingue, cette histoire. Tu crois que ça pourrait faire tomber le gouvernement ?

– Difficile à dire. Lára a empêché la rumeur de se répandre trop largement, et Marteinn n'admettra jamais en avoir eu vent.

– Comment as-tu découvert tout ça ? demanda María, qui faisait maintenant les cent pas.

– Grâce à un membre du parti, un type à qui est parvenue la rumeur de l'implication de Snorri. Un certain Nói. À la mort de Bylgja, il a trouvé le secret trop lourd à porter, alors il a appelé Emil pour lui raconter toute l'histoire, à savoir que c'était Snorri qui avait agressé sa femme. Nói ne savait pas qu'il s'agissait d'un mensonge. Emil a décidé de se venger… J'imagine qu'il rongeait son frein depuis deux ans.

– Quelle histoire ! Donc il s'est vengé de Snorri, alors que celui-ci n'avait rien à voir avec l'agression ?

– Je ne sais pas exactement ce qu'il avait en tête. À mon avis, il considérait Róbert et Snorri tous les deux responsables. Il a attiré Snorri dans un endroit désert et l'a tué, en le renversant avec la voiture empruntée à ses parents. On sait ce qu'il a fait à Róbert ; qui sait comment tout ça aurait fini si l'on n'avait pas arrêté Emil à temps.

María se rassit en soupirant.

– Ça dépasse l'entendement. Si je comprends bien, un innocent a été tué, alors que Róbert, le véritable auteur de l'agression, pourrait en réchapper.

– Ce sera sans doute le cas. Mais Emil va être inculpé. Ils vont le boucler pour des années, soit en prison, soit en hôpital psychiatrique.

– Et Marteinn ? Il y a moyen de le faire tomber ?

– Je suis sûre que c'est lui, et non Lára, qui est derrière tout ça. Ça me semble évident, non ? dit Ísrún. Tu le connais. On le croirait irréprochable, mais en fait il est prêt à tout. Ce n'est pas pour rien qu'il est monté si haut, si vite.

– Comment vas-tu traiter le sujet ? Tu as des preuves de son implication ?

Ísrún botta en touche.

– J'aimerais y faire allusion dans mon reportage, dit-elle.

Elle savait néanmoins que ce n'était pas la meilleure solution – elle ne ferait qu'exprimer sa colère et satisfaire sa soif de justice.

– Tu as des preuves de sa participation au complot ? insista María. S'il est impliqué, ce n'est plus un scoop, c'est carrément le plus gros scandale politique de ces dernières années.

Ísrún hésita.

– Je n'ai pas de preuve à proprement parler… Mais ça me semble tellement évident…

– Tu as perdu la tête ? rugit María, plus déçue qu'énervée. Il n'est pas question de proférer des accusations contre le Premier ministre à la télé en se fondant sur une théorie du complot, Ísrún, tu le sais, non ? Axe ton reportage sur la corruption au sein du parti et sur la conseillère qui a admis jouer un rôle dans une terrible tragédie. Laissons les téléspectateurs en tirer leurs propres conclusions, décida-t-elle. C'est quand même un sacré scoop, dit-elle en recouvrant son calme.

Ísrún hocha la tête.

Elle savait depuis le début comment réagirait María. Et elle connaissait Marteinn assez bien pour avoir la certitude qu'il se tirerait d'affaire.

47

La nuit tombait à Siglufjördur – c'était bientôt
l'heure de rendre visite à Delía. Il soufflait un vent
frais venu du nord et le temps était à l'orage. Ari
Thór n'avait pas perdu son temps : il avait obtenu
l'information qui confirmait sa théorie. Il était retourné
à Ólafsfjördur avec Kristín voir la sage-femme à la
retraite. La conversation n'avait pas suffi à prouver
qu'il avait raison, mais il n'avait plus le moindre
doute à présent.

On frappa à la porte, et il fut surpris de trouver
Tómas sur le palier de sa maison d'Eyrargata. Celui-ci
se hâta d'entrer avant même d'y être invité. Il tombait des cordes.

– Bonsoir. Je t'en prie, entre, ironisa Ari Thór.

– Pardon de te déranger, dit Tómas. Tu es occupé ?

– Pas vraiment. Mais on s'apprêtait à sortir, Kristín et moi. On va chercher Hédinn et lui montrer un
vieux film tourné à Hédinsfjördur, résuma-t-il.

– Génial. Je peux te parler deux minutes ?

– Bien sûr.

Ils s'installèrent dans le salon.

– Kristín est à l'étage en train de se préparer, dit-il avant de se rendre compte que Kristín et Tómas ne se connaissaient pas. Il n'y tenait pas vraiment, d'ailleurs. Il préférait garder bien distinctes ses deux identités – d'un côté, celle du jeune homme déraciné épris de Kristín et de l'autre, celle de l'officier de police de Siglufjördur qui avait saboté sa vie personnelle à tous les niveaux.

– Je suis passé il y a quelques heures, précisa Tómas en s'asseyant.

– On était à Ólafsfjördur.

– Il est arrivé quelque chose aujourd'hui, commença Tómas d'un ton grave. Je voulais t'en parler en face.

Ari Thór sentit l'inquiétude le gagner. Il ne savait pas à quoi s'attendre.

– On a eu une offre pour la maison, dit Tómas, embarrassé. Une offre d'achat, et non pas de location, comme je m'y attendais.

– Eh bien ! Ça n'a pas été long !

– Non, en effet. Je ne pensais pas que ça irait aussi vite. On venait de la mettre en vente... Un médecin nous a appelés, il vit à Londres mais a des racines ici. Ça fait un moment qu'il cherche à acheter dans le coin, et il dit avoir trouvé avec la nôtre la maison de ses rêves. Il nous a fait une très belle offre, au-dessus du prix demandé. Il ne voulait pas louper le coche.

– Une offre à considérer, alors.

Tómas détourna le regard.

– En fait, on a déjà accepté, dit-il, l'air gêné.

– Quoi ? balbutia Ari Thór.

– Oui. Ma femme m'a dit qu'on ne pouvait pas se permettre de refuser. Ce n'est pas si facile de vendre à si bon prix, par ici.

– Donc tu t'en vas ? demanda Ari Thór, le cœur battant à l'idée de ce que cela impliquait pour lui.

– Oui, mon garçon. Je donne ma démission, dit Tómas avec un sourire pincé. Il est temps pour moi de changer de vie. On va s'installer dans le Sud.

Ari Thór accusa le coup.

– Mon poste va rester vacant. J'aimerais que tu te portes candidat, poursuivit Tómas. Bien évidemment, je soutiendrai ta candidature. Je ne vois pas qui d'autre ils pourraient choisir.

Il était 20 heures pile quand Ari Thór et Kristín sortirent en hâte de leur voiture pour rejoindre la petite maison de tôle ondulée. La tempête faisait rage. Le vent menaçait de les emporter et la pluie battait rageusement le pavé. Les rues étaient désertes – personne ne tenait à affronter les éléments en furie.

Ari Thór sonna à la porte. Inutile cette fois d'entamer une conversation à travers la boîte aux lettres. Delía ne fut pas longue à ouvrir.

– Entrez, dit-elle. Quel temps affreux, n'est-ce pas ?

– Merci, dit Ari Thór. Je vous présente Kristín.

– Enchantée, répondit Delía. Le projecteur vous attend dans la cuisine. Je n'ai pas beaucoup de place, alors on va se serrer, si ça ne vous dérange pas.

Ari Thór et Kristín la suivirent dans la cuisine, où Delía avait installé deux chaises et un tabouret. Elle ne s'attendait pas à avoir un invité de plus.

– Vous auriez une autre chaise ? demanda Ari Thór.

Delía acquiesça. Elle s'éclipsa et revint avec un deuxième tabouret.

Le projecteur trônait sur la toile cirée vert et blanc de la cuisine, à côté des tasses à café et d'une assiette de crêpes roulées. Sur le rebord de la fenêtre, deux bougies allumées répandaient dans la pièce une atmosphère de calme tandis que l'orage grondait au-dehors. La pluie tambourinait aux carreaux et le vent s'infiltrait à travers les fenêtres mal isolées de cette vieille bâtisse. À un moment, Ari Thór eut presque l'impression que la maison allait s'écrouler.

Ari Thór et Kristín s'assirent côte à côte sur les tabourets.

– J'espère de tout cœur que Hédinn aura du plaisir à voir ces images, dit Delía depuis l'entrée. Il faudrait que je lui fasse une copie VHS un de ces jours.

– Excellente idée, confirma Ari Thór, sans oser lui faire remarquer que l'âge d'or de la VHS était depuis longtemps révolu.

Dès qu'elle entendit sonner, Delía se rua vers la porte d'entrée. Elle conduisit Hédinn à la cuisine. Ari Thór se leva pour l'accueillir.

Hédinn hocha la tête et grogna quelques mots indistincts. Il s'était mis sur son trente-et-un – costume à carreaux très ajusté, chemise blanche et cravate rouge. Apparemment, ces vêtements dataient d'un temps où Hédinn avait quelques années et quelques kilos de moins.

Kristín se présenta à Hédinn et lui serra la main.

– Bonsoir, je m'appelle Hédinn, dit-il d'une voix plus claire.

– Asseyez-vous donc. J'ai fait du café, dit Delía. Ça me fait plaisir d'avoir de la visite, surtout par un temps pareil.

L'accueil chaleureux de Delía ne suffit pas à dérider Hédinn, qui se contenta de prendre un siège.

Delía servit le café, leur proposa du lait et du sucre, et les invita à goûter aux crêpes.

– On commence ? demanda-t-elle en allumant le projecteur.

– C'est parti, dit Ari Thór avant de se tourner vers Hédinn. Comme vous le savez, je me consacre à cette affaire depuis quelques jours. Depuis notre échange, j'ai découvert pas mal de choses qui apportent un nouvel éclairage sur ce qui s'est passé. À la fin de la projection, je partagerai avec vous ma théorie sur les circonstances de la mort de Jórunn.

– Votre théorie ? s'étonna Hédinn. Donc selon vous… ?

Sa respiration s'était emballée. Stupéfait, il semblait chercher ses mots.

– Après toutes ces années, il est difficile de retracer avec certitude le cours des événements, expliqua Ari Thór avec humilité. Mais je crois vraiment avoir découvert ce qui s'est passé cet hiver-là à Hédinsfjördur.

Delía éteignit les lumières de la cuisine. Le salon était désormais plongé dans la pénombre – il n'y avait plus pour éclairer la maison que les deux bougies à la fenêtre et la lampe du projecteur. On se serait cru dans une salle de cinéma, au début du film. Dans la pièce, la tension était palpable, l'ambiance presque sinistre plombée davantage encore par l'orage qui grondait au-dehors. Hédinn marmonna quelque chose dans sa barbe. Sa respiration laborieuse couvrait presque le ronronnement du projecteur. Il fit silence au moment où les images apparurent sur le mur de la cuisine. Jórunn surgit et leur adressa un sourire. Ce soir peut-être, ils allaient découvrir les raisons de sa mort soudaine.

Même s'il l'avait déjà vu, Ari Thór fut à nouveau bouleversé par le film. Une époque depuis longtemps révolue ressuscitait sous leurs yeux, la beauté glacée de ce fjord isolé prenait vie sur le mur de la cuisine.

Ari Thór entendit Hédinn retenir son souffle quand le jeune homme apparut à l'image. Kristín paraissait tout aussi mal à l'aise; elle chercha dans le noir la main d'Ari Thór pour la serrer fort.

– Bon sang… C'est papa, là, grommela Hédinn en distinguant Gudmundur au loin. Incroyable, vraiment.

Le film prit fin, et un silence s'installa dans la petite cuisine, comme s'il fallait un temps aux spectateurs pour quitter l'hiver en noir et blanc d'Hédinsfjördur pour regagner, cinquante ans plus tard, le vingt et unième siècle.

Un coup de vent fit trembler les murs de la maison et les rappela à la réalité.

– Bien, commença Ari Thór dans la demi-pénombre. Hédinn, me permettez-vous de vous exposer rapidement ma théorie sur la présence de ce jeune homme et la mort de Jórunn ?

– Mais je vous en prie. Je n'ai rien à cacher. Je suis curieux de savoir ce que vous avez à nous dire. J'aimerais juste m'assurer que tout cela restera entre nous, dit-il en lançant un regard embarrassé à Delía.

– Ne vous en faites pas pour ça, Hédinn, dit-elle.

Ari Thór tourna son tabouret de manière à faire face à Hédinn.

– Pour moi, la mort de Jórunn est liée à un sujet épineux à l'époque, et qui pour certains suscite toujours la controverse aujourd'hui. Mais commençons par le commencement. Remontons jusqu'à 1950.

– L'année où est né le fils de Maríus et Jórunn ? demanda Hédinn.

– Exact. On sait qu'ils ont eu un fils. S'il est encore en vie, il devrait avoir dans les soixante ans. Je n'ai pas réussi à retrouver sa trace, malheureusement. Jórunn et Maríus avaient tous les deux la vingtaine. Apparemment, Nikulás, le frère de Maríus, les a encouragés à faire adopter l'enfant. Maríus n'avait pas de travail et ils pensaient ne pas pouvoir subvenir aux besoins du petit.

– Intéressant, observa Delía. Hédinn, vous devriez vous mettre à la recherche de cet homme.

Hédinn grommela entre ses dents.

– On m'a décrit Maríus comme un homme naïf et immature, poursuivit Ari Thór. Peut-être qu'il n'était pas prêt à devenir père à l'époque, mais sa personnalité permet d'expliquer la suite des événements.

– C'est exactement le souvenir que j'ai gardé de mon oncle Maríus, intervint Hédinn d'une voix sourde, à peine plus forte que le gémissement du vent. Un brave homme, mais qui manquait d'envergure. Il se montrait plutôt calme et réservé – je pensais qu'il était devenu comme ça à la mort de sa femme, mais peut-être que c'était son caractère après tout. On ne change pas tant que ça avec les années.

– Vous avez bien raison, intervint Delía. J'ai toujours l'impression d'avoir vingt ans. Mon reflet dans le miroir est le seul à changer, dit-elle d'un ton léger.

L'ambiance s'en trouva quelque peu égayée.

– À l'opposé, tout le monde s'accorde à décrire son beau-frère Gudmundur comme un homme solide, volontaire, qui n'en faisait qu'à sa tête. Intéressant, non ?

– C'est vrai. Personne ne venait se frotter à lui. Il obtenait toujours ce qu'il voulait et ne cédait jamais sur rien, lança Hédinn avec fierté.

– Tout juste, dit Ari Thór. Et pourtant, il avait semble-t-il un côté attentionné qui s'accorde mal avec l'image que j'en ai.

– Que voulez-vous dire ? demanda Hédinn d'une voix cinglante.

– Il s'est apparemment mis en quatre pour aider son beau-frère et sa belle-sœur.

– Qu'y a-t-il de mal à ça ?

– Rien.

– Qu'a donc fait Gudmundur ? demanda Delía d'une voix douce, comme si elle n'osait pas interrompre le duel entamé par Ari Thór et Hédinn.

– Pour commencer, il a trouvé du travail pour Maríus à Siglufjördur ; puis il a invité le couple à participer à l'aventure dans laquelle il s'était lancé à Hédinsfjördur, et qu'il a financée de ses propres deniers, je suppose, dit Ari Thór. Il a aussi proposé de subvenir aux besoins du petit garçon, avant qu'ils le destinent à l'adoption. On a découvert une lettre qui le dit explicitement. Mais il semble qu'au final, le petit ait été adopté par des inconnus. Jórunn ne voulait pas courir le risque de tomber un jour sur son propre fils. J'imagine qu'après l'adoption, elle ne l'a plus jamais revu, et Maríus non plus.

– J'aimerais bien qu'on me montre cette lettre, demanda Hédinn d'un ton autoritaire.

– Ce sera fait, dit Ari Thór. Mais retournons à Hédinsfjördur.

Il regarda le mur où le scénario qu'il décrivait avait pris vie sous leurs yeux. On n'y voyait plus qu'un carré blanc éclairé par le projecteur.

– Nous sommes en 1955, Hédinsfjördur est désert, mais Gudmundur, Gudfinna, Maríus et Jórunn décident de tenter leur chance en s'installant dans une ferme sur la rive ouest du lagon, au pied d'une haute montagne. C'est un endroit superbe, mais dangereux. Personne ne leur connaissait d'autre ambition que de se lancer dans une nouvelle aventure. Apparemment, Gudmundur ne manquait pas d'argent – mais sa vie manquait peut-être de fantaisie. Selon moi, la raison de l'installation est tout autre, et j'y vois la clé du mystère.

Ari Thór fit une pause. Il baissa les yeux pour les planter ensuite dans ceux d'Hédinn.

– Vous êtes né un an plus tard, en 1956.

Hédinn acquiesça et Ari Thór poursuivit.

– Cet automne-là, ils ont embauché un jeune homme pour les aider à la ferme – un adolescent d'Húsavík. Il s'appelait Anton.

– Anton ? C'est lui que j'ai rencontré à Hédinsfjördur ? demanda Delía.

– Oui.

– Il s'*appelait* Anton, dites-vous. Donc il est mort ? soupira Hédinn.

– En effet.

– Est-ce lié à… Il est mort à Hédinsfjördur ? s'inquiéta Hédinn.

– Ne vous en faites pas, dit Ari Thór. Votre famille n'a rien à voir avec la mort d'Anton. Au contraire – votre père a pris soin de lui et lui a même payé des études à l'étranger.

– Ça alors ! s'étonna Hédinn.

Il fit mine de se lever avant de changer d'avis.

– Et en quel honneur ?

– Je pense qu'il avait de bonnes raisons d'envoyer le jeune homme faire des études loin d'ici – les mêmes qui l'ont conduit à être si généreux envers Maríus et Jórunn, poursuivit Ari Thór d'un ton grave. Cet hiver-là, Maríus a pris une photo qui allait tout faire basculer. Comme vous le savez désormais, sur la photo, c'est Anton qui vous tient dans les bras, Hédinn. Au début, je me suis demandé pourquoi le bébé avait été confié à un inconnu, mais comme Anton travaillait à la ferme, il n'y a rien de curieux là-dedans. On peut imaginer qu'au moment où la photo a été prise, il faisait presque partie de la famille. Mais voilà qu'à Noël, par une belle journée d'hiver, une jeune femme de Siglufjördur arrive à pied par la montagne pour filmer, dit Ari Thór en se tournant vers Delía. Elle est la seule d'entre nous à avoir rencontré Anton.

– Hédinn aussi le connaît, fit remarquer Kristín.

– C'est juste, dit Ari Thór en souriant. Disons que Delía est la seule à se souvenir de lui.

– Exact, confirma Delía. La conversation que j'ai eue avec ce jeune Anton… je ne l'oublierai jamais, dit-elle d'un ton rêveur.

– Pour reprendre vos mots, il ne devait pas être facile de vivre dans un endroit si isolé, n'est-ce pas ? demanda-t-il à Delía pour la faire participer.

– Absolument. Pour ma part, j'avais l'impression que les lieux étaient hantés. Il se cachait dans l'ombre une sorte de mystère.

– Des fantômes ? railla Hédinn. Je n'y crois pas. Mes parents n'ont jamais fait allusion à quoi que ce soit. Cela dit, ils n'ont jamais vraiment parlé de leur expérience à Hédinsfjördur, pour être honnête.

– Selon le jeune homme, il se passait là-bas quelque chose d'anormal, poursuivit Delía. Je voyais bien qu'il avait peur. Et puis Gudmundur l'a appelé. Il n'était apparemment pas ravi de recevoir de la visite. C'est ce qui m'a semblé, en tout cas.

– J'ai demandé à un ami proche d'Anton ce qu'il en pensait. Il se souvient d'une conversation entre eux, et que ça avait rapport avec l'allaitement, a-t-il précisé.

– Comment ça ? Il vous a expliqué ? demanda Delía.

– L'ami d'Anton n'a pas pu m'en dire plus, mais ça s'accorde parfaitement avec la théorie que j'ai développée.

– Et quelle est cette fameuse théorie ? s'impatienta Delía.

Elle brûlait de connaître le fin mot de l'histoire, contrairement à Hédinn. Peut-être a-t-il peur de découvrir la vérité, pensa Ari Thór. Peut-être ne tenait-il pas à entendre la suite.

– J'y reviendrai dans un instant, dit Ari Thór, trop heureux d'avoir capté l'attention de son auditoire.

Il se sentait dans la peau d'un conteur – de ceux qui disparaissent une fois le récit fini. À cette différence près qu'il ne pourrait pas s'éclipser, lui. Depuis la visite de Tómas, il avait évité de penser à l'avenir : il voulait passer une soirée tranquille et remettre à plus tard sa décision de briguer ou pas le poste d'inspecteur à Siglufjördur. Mais l'avenir s'imposait maintenant à lui – il savait qu'il lui faudrait bientôt faire un choix. Bientôt seulement. Il s'efforça de ne plus y penser pour l'instant.

– Il faut d'abord que je vous en dise un peu plus sur Anton, dit-il en se concentrant à nouveau sur Hédinsfjördur. À la mort de Jórunn, il n'était plus là, et Gudmundur semble avoir fait de son mieux pour garder secret son séjour parmi eux.

Ari Thór vit que Hédinn n'en menait pas large.

– Pour moi, Anton a quitté la ferme en janvier ou février, poursuivit-il. Gudmundur lui a demandé de partir, mais il l'a payé jusqu'au printemps.

– Qu'est-ce qu'il avait fait ? demanda Hédinn.

– Rien du tout. Votre père voulait juste qu'il déguerpisse. Il lui a payé son voyage en Norvège après la mort de Jórunn : la traversée en bateau, et tout le premier trimestre, répondit Ari Thór.

Un silence s'installa. Le vent lui-même semblait retenir son souffle.

– Gudmundur voulait se débarrasser de l'employé ? demanda Delía d'une voix sourde.

– Exact. Il l'a d'abord éloigné d'Hédinsfjördur, et après le meurtre de Jórunn, il a utilisé les grands moyens. Il l'a fait sortir du pays.

Hédinn, stupéfait, agrippa le bord de la table.

– Qu'avez-vous dit ? Jórunn a été assassinée ?

– Oui. Absolument. C'est une certitude.

– Et qui l'a tuée ? demanda Hédinn d'une voix envahie par la peur.

– Je vais vous le dire, Hédinn, répondit Ari Thór.

Il s'impliquait tellement dans son rôle de conteur qu'il en oubliait de prendre les précautions de mise auprès des personnes sensibles.

– En tout cas, je peux vous assurer que vos parents sont parfaitement innocents de ce terrible crime.

48

La tension était palpable. Hédinn marmonna quelque chose dans sa barbe avant de se taire à nouveau. Delía ne réagit pas. Kristín avait lâché la main d'Ari Thór, mais il la prit à son tour pour la serrer dans la sienne. Ce geste lui apportait le réconfort dont il avait besoin.

Hédinn brisa le silence en toussant.

– Êtes-vous en train de nous dire que Maríus a tué sa propre femme ? dit-il, à la fois étonné et soulagé.

Ari Thór attendit quelques secondes avant de répondre.

– Non. Pas Maríus.

– Où voulez-vous en venir ? intervint Hédinn, de plus en plus nerveux. Seriez-vous en train d'insinuer que… qu'Anton est revenu à Hédinsfjördur pour tuer Jórunn ?

– Pas du tout. Il est totalement innocent. C'est juste qu'il s'est trouvé au mauvais endroit, au mauvais moment, et qu'il en savait trop.

– Dans ce cas, je ne comprends pas, fit Hédinn. Il n'y avait personne d'autre là-bas.

– À part Hédinn, avança Delía.

Hédinn se leva d'un bond, au moment précis où une rafale de vent venait heurter la maison, ce qui les fit sursauter.

– Bon sang, je n'en peux plus de ces sornettes. Je n'avais même pas un an, à l'époque !

Ari Thór se leva et posa une main sur l'épaule d'Hédinn.

– Calmez-vous. Je ne vous accuse pas : vous aviez en effet dix mois.

Hédinn se rassit.

Ari Thór regagna son tabouret. Delía se mit à marmonner à voix basse.

– Certainement le fantôme, dit-elle d'une voix tremblante.

Ari Thór ne releva pas.

– Examinons à nouveau les éléments qui ont retenu mon attention, proposa-t-il. Quand j'ai commencé à m'intéresser à l'affaire, j'ai parlé au président de l'Association de Siglufjördur. D'après lui, les deux sœurs, Jórunn et Gudfinna, n'étaient ni l'une ni l'autre attirées par les fjords isolés. Elles ont toutes les deux grandi à Reykjavík. Quand ils parlent de la mort de Jórunn, les gens évoquent tous un épisode dépressif. J'ai réécouté l'enregistrement de ma conversation avec Nikulás, et il m'a semblé pour commencer qu'il partageait cette opinion. Il a dit, je cite…

Ari Thór mit la main dans sa poche et en sortit un carnet. Il l'ouvrit à la page où il avait pris quelques notes en prévision de cette soirée.

– Pour Nikulás, Jórunn s'était suicidée, poursuivit-il. Il en était persuadé. « Maríus y faisait souvent allusion. Il disait que l'obscurité avait fait beaucoup de mal à certaines personnes. » Je me suis mis à considérer les événements sous un jour différent, et j'ai décidé de discuter à nouveau avec Nikulás. Comme il est trop vieux désormais pour parler au téléphone, j'ai demandé à un employé de la maison de retraite de lui répéter mes questions. Et il a pu m'apporter des réponses assez claires. Maríus avait bien mentionné combien il était difficile pour Jórunn de s'adapter à sa nouvelle vie, mais c'était aussi le cas pour Gudfinna.

Delía se tourna vers Hédinn.

– Elle ne vous en a jamais touché mot ? demanda-t-elle.

– Non, pas vraiment, répondit Hédinn d'un ton abattu.

– Elle souffrait de vivre là-bas ? demanda Delía à Ari Thór. Ça ne m'étonne pas. Ça ne m'aurait pas plu non plus.

– D'après Nikulás, Gudfinna supportait moins encore que Jórunn cette vie. Personne ne le sait, mais Gudfinna avait du mal à se faire à l'obscurité permanente et à l'isolement. Sans doute Gudmundur ne voulait-il pas que ça se sache. Dans ce temps-là, les maladies mentales n'étaient pas bien vues.

– Vous avez raison, confirma Delía. Les gens n'aimaient pas parler de ce genre de choses.

– À mon avis, Anton s'en était aperçu. Selon Thorvaldur, l'ami d'Anton, «la maîtresse de maison» devenait chaque jour plus bizarre. Je pensais qu'Anton parlait de Jórunn, mais j'ai demandé à Thorvaldur : il faisait référence à Gudfinna.

– Certaines personnes ne supportent pas la vie dans ce genre d'endroit, intervint Kristín. Elles peuvent tomber en dépression, auquel cas il faut leur apporter un traitement médical rapide et approprié.

– Si c'était bien le cas, poursuivit Ari Thór, Gudmundur a dû vouloir empêcher à tout prix les commérages.

– Vous dites qu'il a envoyé ce garçon faire des études en Norvège ? demanda Delía.

– Exact, approuva Ari Thór. Il en avait les moyens, mais Anton en savait certainement davantage, donc Gudmundur a préféré lui faire quitter le pays.

Hédinn se leva à nouveau d'un bond.

– Dites donc, qu'insinuez-vous sur mon père ? C'était un homme généreux.

– Allons, allons, dit Delía en se levant elle aussi. Qui reveut du café ? proposa-t-elle en remplissant les tasses auxquelles personne ou presque n'avait touché.

– Vas-y doucement, murmura Kristín à l'oreille d'Ari Thór.

– Pour moi, Gudmundur avait de bonnes raisons pour payer les études d'Anton et aider financièrement Jórunn et Maríus, qui avaient jusqu'à présent vécu dans la pauvreté.

Il laissa s'installer un silence. Delía avait l'air mal à l'aise – on aurait dit qu'elle souhaitait le départ de ses invités. Hédinn, l'air furieux, avait décidé de rester debout.

– Voyons voir, poursuivit Ari Thór. Maríus est propriétaire de son appartement, et il a placé ses économies sur des livrets d'épargne auxquels il n'a pas touché pendant des années – de l'argent que l'inflation grignotait petit à petit. J'ai demandé à quelqu'un d'examiner de près les papiers de Maríus, de vérifier ses comptes en banque ainsi que tous les documents liés à l'achat de son appartement. On en a retiré deux informations : le montant du paiement, et la somme créditée dans les comptes de Maríus à l'été 1956. Aucun moyen de savoir d'où vient l'argent, mais pour moi il a été apporté par Gudmundur.

– Ça suffit. Taisez-vous. Vous ne cessez d'avancer des théories tout à fait fantaisistes au sujet de mon père, lança Hédinn en se dirigeant vers la porte. Je m'en vais.

– Attendez une seconde, le retint Ari Thór.

Hédinn se figea et fit volte-face.

– Nous avons retrouvé les actes originaux de la vente de l'appartement de Maríus à Reykjavík. Il appartenait à une société de Siglufjördur, qui l'a cédé à Maríus. La transaction a été menée après l'aventure d'Hédinsfjördur, et de plus, rien ne prouve que Maríus ait acheté lui-même l'appartement.

Ari Thór baissa les yeux et lut dans son carnet le nom de la société.

– Bon sang, s'inquiéta Hédinn. Cette société appartenait à mon père.

– Je m'en doutais, dit Ari Thór. Votre père devait avoir une sacrée dette envers Maríus pour lui faire un versement si énorme. Ça représente une sacrée somme pour l'époque, et il lui a aussi transmis la propriété de l'appartement. Apparemment, Maríus n'a jamais touché à cet argent, il l'a laissé dormir à la banque et l'inflation l'a progressivement réduit à néant.

Ari Thór laissa son auditoire digérer ces informations avant de reprendre.

– J'aimerais attirer votre attention sur deux points. J'ai cherché la nécrologie de Jórunn, mais je n'ai trouvé qu'un simple avis de décès. Il n'y a même pas sa photo, mais c'était courant à l'époque. D'un autre côté, on ne trouve le portrait de Jórunn dans aucun des documents ayant trait à sa mort. Ça n'a rien de vraiment louche, mais je pense que ça arrangeait bien Gudmundur. Il ne tenait sans doute pas à ce que ressurgissent après sa mort des photos de Jórunn.

– Et pourquoi donc ? demanda Delía.

– Parlons maintenant de Björg, dit Ari Thór en lançant un regard à Kristín. Nous sommes allés lui rendre visite aujourd'hui même, à Ólafsfjördur. Pendant que j'y suis, Hédinn – elle aimerait bien vous rencontrer.

– Quoi ? Moi ? Qui est cette dame ? demanda-t-il.

Il se tenait toujours devant la porte mais ne semblait plus pressé de partir.

– C'est la sage-femme d'Ólafsjördur qui vous a fait naître. Elle est toujours en vie, et plutôt en forme pour son âge.

– Elle ne doit plus être toute jeune, dit Hédinn.

– Elle a gardé l'esprit vif, répondit Ari Thór. Mais pourquoi Gudmundur a-t-il fait appel à elle et pas à la sage-femme de Siglufjördur ? Pourquoi aller chercher aussi loin ? Siglufjördur est à la fois plus proche et plus accessible par la montagne. Selon Björg, la sage-femme de Siglufjördur ne tenait pas à franchir à pied le col de Hestsskard, ce qui ne paraît pas absurde. Comme elle est morte il y a des années, nous ne le saurons jamais. Mais il pourrait y avoir une autre explication. Pour moi, Björg ne connaissait pas du tout ces gens et ne devait jamais les revoir par la suite – voilà pourquoi on a fait appel à elle.

Tout le monde avait les yeux rivés sur Ari Thór. Celui-ci sentit son pouls s'accélérer.

– Gudmundur a contacté Björg pour lui dire que sa femme avait commencé le travail, poursuivit-il. À en croire Björg, l'accouchement n'a pas été facile : la mère d'Hédinn a dû rester alitée pendant 24 heures. Björg n'est pas rentrée à Ólafsfjördur avant le lendemain. Je n'ai pas saisi tout de suite l'importance de ce détail – mais ensuite tout est devenu limpide.

Ari Thór planta ses yeux dans ceux d'Hédinn, qui mit un moment à comprendre où celui-ci voulait en venir.

– Non… ce n'est pas possible, dit-il, comme assommé.

– Exactement. Ça ne colle pas. En même temps, quelle raison aurait Björg de mentir ? On peut toujours imaginer qu'elle fait erreur, mais j'ai au contraire l'impression qu'elle se souvient parfaitement de cette journée. Je me trompe ? demanda Ari Thór en se tournant vers Kristín.

– C'est ce qu'il m'a semblé, confirma Kristín.

– Il va falloir que quelqu'un m'explique, s'insurgea Delía. Qu'est-ce qui ne colle pas ?

– Vous lui expliquez ? proposa Ari Thór à Hédinn.

Hédinn hésita un moment avant de prendre la parole.

– D'accord… Comme je l'ai dit à Ari Thór lors de notre première rencontre, mon nom vient d'Hédinsfjördur. Ma mère disait toujours que le jour où je suis né, elle est descendue au lagon d'Hédinsfjördur ; c'était une belle journée ensoleillée, alors elle m'a baptisé Hédinn.

– Pensez-vous qu'elle mentait ? demanda Ari Thór. Parce que ça ne cadre pas avec ce que dit Björg, que l'accouchement a été difficile et qu'elle a dû rester alitée toute la journée.

– Non, elle ne mentait pas, hasarda Hédinn. Elle parlait souvent de cette journée radieuse. Je ne comprends pas…, murmura-t-il avant de sombrer dans le silence, le regard perdu.

– L'explication est simple : Gudfinna n'est pas votre mère, Hédinn, asséna Ari Thór, laissant son auditoire bouche bée.

– Quoi ? Mais ça ne peut pas…, dit-il d'une voix désespérée. C'est impossible.

Sa voix se brisait.

– C'est la seule explication, affirma Ari Thór. Je vous ai dit tout à l'heure que cette affaire était liée à quelque chose qui faisait encore débat de nos jours, notamment au sein de la Chambre des députés. Je veux parler des mères porteuses.

– Des mères porteuses ? Mais où donc voulez-vous en venir ? s'étonna Delía.

– Ça ne s'appelait pas comme ça à l'époque, mais le principe est le même : il s'agit de passer un accord avec une femme pour qu'elle porte pour vous un enfant. Gudmundur et Gudfinna n'ont jamais eu d'autre enfant que Hédinn, chose rare pour l'époque. De plus, on a la preuve qu'ils ont offert d'adopter l'enfant de Jórunn et Maríus des années avant la naissance d'Hédinn. Était-ce vraiment pour porter secours à Jórunn et Maríus, ou parce qu'ils ne pouvaient pas avoir d'enfant ?

– Et Jórunn a préféré faire adopter cet enfant par des inconnus ? demanda Delía.

– Exact. Elle souhaitait le confier à des inconnus pour ne pas avoir à le croiser plus tard. Elle a obtenu satisfaction cette fois-là, elle a refusé que sa sœur adopte le bébé. Gudmundur et Gudfinna ont sûrement dû continuer à essayer d'avoir un enfant, sans y réussir. En ce temps-là, il n'y avait pas de traitement contre l'infertilité, donc ils n'avaient pas le choix, dit-il en regardant le médecin assis à ses côtés.

Kristín acquiesça.

– Peut-être sont-ils allés consulter, et on leur a dit que le problème ne venait pas de Gudmundur, mais de Gudfinna. Ce qui aurait donné l'idée à Gudmundur, peut-être même avant qu'il n'invite Maríus et Jórunn à les rejoindre à Siglufjördur. Ceux-ci n'avaient pas d'argent, et Maríus était faible de caractère. Leur situation financière est sans doute devenue catastrophique, et Gudmundur a profité de l'occasion : il les a aidés à s'installer à Siglufjördur et il a trouvé du travail à Maríus, ce qui les a rendus redevables. Puis il leur a fait une offre qu'ils ne pouvaient pas se permettre de refuser. Il a demandé à Jórunn de porter un enfant pour lui et Gudfinna.

– Je ne crois pas un mot de tout ça, s'emporta Hédinn.

– Jórunn et Maríus ont été grassement payés, comme le montre la somme déposée sur son compte et qui ne devait être encaissée qu'après la naissance d'Hédinn. J'imagine qu'ils se sont mis d'accord à l'avance sur tous les aspects de la transaction, au cas où Jórunn changerait d'avis à la naissance de l'enfant. Mais personne ne devait être au courant, personne ne devait s'apercevoir que c'était Jórunn qui portait l'enfant puis l'allaiterait quelques mois. Gudmundur a donc décidé de s'installer dans un fjord abandonné, soi-disant pour y vivre des produits de la ferme. Tout le monde trouvait que c'était absurde, mais ça les couvrait.

– Vous avez perdu la tête ! tempêta Hédinn.

– C'est pour ça que j'ai été mal accueillie quand je suis allée là-bas pour en rapporter des images ? demanda Delía.

– J'imagine, répondit Ari Thór. Mais le jour venu, ils ont eu besoin d'aide, donc ils ont embauché ce jeune type d'Húsavík en tant que garçon de ferme. Ce n'était pas une bonne idée. À mon avis, il a trouvé bizarre que Jórunn allaite le bébé dont Gudfinna était censée être la mère. Et ça n'a pas plu à Gudmundur.

– Mais qui… ? balbutia Delía.

Ari Thór savait ce qu'elle allait dire. Qui est le père de l'enfant ? Le père d'Hédinn ?

Ari Thór se tourna vers Hédinn.

– Je pense que c'est Gudmundur, dit-il.

– Comment ont-ils procédé ? demanda Delía, légèrement embarrassée.

– Le plus simplement du monde. Il a dû s'y prendre à l'ancienne, ils s'étaient sûrement mis d'accord là-dessus. Il leur a sans doute fallu patienter, puis elle a fini par tomber enceinte et accoucher. Ils espéraient peut-être faire naître le bébé sans aide extérieure, mais comme ils ne voulaient prendre aucun risque, ils ont fini par faire appel à une sage-femme.

– Ce qui explique pourquoi ils l'ont fait venir d'Ólafsfjördur, dit Delía. Chez nous, à Siglufjördur, tout le monde connaît tout le monde : ils n'auraient pas pu s'en tirer comme ça.

– Exact, confirma Ari Thór. Gudmundur a dû présenter Jórunn comme étant Gudfinna, en espérant que ça passerait, d'autant que les sœurs se ressemblaient, si l'on en croit la photo à l'origine de tout ceci.

Il sortit de son carnet la photocopie du fameux cliché.

– Comme vous le voyez, la seule différence notable entre les deux sœurs, c'est que Gudfinna est plus mince – alors qu'elle est censée venir d'accoucher. C'est un détail, mais qui nous aide à comprendre l'enchaînement des faits. Soit dit en passant, je suis retourné voir Björg pour lui montrer la photo, mais comme on s'en doute, après toutes ces années, elle n'a pas su me dire laquelle des deux femmes était la mère.

– Quelle histoire, soupira Delía.

Elle avait l'air bouleversée.

– C'est donc pour ça qu'ils n'ont publié aucune photo de Jórunn lors de son décès ?

– Tout juste, triompha Ari Thór. Ils ne voulaient pas prendre le risque que la sage-femme la reconnaisse, et en déduise que la morte était en fait la femme qu'elle avait accouchée, et non sa sœur.

– Mais alors, qui a tué Jórunn ? demanda Hédinn, la voix nouée d'angoisse.

– Gudfinna, bien sûr, répondit Ari Thór.

– Comment ça ? aboya-t-il. Vous avez dit tout à l'heure qu'aucun de mes parents n'était impliqué dans la mort de Jórunn…

Sa voix faiblit. Il venait de se rendre compte de ce qu'il avait dit.

Delía comprit immédiatement.

– … parce que Gudfinna est la tante d'Hédinn, pas sa mère.

– C'en est trop! Vous prétendez que ma mère n'est pas ma mère, et vous voulez que je vous croie?

Ari Thór se demanda un instant s'il ne devait pas arrêter là son récit. Il décida finalement de leur laisser quelques minutes de répit avant de boucler son histoire.

– Rappelez-vous ce que votre père a dit, Hédinn. Que l'une de vos tantes avait donné la mort. J'ai cherché longtemps ce qu'il voulait dire; je pense qu'il parlait de Gudfinna, cette tante qui a tué votre mère.

– Je vous ai demandé de garder ça pour vous, bon sang! dit Hédinn.

Delía se leva.

– Il se fait tard. Il est temps de se dire au revoir, décida-t-elle.

Mais Hédinn n'en avait pas fini.

– Quelle raison avait-elle de tuer sa propre sœur? Vous pouvez me le dire?

– Je ne peux pas l'affirmer, mais je pense que Gudfinna n'avait pas toute sa tête. On peut en dire autant de Jórunn, évidemment. Elle avait porté un enfant pour le compte de sa sœur, et l'avait tous les jours sous les yeux.

– Et Gudfinna côtoyait toute la journée une femme qui avait couché avec son mari, ajouta Delía.

– La jalousie a dû jouer, ou peut-être la peur que Jórunn reprenne son bébé une fois qu'ils auraient quitté Hédinsfjördur. Jórunn avait peut-être menacé de le faire. En tout cas, elles semblaient toutes deux souffrir de l'isolement. Gudmundur donne l'impression de quelqu'un qui cherchait à protéger un proche – sans doute son épouse, une femme, qui avait commis un meurtre... Il a trouvé un appartement pour

Maríus, à Reykjavík, ce qui a permis de les éloigner et, dans une certaine mesure, d'acheter leur silence. Dans le souvenir de son frère, Maríus semblait n'avoir eu aucun doute sur le fait que sa femme s'était suicidée. Voilà pourquoi il n'a rien dit – il a laissé croire que c'était un accident. Comme Jórunn avait connu des moments difficiles, Gudmundur n'a pas eu de mal à convaincre Maríus qu'elle avait mis fin à ses jours. Il est probable que personne d'autre que Gudmundur et Gudfinna n'ait jamais su la vérité, mais ils se sont tous les trois mis d'accord, avec Maríus, pour mentir à la police en leur racontant que Jórunn avait absorbé le poison par accident. Gudmundur et Gudfinna ont caché la vérité. Maríus, lui, a caché ce qu'il prenait pour la vérité.

– Ensuite, Gudmundur s'est arrangé pour qu'Anton quitte le pays, ajouta Delía.

– Le garçon a sans doute remarqué que Jórunn avait passé un mauvais hiver, et que la relation entre les deux sœurs était empoisonnée. Anton tenait de quoi faire jaser. Il savait sans doute que les propos consignés dans le rapport de police étaient mensongers – la mort-aux-rats que l'on conservait dans la cuisine, dans le même genre de pot que le sucre.

Il se tut et balaya du regard la cuisine. Il la trouva plus sombre qu'avant : l'une des bougies s'était éteinte.

Comme personne n'ouvrait la bouche, il poursuivit.

– La photo en dit long, observa Ari Thór en lissant la photocopie sur la table de la cuisine. Gudmundur, Jórunn et Gudfinna ont l'air renfrogné, les sœurs se tiennent à l'opposé l'une de l'autre et aucune d'elles ne porte l'enfant.

Kristín se leva. Elle en avait assez.

Ari Thór l'imita, mais il tenait à conclure.

– Tout cela ne pouvait que mal finir. Maríus a dû accepter l'appartement parce qu'il avait besoin d'un logement. Mais il n'a jamais touché à l'argent de Gudmundur – le liquide qu'on leur avait promis, et qui avait coûté la vie à Jórunn. Là seule note positive dans tout cela, c'est la naissance d'Hédinn, dit-il en esquissant un pâle sourire.

Hédinn lui lança un regard furibond.

Ari Thór, gêné, finit par annoncer :

– Je suis désolé, mais Kristín et moi allons devoir vous quitter. Il faut qu'elle rejoigne Akureyri avant que la pluie ne redouble, mentit-il.

Hédinn, qui se tenait à la porte de la cuisine, fit un pas de côté pour les laisser sortir.

– À vous de décider si vous adhérez à ma théorie ou pas. Mais je suis sûr d'avoir raison, conclut Ari Thór.

Il se sentait mal à l'aise, alors qu'il aurait dû se féliciter d'avoir résolu le mystère. Aurait-il mieux fallu leur cacher la vérité ? s'interrogea-t-il en sortant sous la pluie. Il s'était efforcé de faire la lumière sur le passé, mais peut-être n'avait-il rien arrangé. Hédinn devrait maintenant vivre avec l'idée que la femme qui l'a élevé avait sans doute tué sa vraie mère, sans connaître jamais les circonstances exactes de ce décès. Il pourrait néanmoins partir à la recherche de son demi-frère, le fils de Jórunn et Maríus, à condition que celui-ci soit encore en vie.

Ari Thór et Kristín se hâtèrent de gagner leur véhicule en abandonnant derrière eux Hédinn et Delía.

49

Ísrún avait prédit que le scandale obligerait Lára à donner sa démission mais qu'il n'affecterait pas le Premier ministre. Les faits lui donnèrent raison. Marteinn ne fut en rien inquiété, il conserva sa réputation d'homme honnête et courtois. Il accepta de donner une seule interview télévisée sur le sujet – sur une autre chaîne, ce qui ne surprit pas Ísrún. Elle ne pouvait pas s'attendre à obtenir ses faveurs maintenant qu'elle avait rendu l'affaire publique.

Marteinn s'en était bien tiré : il avait officiellement condamné les auteurs de la rumeur tout en épargnant Lára. Le sourire aux lèvres, il avait démenti toute implication dans le scandale.

Deux semaines avaient passé. Les journalistes et les blogueurs ne pensaient déjà plus à cette histoire, tout comme l'opinion publique. L'affaire était close.

Ísrún avait bien entendu dire que Lára et Marteinn entretenaient une liaison, mais rien n'était confirmé. Apparemment, ils arrivaient à protéger leur vie privée. Lára resterait sans aucun doute aux côtés de Marteinn, et ne serait pas inquiétée par la justice – faire naître une rumeur n'est pas passible d'emprisonnement.

Au bout d'une semaine, Ísrún fut contactée par son médecin.

– Bonjour, Ísrún, dit-il avec chaleur.

L'angoisse la gagna instantanément. Elle attendait toujours les résultats de l'IRM.

– Bonjour, répondit-elle.

Elle avait la bouche tellement sèche qu'elle n'arrivait pas à articuler.

– J'ai reçu les images. Tout va bien.

Ísrún reprit son souffle. Elle avait l'impression que son cœur s'était arrêté. Est-ce qu'elle avait bien entendu ?

– Pardon ? dit-elle avec peine.

– Tout va bien, répéta le docteur. Rien à signaler, pas de tumeur en formation. Tout va pour le mieux, Ísrún.

Ils restèrent en ligne quelques minutes encore. Ísrún se sentit envahie par une euphorie indescriptible. Même si elle savait que ça pouvait changer, c'était quand même une bonne nouvelle.

Les jours suivants, elle se demanda à nouveau si elle devait ou non en parler à sa famille et à ses collègues.

Son père, Orri, avait fini par craquer : il avait appelé Anna, restée dans les îles Féroé. Ísrún l'avait appris de ses deux parents ; chacun lui avait donné sa propre version de l'histoire. Au moins, le fossé entre eux s'amenuisait. Ils se remettraient certainement ensemble avant l'été – inutile de faire des vagues en leur parlant de son état de santé alors que tout semblait rentrer dans l'ordre. Elle décida de ne rien leur dire pour le moment.

Même chose pour son travail. À quoi bon leur en parler ? Elle n'y tenait pas spécialement. Elle se battait pour qu'on lui confie les meilleurs sujets et savait qu'elle pourrait bientôt briguer le poste d'éditeur *desk*.

Mais pour l'instant, seul comptait le diagnostic du médecin. Elle se sentait pousser des ailes.

«Je suis très optimiste», avait-il dit.

Cette fois, elle avait envie de le croire.

Róbert avait tenté deux ou trois fois de joindre Sunna, mais elle ne le rappelait pas. Et puis, un jour, sa ligne ne répondit plus. Il se doutait bien qu'ils n'allaient jamais se remettre ensemble, mais ça valait le coup d'essayer. Il n'avait pas l'impression d'être un mauvais gars, dans le fond. Tout ça, c'était à cause de la drogue. La drogue lui avait tourné la tête.

La raison de l'enlèvement avait été rendue publique – le fait qu'Emil considérait Róbert comme l'assassin de sa femme – et tout le monde le croyait coupable. On l'avait officiellement convoqué à un nouvel interrogatoire, pour la forme, mais ils n'avaient toujours pas de preuves contre lui. On n'allait pas l'enfermer, au sens légal, mais il ne se libérerait jamais des images sanglantes qui le hantaient : celles de cette pauvre femme, Bylgja, morte sous ses coups.

Il avait quitté l'Islande, abandonné ses études, tout laissé tomber. Il avait l'impression que ses parents lui faisaient confiance, même s'ils connaissaient eux aussi la vérité.

Il fallait qu'il prenne un nouveau départ à l'étranger, mais c'était plus facile à dire qu'à faire.

Il faisait des cauchemars toutes les nuits.

Toutes les nuits.

Assis dans la cuisine de la vieille maison d'Eyrargata, Ari Thór sirotait son thé en regardant distraitement par la fenêtre. Ce matin-là, il avait fait un jogging
au lieu d'aller à la piscine. Il sortait tout juste de la
douche et se sentait un nouvel homme. Le temps,
légèrement humide, était idéal pour courir. Et le printemps n'allait pas tarder à arriver.

Kristín lui avait rendu visite à deux ou trois reprises
depuis la levée de quarantaine, et Ari Thór avait fait
plusieurs fois le voyage jusqu'à Akureyri.

Ils s'étaient remis ensemble, et il ferait attention
de ne rien gâcher cette fois.

– Il fait beau ? demanda-t-elle.

– Superbe !

– Peut-être qu'on finit par s'y faire, à Siglufjördur,
dit-elle avant de lancer ce petit rire cristallin qu'il
aimait tant.

– Tu ne manqueras pas d'espace, dans cette maison, répondit-il.

– Ne t'emballe pas, Ari Thór. On verra ça. Maintenant qu'il y a le tunnel, on peut très bien vivre à

Akureyri et travailler à Siglufjördur. Tu pourrais peut-être t'installer chez moi ?

– Pourquoi pas, concéda-t-il. Mais rien ne dit que je vais obtenir le poste.

– Bien sûr que si. Tómas a appuyé ta candidature. J'ai confiance en toi.

Ils vivaient maintenant une relation harmonieuse. Peut-être l'éloignement leur avait-il fait du bien, même s'il n'avait pas été le fruit d'une décision commune. Ari Thór croyait maintenant en l'avenir de leur couple.

Le téléphone sonna.

– Bonjour, Ari Thór.

C'était la fille de Blönduos. À tous les coups, elle avait les résultats du test de paternité. Il sentit son cœur s'affoler et se rendit compte qu'il ne savait même pas quel résultat lui ferait le plus plaisir.

– Écoute… j'ai eu les résultats du test. Ce n'est pas toi le père. Je suis vraiment désolée de t'avoir embêté avec cette histoire, dit-elle d'une voix fragile.

Ari Thór ne savait pas quoi dire.

– Pas de souci, dit-il sans réfléchir.

– Tu dois te sentir soulagé, ajouta-t-elle.

– Quoi ? Oui, bien sûr. Donc le père, c'est ton ex ?

– Oui. C'était couru d'avance. Mais ça ne se passe pas très bien, avec lui… Dans un sens, j'espérais que ce soit toi.

Ari Thór ne savait pas comment le prendre. Il n'avait plus qu'une envie maintenant, mettre fin à la conversation.

– Désolé, il faut que je file, mentit-il. Bonne chance. Je suis sûr que tout va bien se passer, pour vous trois.

– Merci. Peut-être à une prochaine fois, hasarda-t-elle.

Ari Thór acquiesça poliment et se hâta de raccrocher.

Kristín se tenait à ses côtés. Il l'enlaça.

– Donc tu n'es pas le père ? se réjouit-elle.

– Non. C'est une bonne chose, ça va me faciliter la vie, dit-il en s'efforçant de cacher le soupçon de regret qui perçait dans sa voix.

– C'est vrai, dit-elle d'un ton affectueux.

Elle n'était pas dupe, et il n'allait certainement pas s'en sortir avec un mensonge.

Elle ne lui demanda pas s'il avait eu envie de rencontrer le petit garçon et de lui apprendre les choses du monde, afin qu'il ne grandisse pas sans père, comme Ari Thór.

Les questions restaient en suspens. Ils n'avaient besoin ni de les formuler ni d'y apporter une réponse. En revanche, Kristín fit la proposition qu'Ari Thór attendait.

– Et si on faisait en sorte que tu deviennes papa ?

Remerciements

Je dédie *Sótt* à la mémoire de mes grands-parents de Siglufjördur – Ragnar Jonasson et Gudrun Reykdal – aujourd'hui décédés, mais qui ont vécu là-bas des années, dans une maison qui m'a inspiré celle d'Ari Thór. Mon grand-père était trésorier municipal de Siglufjördur, mais il passait son temps à écrire, et il a publié pendant sa retraite cinq livres sur l'histoire de Siglufjördur. Ma grand-mère rassemblait et publiait des histoires folkloriques. Tous les deux m'ont, dès mon plus jeune âge, encouragé à écrire, comme l'ont fait aussi mes parents, Jónas Ragnarsson et Katrín Gudjónsdóttir.

L'incroyable accueil que les lecteurs français ont réservé à mes livres a été l'événement le plus marquant de ma carrière d'écrivain. Je suis vraiment reconnaissant à ceux qui suivent la série à Siglufjördur et qui pourront bientôt découvrir ma nouvelle trilogie, La Dame de Reykjavik, en mars 2019. Quel privilège de venir en France à la rencontre de mes lecteurs ! Dans toutes les villes où je suis allé – Paris, bien sûr, mais aussi en région –, j'ai été vraiment enchanté de voir combien les Français aiment lire. Moi-même, j'adore les livres et c'est toujours un plaisir de partager cette passion. J'espère pouvoir écrire encore plus de romans pour mes lecteurs français et me rendre autant que possible dans ce magnifique pays.

Je remercie enfin mes admirables éditeurs en Islande, Pétur Már Ólafsson et Bjarni Thorsteinsson, ainsi que mon merveilleux agent à l'international, Monica Gram de la Copenhagen Literary Agency.

Pour finir, je ne remercierai jamais assez ma famille : María, Kira et Natalía.

Retrouvez tous les ouvrages et les actualités
de Ragnar Jónasson sur le site www.ragnarjonasson.fr

Vous pouvez également contacter directement
l'auteur sur Twitter @ragnarjo

Découvrez en avant-première le nouveau roman
de Ragnar Jónasson paru
aux éditions de La Martinière

Ragnar Jónasson

LA DAME
DE REYKJAVIK

Éditions de La Martinière

– Comment m'avez-vous trouvée ? demanda la femme.

Sa voix tremblait. Son visage était livide.

L'inspectrice principale Hulda Hermannsdóttir sentit son intérêt redoubler. Rompue à ce petit jeu, elle s'attendait à susciter ce type de réactions – même quand les personnes qu'elle interrogeait n'avaient rien à se reprocher. Être passé au crible par la police est toujours intimidant, que ce soit au poste ou lors d'une conversation informelle comme celle qu'elles avaient en ce moment.

Elles étaient assises l'une en face de l'autre dans la petite salle de repos, juste à côté de la cantine du personnel de la maison de retraite de Reykjavík où la femme travaillait. La quarantaine, les cheveux coupés court, l'air fatigué… La visite imprévue de Hulda semblait la perturber. Bien sûr, son trouble ne prouvait rien, mais Hulda avait la sensation que la femme lui cachait quelque chose. Au fil des ans et des interrogatoires, elle avait fini par acquérir un certain talent pour sentir quand on essayait de la mener en bateau. Certains auraient parlé d'intuition, mais Hulda détestait ce mot, l'alibi commode des flics paresseux.

– Comment je vous ai trouvée ? répéta-t-elle calmement. Mais vous vouliez être trouvée, n'est-ce pas ?

Elle jouait sur les mots, mais c'était une façon
comme une autre de lancer la conversation.

– Quoi ? Oui...

Une vague odeur de café flottait dans l'air – un
relent âcre. La pièce, exiguë, était sombre et meublée
à l'ancienne, sans éclat.

La femme avait posé sa main sur la table. Sa paume
laissa une empreinte moite quand elle la ramena vers
sa joue. En temps normal, Hulda se serait réjouie
de repérer un tel signe. Peut-être le préambule à des
aveux ? Mais elle n'éprouvait pas sa satisfaction habituelle. Elle reprit :

– Je voudrais vous poser quelques questions à propos d'un incident qui s'est déroulé la semaine dernière.

Elle parlait vite, comme à son habitude. Son ton
était chaleureux et enjoué, élément important de la
personnalité positive qu'elle s'était façonnée pour sa
vie professionnelle et qui lui servait pour des tâches
aussi délicates que celle-ci. Le soir, chez elle, elle était
totalement différente. Seule, vidée de toute énergie,
en proie à la fatigue et à la déprime.

La femme hocha la tête. Elle savait ce qui l'attendait.

– Où étiez-vous vendredi soir ?

La réponse fusa.

– Au travail, je crois bien.

Hulda se sentit presque soulagée. Son interlocu-
trice ne renoncerait pas à sa liberté sans combattre.

– Vous êtes sûre ?

L'inspectrice se pencha en arrière, bras croisés, scru-
tant la réaction de la femme. Cette attitude, qu'elle
adoptait toujours lors d'un interrogatoire, pouvait

passer autant pour une posture défensive que pour un manque d'empathie. Posture défensive ? Et puis quoi encore ? C'était juste une façon d'occuper ses mains, éternellement agitées, et de rester concentrée. Quant au manque d'empathie… Elle n'éprouvait pas le besoin de s'impliquer, sur le plan émotionnel, davantage qu'elle ne le faisait déjà, tant son travail monopolisait sa vie : l'intégrité et l'implication qu'elle manifestait dans ses enquêtes frôlaient l'obsession.

– Vous en êtes bien certaine ? C'est facile à vérifier, vous savez. Vous ne voudriez pas être prise en flagrant délit de mensonge…

La femme ne répondit rien, mais sa gêne était évidente.

– Un homme a été renversé par une voiture, lâcha finalement Hulda. Vous avez dû voir ça dans les journaux ou à la télé ?

– Quoi ? Euh, peut-être…

Puis la femme ajouta :

– Et comment il va ?

– Il survivra, si c'est ce que vous voulez savoir.

– Non, pas vraiment, je…

– Mais il ne s'en remettra jamais complètement. Il est encore dans le coma. Alors, vous êtes au courant de cet incident ?

– J'ai… j'ai dû lire un article quelque part…

– Ce que les journaux n'ont pas dit, c'est que cet homme avait été condamné pour pédophilie, dit Hulda tandis que le visage de la femme restait impassible. Vous deviez le savoir quand vous avez foncé sur lui.

Toujours aucune réaction.

– Il a fait de la prison il y a quelques années, il avait purgé sa peine…

– En quoi ça me concerne ? interrompit la femme.

– Comme je viens de vous le dire, il avait purgé sa peine. Mais ça ne signifie pas pour autant qu'il avait arrêté. C'est ce qu'a démontré l'enquête. Car nous avions une bonne raison de croire que cet accident avec délit de fuite n'était pas un simple hasard. Nous avons fouillé son appartement pour trouver une piste. Et nous avons mis la main sur toutes ces photos…

– Des photos ? demanda la femme, définitivement ébranlée. De quoi ?

– D'enfants.

La femme retenait son souffle. Hulda répondit à la question qu'elle n'osait pas poser et qui lui brûlait manifestement les lèvres.

– Et de votre fils.

Des larmes se mirent à rouler sur les joues de la femme.

– Des photos… de mon fils, bégaya-t-elle dans un sanglot.

– Pourquoi vous n'avez pas alerté les secours ? poursuivit Hulda, en s'efforçant de rendre sa question la moins accusatrice possible.

– Hein ? Je ne sais pas… Bien sûr, j'aurais dû le faire… Mais je pensais à lui, vous comprenez ? À mon fils. Je ne supportais pas l'idée de lui infliger ça… Il aurait été obligé… d'en parler à des gens… de témoigner dans un tribunal. C'était une erreur… peut-être…

– De renverser cet homme ? Oui.

– Oui, mais…

Hulda attendit, laissant aux aveux le temps nécessaire pour advenir. Mais elle n'éprouvait pas ce sentiment d'accomplissement qu'elle ressentait généralement quand elle résolvait une affaire. D'ordinaire, son seul but était d'exceller dans son métier ; sa fierté se mesurait au nombre d'affaires délicates qu'elle avait résolues toutes ces années. Le problème, cette fois, c'est qu'elle n'était pas du tout persuadée d'être assise en face du vrai coupable – même si la femme avait bien commis les faits, pas de doute. À tout prendre, c'était plutôt une victime.

À présent, la femme s'abandonnait totalement à ses pleurs.

– Je... je le surveillais.

Sa voix s'étrangla.

– Vous le surveilliez ? Vous habitez dans le même quartier, n'est-ce pas ?

– Oui, murmura la femme, reprenant la maîtrise de sa voix, comme si la colère lui donnait un surcroît de force. Je surveillais ce salaud. L'idée qu'il puisse continuer à faire ses... ses saloperies m'était insupportable. J'en faisais des cauchemars, je rêvais qu'il s'attaquait à une autre victime, je me réveillais en pleine nuit... Et tout ça, c'était ma faute parce que je ne l'avais pas dénoncé ! Vous comprenez ?

Hulda acquiesça. Elle ne comprenait que trop bien.

– Un jour, je l'ai repéré rôdant près de l'école. Je venais d'y déposer mon fils. J'ai garé la voiture et je l'ai observé. Il discutait avec des garçons, et il avait... ce sourire répugnant. Il est resté un moment à traîner près de l'aire de jeux. J'étais folle de rage. Il continuait. Les types comme lui n'arrêtent jamais...

Elle essuya ses joues mais les larmes ne cessaient de ruisseler.

– Presque jamais, concéda Hulda.

– Ensuite, il est parti. Je l'ai suivi. Et tout à coup, l'occasion s'est présentée. Il a traversé la rue. Il n'y avait personne autour de moi, personne pour me voir, alors j'ai accéléré. Je ne sais pas à quoi je pensais. À rien sans doute.

Les sanglots redoublèrent, la femme enfouit sa tête dans ses mains. Sa voix tremblait.

– Je ne voulais pas le tuer. Enfin, je ne crois pas. J'étais juste terrifiée et furieuse. Qu'est-ce qui va m'arriver maintenant ? Je ne peux pas... je ne peux pas aller en prison. On est tous les deux, mon fils et moi. Son père est un incapable. Il ne peut pas s'en occuper.

Hulda se leva et posa la main sur l'épaule de la femme. Sans rien ajouter.

LA NOUVELLE SÉRIE
DE RAGNAR JÓNASSON
TRADUITE DANS 25 PAYS !

RAGNAR
JÓNASSON
LA DAME DE
REYKJAVIK

**Une femme,
L'Islande,
Un secret**

Éditions
de La Martinière

RÉALISATION : NORD COMPO À VILLENEUVE-D'ASCQ
IMPRESSION : CPI FRANCE
DÉPÔT LÉGAL : SEPTEMBRE 2019. N° 141007 (3034389)
IMPRIMÉ EN FRANCE